La méthode

Edgar Morin

La méthode

6. Éthique

Éditions du Seuil

ISBN 978-2-7578-4519-6
(ISBN 2-02-005819-7, édition complète
ISBN 978-2-02-078638-6, 1re publication tome 6)

© Éditions du Seuil, 2004

Le Code de la propriété intellectuelle interdit les copies ou reproductions destinées à une utilisation collective. Toute représentation ou reproduction intégrale ou partielle faite par quelque procédé que ce soit, sans le consentement de l'auteur ou de ses ayants cause, est illicite et constitue une contrefaçon sanctionnée par les articles L. 335-2 et suivants du Code de la propriété intellectuelle.

À mon Edwige

Remerciements

Après une première élaboration en 2001, la rédaction finale de ce livre a été effectuée à Hodenc-l'Évêque de janvier à mai 2004.

J'ai bénéficié de l'aide permanente de mon assistante Catherine Loridant qui a non seulement veillé à toutes les tâches pratiques, mais a aussi apporté ses corrections et réflexions aux divers stades de la rédaction.

Le manuscrit ou plutôt le « Mac'uscrit » (puisque issu de mon Macintosh) a reçu critiques et suggestions de Jean-Louis Le Moigne, toujours présent et fidèle dans l'amitié. Enfin, de même que pour *L'Humanité de l'humanité*, Jean Tellez m'a apporté, jusqu'au bout des épreuves, dans sa lecture et ses relectures, sa compétence, sa culture, son soin, aussi bien dans les idées que dans les détails.

Enfin, je remercie Jean-Claude Guillebaud, mon lecteur au Seuil, pour son appui, son assistante Flore pour son aide polyvalente, Valérie Gautier pour avoir trouvé l'image de couverture qui répondait à mon souhait et Jean-Claude Baillieul qui a mis la dernière main à mon Mac'uscrit.

Ces aides m'ont été d'autant plus nécessaires que j'ai dû achever ce travail dans des conditions difficiles. Je leur exprime ma vive reconnaissance.

Introduction

Les volumes de *La Méthode* qui précèdent développent dans leur cheminement les principes d'une connaissance complexe et essaient de montrer que celle-ci est désormais vitale pour chacun et pour tous.

Ce travail comporte une repensée en chaîne qui nous amène à revisiter le bien, le possible, le nécessaire, c'est-à-dire aussi l'éthique elle-même. L'éthique ne peut échapper aux problèmes de la complexité. Et cela nous entraîne à concevoir la relation entre connaissance et éthique, science et éthique, politique et éthique, économie et éthique.

Notre culture n'est pas appropriée, non seulement pour traiter, mais aussi pour poser ces problèmes dans leur ampleur, leur radicalité, leur complexité. Toutefois, sa crise suscite une gestation et cette gestation produit les ferments et les ébauches de la pensée régénératrice.

On cherche souvent à distinguer éthique et morale. Disons « éthique » pour désigner un point de vue supra- ou méta-individuel, « morale » pour nous situer au niveau de la décision et de l'action des individus. Mais la morale individuelle dépend implicitement ou explicitement d'une éthique. L'éthique se dessèche et devient vide sans les morales individuelles. Les deux termes sont inséparables et parfois se chevauchent ; dans ces cas, nous utiliserons indifféremment l'un ou l'autre terme.

Dans cet esprit, nous concevrons l'éthique complexe comme un méta-point de vue comportant une réflexion sur les fondements et principes de la morale.

PREMIÈRE PARTIE

La pensée de l'éthique et l'éthique de pensée

I. La pensée de l'éthique

> Il est impossible de parler d'éthique.
>
> Wittgenstein

> L'éthique […] demeure problématique, c'est-à-dire fait problème qui donne à penser.
>
> Kostas Axelos

L'exigence subjective

L'éthique se manifeste à nous, de façon impérative, comme exigence morale.

Son impératif naît d'une source intérieure à l'individu, qui ressent en son esprit l'injonction d'un devoir. Il provient aussi d'une source extérieure : la culture, les croyances, les normes d'une communauté. Il y a aussi sans doute une source antérieure, issue de l'organisation vivante, transmise génétiquement. Ces trois sources sont corrélées, comme s'il y avait une nappe souterraine commune.

Comme nous l'avons vu (*La Méthode 5*, coll. « Points », p. 55), les trois instances individu-société-espèce sont inséparablement liées en trinité. L'individu humain, dans son autonomie même, est en même temps à 100 % biologique et à 100 % culturel. Il est le point d'hologramme qui contient le tout (de l'espèce, de la société) tout en étant irréductiblement singulier. Il porte en lui un héritage génétique et en même temps l'*imprinting*[1] et la norme d'une culture[2].

Nous ne pourrons isoler les unes des autres la source biologique, la source individuelle et la source sociale, mais nous pouvons les distinguer.

Les trois sources sont au cœur même de l'individu, dans sa qualité propre de sujet[3]. Ici, je me réfère à la conception du sujet que j'ai élaborée, qui vaut pour tout être vivant. Être sujet c'est s'auto-affirmer en se situant au centre de son monde, ce qu'exprime littéralement la notion d'égocentrisme.

Cette auto-affirmation comporte un principe d'exclusion et un principe d'inclusion. Le principe d'exclusion signifie que nul autre que soi ne peut occuper le site égocentrique où nous nous exprimons par notre Je. Des jumeaux homozygotes peuvent avoir tout en commun, mais pas le même Je. Le principe d'exclusion est à la source de l'égoïsme, qui peut aller jusqu'à tout sacrifier à soi, honneur, famille, patrie. Mais le sujet comporte en lui, de façon antagoniste et complémentaire, un principe d'inclusion, qui lui permet d'inclure son Je dans un Nous (couple, famille, patrie, parti), et corrélativement d'inclure en lui ce Nous, ce qui inclut le Nous en son centre du monde. Le principe d'inclusion se manifeste quasiment dès la naissance par la pulsion d'attachement à la personne proche. Il peut conduire au sacrifice de soi pour les siens, pour sa communauté, pour l'être aimé. Le principe d'exclusion assure l'identité singulière de l'individu, le principe d'inclusion inscrit le Je dans la relation avec autrui, dans son lignage biologique (parents, enfants, famille), dans sa communauté sociologique. Le principe d'inclusion est originaire, comme chez l'oisillon

1. Cf. Vocabulaire, p. 261.
2. Cf. Vocabulaire, p. 261.
3. Cf. Vocabulaire, p. 261.

La pensée de l'éthique

sortant de l'œuf et qui suit sa mère. Autrui est une nécessité vitale interne.

Ainsi tout se passe comme si chaque individu-sujet comprenait en lui un double logiciel, l'un commandant le «pour soi», l'autre commandant le «pour nous» ou «pour autrui». L'un commandant l'égoïsme, l'autre commandant l'altruisme. La fermeture égocentrique nous rend autrui étranger, l'ouverture altruiste nous le rend fraternel. Le principe égocentrique porte en lui la potentialité de concurrence et d'antagonisme à l'égard du semblable, voire du frère, et conduit Caïn au meurtre. Dans ce sens, le sujet porte en lui la mort de l'autre, mais, dans un sens inverse, il porte en lui l'amour de l'autre. Certains individus sont plus égoïstes, d'autres plus altruistes, et généralement chacun alterne diversement entre égoïsme et altruisme. Le logiciel altruiste peut nous polariser sur le Nous, soit dans le sens biologique du terme (enfants-parents), soit dans le sens sociologique du terme (patrie, parti, religion); enfin, il peut nous consacrer à un Toi aimé. Selon le moment, selon les circonstances, l'individu-sujet change de référence logicielle, l'égocentrisme pouvant refouler l'altruisme et l'altruisme surmonter l'égocentrisme. Tantôt nous nous vouons strictement à nous-mêmes, tantôt aux autres, aux nôtres. Chacun vit pour soi et pour autrui de façon dialogique, c'est-à-dire à la fois complémentaire et antagoniste. *Être sujet, c'est conjoindre l'égoïsme et l'altruisme.*

Tout regard sur l'éthique doit reconnaître le caractère vital de l'égocentrisme ainsi que la potentialité fondamentale du développement de l'altruisme.

Tout regard sur l'éthique doit considérer que son exigence est vécue subjectivement. Bien qu'il n'y ait pas de rite, de culte, de religion dans le sentiment du devoir que ressent l'individu laïcisé, la spécificité subjective du devoir lui donne un aspect proche de la mystique; le devoir émane d'un ordre de réalité supérieur à la réalité objective, et semble relever d'une injonction sacrée.

Il s'impose avec la force de ce type de possession qui nous fait être possédé par un dieu ou par une idée. Ces deux caractères, mystique et possessif, semblent émaner d'une foi invisible.

Peut-être l'aspect mystique, sacré, fidéiste que comporte le devoir est-il un héritage de l'ascendance religieuse de l'éthique. Peut-être l'aspect de quasi-possession vient-il de plus ancien, de plus profond, de la triple source bio-anthropo-sociologique.

La foi inhérente au devoir ressenti intérieurement, dans le cas où l'éthique n'a plus de fondement extérieur à elle, est la foi en l'éthique même. Une foi qui, si nous utilisons le terme de «valeurs», est une foi dans les valeurs auxquelles elle nous voue. Une foi qui, comme toute foi moderne, peut comporter le doute.

Steven Ozment soutient que l'humanisme de Liberté-Égalité-Fraternité avait une source mystique et non rationnelle[1]; il faut à mon avis complexifier cette thèse en considérant que cet humanisme comporte une symbiose de rationalité (universalité) et de foi quasi mystique. On ne peut éliminer ni la composante rationnelle ni la composante mystique de l'universalisme éthique, et on ne peut que souligner la composante de foi qu'il comporte : ainsi, effectivement, j'ai foi dans la liberté, foi dans la fraternité.

La reliance éthique

Tout regard sur l'éthique doit percevoir que l'acte moral est un acte individuel de reliance : reliance avec un autrui,

---

1. Steven Ozment, *Mysticism and Dissent*, New Haven & Londres, Yale University Press, 1973.

La pensée de l'éthique 19

reliance avec une communauté, reliance[1] *avec une société et, à la limite, reliance avec l'espèce humaine.*

Ainsi, il y a une source individuelle de l'éthique, qui se trouve dans le principe d'inclusion, qui inscrit l'individu dans une communauté (Nous), qui le porte à l'amitié et à l'amour, qui conduit à l'altruisme, et qui a valeur de reliance *(Anschlusswert)*. Il y a en même temps une source sociale qui est dans les normes et les règles induisant ou imposant aux individus un comportement solidaire.

Il y aurait comme une harmonie préétablie qui pousse les individus à s'inscrire dans une éthique de solidarité au sein d'une communauté et qui pousse la société à imposer aux individus une éthique de solidarité.

Aussi pourrait-on dire que la morale est « naturelle » à l'humain puisqu'elle correspond à la nature de l'individu et à celle de la société. Mais il faut amender cette assertion puisque individu et société ont double nature : il y a chez l'individu le fort principe égocentrique qui le pousse à l'égoïsme, et la société elle-même comporte les rivalités, concurrences, luttes entre égoïsmes, son gouvernement lui-même pouvant être occupé par des intérêts égoïstes. Les sociétés n'arrivent pas à imposer leurs normes éthiques à tous les individus, et les individus ne peuvent avoir de comportement éthique qu'en surmontant leurs égoïsmes. Ce problème devient aigu dans les sociétés très complexes où la désintégration des solidarités traditionnelles est inséparable des développements de l'individualisme.

Les sources de l'éthique sont également naturelles dans le sens où elles sont antérieures à l'humanité, où le principe d'inclusion est inscrit dans l'auto-socio-organisation biologique de l'individu et se transmet *via* la mémoire

---

1. Cf. Vocabulaire, p. 261.

génétique[1]. Les sociétés mammifères sont à la fois communautaires et rivalitaires ; on y trouve à la fois l'affrontement conflictuel des égocentrismes et la solidarité à l'égard des ennemis extérieurs. Communautaires dans la lutte contre la proie ou le prédateur, rivalitaires surtout chez les mâles, dans les conflits pour la prééminence, la domination, la possession des femelles. Les individus sont dévoués à leur progéniture, mais aussi parfois capables de manger leurs enfants.

Les sociétés humaines ont développé et complexifié ce double caractère sociologique : celui de *Gesellschaft* (relations d'intérêt et de rivalité) et de *Gemeinschaft* (communauté). *Le sentiment de communauté est et sera source de responsabilité et de solidarité, elles-mêmes sources de l'éthique.*

Grâce au langage, l'éthique de communauté devient explicite dans les sociétés archaïques, avec ses prescriptions, ses tabous, et son mythe d'ancêtre commun.

Comme nous le verrons dans la quatrième partie (p. 165), l'éthique de la communauté, au sein des sociétés historiques, a été à la fois imposée aux esprits par la force physique et intériorisée par l'assujettissement psychique. La première (police, armée) impose la crainte de la coercition, la seconde s'inscrit dans les esprits par l'intériorisation des commandements conjoints d'une religion dotée de puissance sacrée et d'un pouvoir d'État divinisé. Les prescriptions de ce Sur-Moi bicéphale inculquent dans les esprits les normes du bien, du mal, du juste, de l'injuste et produisent l'impératif du devoir. Envisager de résister au devoir suscite culpabilité et angoisse.

Ainsi, dans les sociétés closes de l'Antiquité, la relation est déséquilibrée au détriment de l'individu, qui ne dispose pas d'autonomie morale.

---

1. Edgar Morin, *La Méthode 2 : La Vie de la Vie*, Seuil, 1980, 2ᵉ partie, chap. II : « Auto-(géno-phéno)-organisation ».

La pensée de l'éthique

L'autonomie morale

Pour qu'émerge une conscience morale individuelle relativement autonome, il faut un progrès d'individualité qui se manifeste très nettement dans l'Athènes du Ve siècle avant notre ère. Ici je peux me servir de la métaphore de Jaynes sur l'esprit bicaméral[1]. Jaynes suppose que dans les empires théocratiques de l'Antiquité une chambre de l'esprit était sous l'empire du pouvoir et obéissait aveuglément à ses ordres ; l'autre chambre était vouée à la vie privée. Les deux chambres ne communiquaient pas. La conscience individuelle (conscience intellectuelle et en même temps morale) apparaît quand une brèche s'opère entre les deux chambres ; c'est celle que provoque la démocratie athénienne, où la déesse Athéna ne gouverne pas mais protège ; le gouvernement de la cité relève des citoyens, dont l'esprit peut alors exercer son examen critique sur le monde social.

Aussi la conscience morale individuelle est une émergence historique à partir des développements complexificateurs de la relation trinitaire individu/espèce/société.

Elle contribue à relier individu/société/espèce en dépit des oppositions et antagonismes entre ces trois termes et surmonte jusqu'à un certain point ces antagonismes. Elle réinscrit l'esprit individuel, à un niveau supérieur, dans la boucle trinitaire.

Il y a complexité, c'est-à-dire concurrences et antagonismes dans la relation individu/société/espèce, et cette complexité se développe dans les sociétés comportant beaucoup de diversités et d'autonomies individuelles. Les sociétés historiques connaissent dislocations, ratés, *fading* entre

---

1. Julian Jaynes, *The Origin of Consciousness in the Breakdown of the Bicameral Mind*, Boston, Houghton Mifflin, 1976.

ces trois instances de l'éthique. Des antagonismes se manifestent entre les éthiques des groupes englobés et celle de l'ensemble social englobant. Ils se manifestent entre l'impératif d'amour pour le frère et celui d'obéissance à la cité (Antigone et Créon). Ils se manifestent entre l'éthique de la communauté fermée et l'éthique universaliste de la communauté humaine. L'autonomisation de l'esprit permet au philosophe, tout en la respectant, de dépasser l'éthique communautaire ; ce dépassement est potentiel dans les sagesses antiques orientales et occidentales. L'universalisation de l'éthique pour tout être humain, quelle que soit son identité, ne commencera qu'avec les grandes religions transculturelles comme bouddhisme, christianisme, islam, et enfin avec l'humanisme européen, mais cet universalisme demeurera limité, lacunaire, fragile et sera sans cesse refoulé par les fanatismes religieux et les ethnocentrismes nationaux.

Les progrès de la conscience morale individuelle et ceux de l'universalisme éthique sont liés.

La modernité éthique : les grandes dislocations

Les Temps modernes ont produit dislocations et ruptures éthiques dans la relation trinitaire individu/société/espèce.

La laïcisation enlève à l'éthique de société la force de l'impératif religieux. Certes, la nation moderne impose son propre culte et ses impératifs sacrés dans les guerres où la patrie est en danger, mais en période de paix, les compétitions, les concurrences, les tendances égoïstes s'accroissent. Certes, l'ère planétaire qui s'ouvre avec les Temps modernes suscite, à partir de l'humanisme laïcisé, une éthique métacommunautaire en faveur de tout être humain, quelle que soit son identité ethnique, nationale, religieuse, politique.

La pensée de l'éthique

L'éthique de Kant opère la promotion d'une éthique universalisée qui se veut supérieure aux éthiques socio-centriques particulières. Liberté, équité, solidarité, vérité, bonté deviennent des valeurs qui méritent en elles-mêmes l'intervention, voire l'ingérence dans la vie sociale puis, par extension, dans la vie internationale. Mais ces développements demeurent minoritaires et marginaux.

Les Temps modernes ont suscité les développements d'une politique autonome, d'une économie autonome, d'une science autonome, d'un art autonome, qui disloquent l'éthique globale qu'imposait la théologie médiévale. Certes, la politique n'obéissait guère à l'éthique. Mais, depuis Machiavel, l'éthique et la politique se sont trouvées officiellement disjointes dans la conception où le Prince (le gouvernant) est tenu d'obéir à l'utilité et à l'efficacité, et non à la morale. L'économie comporte certes une éthique des affaires, qui ont besoin du respect des contrats, mais elle obéit à l'impératif du profit, qui conduit à l'instrumentation et à l'exploitation d'autres humains. La science moderne s'est fondée sur la disjonction entre jugement de fait et jugement de valeur, c'est- à-dire entre la connaissance d'une part, l'éthique de l'autre. L'éthique du connaître pour connaître à laquelle elle obéit est aveugle aux graves conséquences qu'apportent aujourd'hui les formidables puissances de mort et de manipulation suscitées par le progrès scientifique. Le développement technique, inséparable des développements scientifiques et économiques, a permis le sur-développement de la rationalité instrumentale, qui peut être mise au service de fins les plus immorales. Enfin, les arts se sont émancipés progressivement de toute finalité édifiante et ils répugnent à tout contrôle éthique. Certes, toutes ces activités nécessitent un minimum d'éthique professionnelle, mais elles ne comportent qu'exceptionnellement une visée morale.

Dans tous les domaines, les développements des spécialisations et des cloisonnements bureaucratiques tendent à enfermer les individus dans un domaine de compétence partiel et clos et, par là même, ils tendent à morceler et à diluer la responsabilité et la solidarité, ce que nous révèlent, entre autres, l'affaire du sang contaminé de 1982 et la canicule de l'été 2003.

Comme l'a bien discerné A.-M. Battista[1], « toute connexion profonde entre l'individu et la collectivité, à des fins de perfectionnement moral – individuel ou collectif –, est définitivement rompue ». Tugendhat dit autrement : « La conscience morale échoue devant la réalité morcelée du capitalisme, de la bureaucratie et des États. »[2]

L'individualisme éthique

En même temps, les développements de l'autonomie individuelle ont entraîné l'autonomisation et la privatisation de l'éthique.

L'éthique se trouve donc corrélativement laïcisée et individualisée, et, avec l'affaiblissement de la responsabilité et de la solidarité, une distanciation s'effectue entre l'éthique individuelle et celle de la cité.

La vulgate de moralité que constituaient les « bonnes mœurs » s'est presque entièrement dissipée, ce dont témoigne l'évolution du droit[3]. Les bonnes mœurs contrai-

---

1. A.-M. Battista, « Morale privée et utilitarisme politique en France au XVIIᵉ siècle », in *Le Pouvoir et la raison d'État*, sous la dir. de C. Lazzeri et O. Reynié, PUF, 1997, p. 208.
2. Ernst Tugendhat, *Conférences sur l'éthique*, PUF, 1998, p. 291.
3. Cf. la thèse de Bénédicte Lavaud-Legendre, *Les Bonnes Mœurs en droit privé contemporain*, primée par le prix de la Recherche en 2004, publication prévue en janvier 2005 aux PUF, coll. « Partage du savoir ».

La pensée de l'éthique

gnaient les individus à obéir à des normes conformistes (la condamnation morale de l'adultère, de la débauche, de l'homosexualité, etc.) et leur déclin est lié à la reconnaissance de comportements individuels auparavant condamnés comme déviants ou pervers.

Comme nous allons le voir, les progrès de l'individualisme ont poussé les individus à s'émanciper des contraintes biologiques de la reproduction (coït interrompu, avortement, mère porteuse) et, à la fin du XXe siècle en France, une éthique du droit de la femme a surmonté, d'une part, le droit de la société à protéger sa démographie et d'autre part l'éthique du respect inconditionnel de la vie.

Les développements de l'individualisme présentent deux aspects antagonistes : le relâchement de l'étreinte communautaire conduit à la fois à l'universalisme éthique et au développement de l'égocentrisme.

L'individualisme, source de responsabilité personnelle pour sa conduite de vie, est aussi source d'égocentrisme accru. L'égocentrisme se développe en tous domaines, et tend à inhiber les potentialités altruistes et solidaires, ce à quoi contribue la désintégration des communautés traditionnelles.

Cette situation favorise non seulement le primat du plaisir ou de l'intérêt sur le devoir, mais aussi la croissance d'un besoin individuel d'amour où la recherche du bonheur personnel à tout prix transgresse l'éthique familiale ou conjugale [1].

---

[1]. L'individu se trouve voué à la recherche errante de l'amour ainsi qu'aux déceptions et chagrins de l'amour perdu, aux dégradations rapides du sentiment amoureux. Il ressent de plus en plus, à l'âge adulte, l'angoisse de la frustration d'amour ou la crainte de la perte d'amour.

Enfin, il y a érosion du sens sacré de la parole donnée, du sens sacré de l'hospitalité, soit l'une des racines les plus anciennes de l'éthique. La profanation de ce qui fut sacré entraîne sa profanation.

La crise des fondements

Les fondements de l'éthique sont en crise dans le monde occidental. Dieu est absent. La Loi est désacralisée. Le Sur-Moi social ne s'impose pas inconditionnellement et, dans certains cas, est lui-même absent. Le sens de la responsabilité est rétréci, le sens de la solidarité est affaibli.

La crise des fondements de l'éthique se situe dans une crise généralisée des fondements de certitude : crise des fondements de la connaissance philosophique, crise des fondements de la connaissance scientifique[1].

La raison ne peut être considérée comme le fondement de l'impératif catégorique : comme le dit Tugendhat, « la tentative de Kant visant à définir l'impératif catégorique comme un impératif de la raison et à lui donner un fondement absolu en raison doit être considérée comme un échec »[2].

La référence aux « valeurs » à la fois révèle et masque la crise des fondements. Elle la révèle : comme le dit Claude Lefort, « le mot "valeur" est l'indice d'une impossibilité à s'en remettre désormais à un garant reconnu par tous : la nature, la raison, Dieu, l'Histoire. Il est l'indice d'une situation dans laquelle toutes les figures de la transcendance sont

1. Cf. Edgar Morin, *La Méthode 3 : La Connaissance de la connaissance*, Seuil, coll. « Points Essais », p. 14.
2. Cf. Ernst Tugendhat, *Conférences sur l'éthique*, PUF, 1998, p. 163.

La pensée de l'éthique

brouillées »[1]. Nous sommes désormais voués à ce que Pierre Legendre appelle le « self-service normatif » où nous pouvons choisir nos valeurs. Les « valeurs » prennent la place laissée vacante des fondements pour fournir une référence transcendante intrinsèque qui rendrait l'éthique comme auto-suffisante. Les valeurs donnent à l'éthique la foi en l'éthique sans justification extérieure ou supérieure à elle-même. En fait, les valeurs essaient de fonder une éthique sans fondement.

La crise des fondements éthiques est produite par et productrice de :
– la détérioration accrue du tissu social en de nombreux domaines ;
– l'affaiblissement de l'impératif communautaire et de la Loi collective à l'intérieur des esprits ;
– la dégradation des solidarités traditionnelles ;
– le morcellement et parfois la dissolution de la responsabilité dans le cloisonnement et la bureaucratisation des organisations et entreprises ;
– le caractère de plus en plus extérieur et anonyme de la réalité sociale par rapport à l'individu ;
– le sur-développement du principe égocentrique au détriment du principe altruiste ;
– la désarticulation du lien entre individu, espèce et société ;
– la dé-moralisation qui « culmine dans l'anonymat de la société de masse, le déferlement médiatique, la survalorisation de l'argent »[2].

Les sources de l'éthique n'irriguent plus guère ; la source individuelle est asphyxiée par l'égocentrisme ; la source

---

1. Claude Lefort, *Écrire. À l'épreuve du politique*, Calmann-Lévy, 1992.
2. André Jacob, *Cheminements de la dialectique à l'éthique*, Anthropos, 1982.

communautaire est déshydratée par la dégradation des solidarités ; la source sociale est altérée par les compartimentations, bureaucratisations, atomisations de la réalité sociale et, de plus, est atteinte par diverses corruptions ; la source bio-anthropologique est affaiblie par le primat de l'individu sur l'espèce.

Le développement de l'individualisme conduit au nihilisme, et celui-ci suscite une détresse : la nostalgie de la communauté disparue, la perte des fondements, la disparition du sens de la vie, l'angoisse qui en résulte peuvent entraîner le retour aux anciens fondements communautaires nationaux, ethniques et/ou religieux qui, corrélativement, apportent la sécurité psychique et la reliance éthique. Le communisme a été, pour bien des intellectuels chavirant dans l'angoisse nihiliste, une religion du salut (terrestre), comportant une intégration de l'éthique dans la finalité suprême : « Tout ce qui sert la révolution est moral. »[1] Le XXe siècle, siècle de l'individualisme, a vu de multiples adhésions d'individus les plus critiques, les plus sceptiques à l'ancienne foi religieuse, à la foi nationale, à la foi totalitaire, qui intègrent totalement l'individu et le pourvoient d'une certitude éthique.

Dans un autre sens, une partie de l'adolescence contemporaine, dans la détérioration du tissu social, la perte de la conscience d'une solidarité globale, la disparition d'un Sur-Moi civique, recrée une micro-communauté de type archaïque dans la bande ou le gang, qui comporte son éthique intégrante (la défense du territoire, l'honneur, la loi du talion). Ainsi, une éthique communautaire se reconstitue dans l'absence d'une éthique civique.

C'est dire que le gouffre du nihilisme qui surgit à l'extrême de l'individualisation, que la décomposition du tissu

---

1. Trotski, *Leur morale et la nôtre*, 1939 (rééd. 1977, 1994, 1996).

La pensée de l'éthique

social qui surgit aux marges de la civilisation, déterminent l'un et l'autre, dans la réintégration au sein d'une communauté, des restaurations éthiques de caractère régressif.

Les gangs juvéniles et les retours à la religion révèlent à leur façon la crise éthique générale dans notre civilisation. Cette crise est devenue manifeste avec, depuis quelques années, l'apparition significative d'un besoin d'éthique. La désintégration sociale, la croissance des corruptions de toutes sortes, l'omniprésence des incivilités, le déchaînement des violences suscitent la demande naïve d'une « nouvelle éthique » pour remplir un vide que ne peuvent plus remplir la coutume, la culture, la cité. Non moins naïf est le vœu d'adapter l'éthique au siècle, au lieu de concevoir la double adaptation en boucle : adapter le siècle à l'éthique, adapter l'éthique au siècle.

L'éthique, isolée, n'a plus de fondement antérieur ou extérieur à elle qui la justifie, bien qu'elle puisse demeurer présente chez l'individu comme aspiration au bien, répugnance au mal. Elle n'a d'autre fondement qu'elle-même, c'est-à-dire son exigence, son sens du devoir. Elle est une émergence[1] qui ne sait pas de quoi elle émerge. Certes, l'éthique, comme toute émergence, dépend des conditions sociales et historiques qui la font émerger. Mais c'est en l'individu que se situe la décision éthique ; c'est à lui d'élire ses valeurs[2] et ses finalités.

---

1. Cf. Vocabulaire, p. 261.
2. Le terme de « valeurs » appliqué à l'éthique apparaît dans la deuxième partie du XIXe siècle ; il indique que l'éthique cesse d'être une exigence intérieure vécue inconditionnellement ; il justifie l'éthique en y important une notion économique, voire boursière, indiquant la haute qualité d'un bien.

Ressourcer l'éthique

L'éthique a des sources, elle a des racines, elle est présente comme sentiment du devoir, obligation morale; elle demeure virtuelle au sein du principe d'inclusion, source subjective individuelle de l'éthique.

L'éthique n'a désormais pas d'autre fondement qu'elle-même, mais elle dépend de la vitalité de la boucle individu/espèce/société, dont la vitalité dépend de celle de l'éthique.

Répétons-le, l'acte moral est un acte de reliance: reliance avec un autrui, reliance avec une communauté, reliance avec une société et à la limite reliance avec l'espèce humaine.

Aussi, la crise éthique de notre époque est en même temps crise de la reliance individu/société/espèce. Il importe de ressourcer l'éthique: régénérer ses sources de responsabilité-solidarité signifie en même temps régénérer la boucle de reliance individu-espèce-société dans et par la régénération de chacune de ces instances. Cette régénération peut partir du réveil intérieur de la conscience morale[1], du surgissement d'une foi ou d'une espérance, d'une crise, d'une souffrance, d'un amour, et aussi, aujourd'hui, de l'appel qui vient du vide éthique, du besoin qui vient du dépérissement éthique.

---

1. Il vaut la peine d'indiquer ici que la conscience morale, inhibée et condamnée comme idéaliste petite-bourgeoise par le «marxisme-léninisme», a pu, sous l'effet d'un excès de vilenies et de mensonges, jaillir soudain hors de sa léthargie et faire éclater le système de rationalisations dans lequel Leslek Kolakovski, Sakharov et tant d'autres dont moi-même étions enfermés. Ce fut l'expérience commune qui, en nous faisant vomir l'abjection, réanima en nous une rationalité critique paralysée.

Il ne s'agit donc pas pour nous de trouver un fondement pour l'éthique, mais à la fois de la ressourcer et de la régénérer dans la boucle de reliance

N'y a-t-il pas, en deçà de ce ressourcement et de cette reliance anthropologiques, un ressourcement et une reliance quasiment primordiaux, qui nous viennent de l'origine du monde, à travers quinze milliards d'années-lumière? C'est ce qu'examine le chapitre suivant.

II. Le ressourcement cosmique

> Mais c'est chose terrible, cette manière qu'a Dieu sans trêve
> De disperser au loin ceux qui reçurent le vivant amour.
>
> Hölderlin

Un monde ne peut advenir que par la séparation et ne peut exister que dans la relation entre ce qui est séparé.

Si ce qui précède (et entoure ? et supporte ?) notre monde est le non-séparé, un infini ou indéfini que des cosmologistes appellent «vide», ne connaissant ni espace ni temps, alors le monde est apparu dans une rupture, une déflagration, dans le vide ou l'infini. L'espace et le temps, grands séparateurs, apparurent avec le monde, notre monde.

Les sources de reliance[1]

Des forces de séparation, dispersion, annihilation se sont déchaînées et continuent à se déchaîner. Mais, quasi simultanément, dans l'agitation initiale, sont apparues les forces

---

1. Cf. Vocabulaire, p. 261.

Le ressourcement cosmique

de reliance[1], faiblissimes à l'origine, provoquant la formation de noyaux d'hydrogène ou d'hélium, la genèse des premiers agrégats géants et informes de particules – les proto-galaxies. Dès l'agitation thermique première, une dialogique indissociable s'effectue entre ce qui sépare, disperse, annihile et ce qui relie, associe, intègre. Les interactions entre particules se traduisent par collisions et destructions (ainsi les particules de matière semblent avoir fait un génocide d'antimatière) mais aussi par associations et unions. Quatre ou trois[2] grands types d'interaction permettent, au cœur du désordre d'agitation, de faire surgir un ordre physique dans et par la formation d'organisations – noyaux, atomes, astres :

– les interactions nucléaires fortes qui assurent la formation et la cohésion des noyaux atomiques ;
– les interactions électromagnétiques qui assurent la formation et la cohésion des électrons autour des noyaux ;
– les interactions gravitationnelles qui rassemblent les poussières particulaires en galaxies et étoiles, lesquelles se forment quand leur concentration gravitationnelle atteint la chaleur d'allumage.

Ainsi notre univers se constitue dans un tétragramme dialogique d'interactions où sont combinés de façon à la fois antagoniste, concurrente et complémentaire :

ordre → désordre → interactions → organisation[3]

---

1. Selon les cosmologistes adeptes du « principe anthropique fort », une quasi- Providence aurait calculé à l'avance les règles très subtiles qui, empêchant l'avortement du monde, auraient permis la formation des atomes et des étoiles, de la vie, de l'humanité.
2. On rattache désormais les interactions nucléaires faibles à la catégorie des interactions électromagnétiques.
3. Cf. Edgar Morin, *La Méthode 1 : La Nature de la Nature*, Seuil, 1977, p. 296-300.

Comme dès le départ, sous l'effet de la déflagration originaire, l'univers tend à se disperser, les forces de reliance mènent une lutte à notre sens pathétique contre la dispersion, en concentrant noyaux, atomes, étoiles, galaxies. Certes, les forces de reliance sont minoritaires par rapport à celles qui séparent, annihilent, dispersent. Certes, les organisations des étoiles et jusqu'à celles des organismes vivants sont, à terme, condamnées à la dispersion et à la mort conformément au second principe de la thermodynamique. Mais ce sont ces forces de reliance qui, après les noyaux, les atomes, les astres, ont créé sur la Terre les molécules, les macromolécules, la vie.

Sur une minuscule planète perdue, faite d'un agrégat de détritus d'une étoile disparue, vouée apparemment aux convulsions, orages, éruptions, tremblements de terre, la vie est apparue comme une victoire inouïe des vertus de reliance. Un tourbillon inter-reliant de macromolécules, générant sa propre diversité en l'intégrant dans son unité, aurait créé de lui-même une organisation de complexité supérieure : une auto-éco-organisation, d'où ont émergé[1] toutes les qualités et propriétés de la vie.

Les premiers unicellulaires bactériens se sont séparés et diversifiés tout en demeurant reliés et en ayant la capacité de s'offrir les uns aux autres des recettes informatrices sous forme de brins d'ADN. Certains se sont associés étroitement pour former les cellules eucaryotes, d'où sont issus les êtres polycellulaires, organisés dans et par la reliance entre cellules. Végétaux et animaux se sont diversifiés, et les écosystèmes, organisations spontanées nées des interactions entre unicellulaires, végétaux, animaux et milieu géophysique, se sont développés ; leur ensemble a constitué la grande éco-organisation auto-régulée qu'est la biosphère.

L'essor de ces reliances s'est fait dans de nouvelles sépa-

---

1. Sur la notion d'émergence, cf. Vocabulaire, p. 261.

rations, de nouveaux antagonismes et de nouveaux conflits : si les coopérations communautaires se sont développées dans les sociétés animales, la prédation s'est déchaînée entre espèces ; le conflit et la mort ont alimenté la chaîne trophique qui nourrit les écosystèmes : ainsi les animaux végétariens mangent plantes et fruits, les petits carnassiers mangent les végétariens, les gros carnassiers mangent les petits carnassiers et les végétariens, la décomposition issue de la mort des carnassiers nourrit insectes nécrophages, vers, unicellulaires, et les sels minéraux résiduels sont pompés par la racine des végétaux. Le cycle de mort est en même temps cycle de vie.

Les sociétés animales de vertébrés et mammifères ont pu associer des principes de reliance communautaires à l'égard des périls ou ennemis extérieurs et des principes de régulation des rivalités à l'intérieur du groupe. Les sociétés humaines, nous l'avons vu[1], sont à la fois rivalitaires et communautaires et s'organisent dans l'union de la concorde et de la discorde.

De même, à l'échelle des individus comme à celle de l'histoire humaine, nous vivons dans la dialogique créatrice-destructrice :

ordre – désordre – interactions – organisation

Les reliances n'ont pu se développer que de façon minoritaire dans l'univers ; la matière organisée ne réunirait que 4 % de la totalité du cosmos, la vie ne représente qu'une petite mousse de l'écorce terrestre, les êtres dotés de cerveau y sont minoritaires et la conscience humaine est à la fois fragilissime et hyper-minoritaire.

Notons aussi que les reliances n'ont pu développer leurs

1. Cf. Edgar Morin, *La Méthode 5 : L'Humanité de l'humanité*, Seuil, coll. «Points», p. 201-232.

complexités qu'en intégrant en elles leurs ennemies : la destruction et la mort. Ainsi, les étoiles vivent d'un feu qui les fait vivre et à la fois les dévore ; leur vie est une agonie rayonnante puisqu'elles nourrissent leurs flamboiements de la combustion de leurs propres entrailles, c'est-à-dire qu'elles « meurent de vie » jusqu'à leur mort irréversible. Ainsi en est-il des écosystèmes qui « vivent de mort ». Ainsi en est-il de nous autres animaux, mammifères, primates, humains, qui vivons par régénération permanente de nos cellules et molécules à partir de leur mort et de leur destruction. Ainsi en est-il de nos sociétés qui se régénèrent en éduquant les générations nouvelles tandis que meurent les anciennes. « Vivre de mort, mourir de vie », avait énoncé Héraclite. La vie doit payer double tribut à la mort pour subsister et s'épanouir. Bichat définissait la vie comme l'ensemble des fonctions qui résistent à la mort. Il faut compléter et dialectiser son énoncé : « La vie résiste à la mort en utilisant la mort. » Il y a à la fois lutte mortelle et copulation entre Éros et Thanatos.

D'où le sort fragile, périlleux, douloureux, de la reliance dans l'univers.

Il y a certes un « génie » de l'organisation et de la création, dans l'engendrement des formes et des êtres d'une extrême diversité et d'une extrême complexité. L'Organisation fonde l'unité du multiple et assure la multiplicité dans l'un ; elle produit les émergences, qualités et propriétés inconnues au niveau de ses constituants isolés ; elle engendre des métamorphoses. Sans organisation, l'univers ne serait que dispersion.

La première vertu de l'organisation est d'intégrer la reliance au sein d'une autonomie qui la sauvegarde et la protège de l'environnement extérieur. La reliance nucléaire est extrêmement forte, et rend très difficile la dissociation. Les reliances électromagnétiques sont moins fortes, les dis-

Le ressourcement cosmique

sociations y sont plus aisées certes, mais l'organisation interne est plus souple et concourt à l'intégration de la diversité qui fera la diversification des atomes. En ce qui concerne nos organismes, les cellules disposent d'une relative autonomie interne, tout en étant reliées les unes aux autres par communications et signaux.

La seconde vertu, celle de l'organisation vivante, lie son autonomie à son environnement. Ainsi, l'organisation vivante nécessite de l'énergie extérieure pour se régénérer et de l'information extérieure pour survivre. C'est pourquoi on peut concevoir l'organisation vivante comme auto-éco-organisation qui opère une reliance vitale avec son environnement. Et les êtres les plus complexes, les êtres humains, organisent leur autonomie à partir de leurs dépendances à l'égard de leurs cultures et sociétés; plus les sociétés sont complexes, plus elles s'organisent à partir de multiples dépendances à l'égard de la biosphère.

Ainsi l'auto-éco-organisation opère l'union de la reliance et de l'autonomie : *la vie est l'union de l'union et de la séparation.*

L'humaine reliance

La société humaine accède à un nouvel ordre de reliance. Cet ordre comporte le mythe social qui, en concevant un ancêtre commun à chaque communauté et en instituant son culte, fraternise ses membres. Les sociétés les plus évoluées, les nations, fondent sur le mythe maternel-paternel de la Patrie la fraternisation communautaire des « enfants de la Patrie ». Comme nous l'avons indiqué plus haut, les sociétés les plus complexes comportent, en même temps que leur propre reliance communautaire, des antagonismes, rivalités, désordres qui sont inséparables des libertés. De plus, dans l'esprit des individus, les reliances s'opèrent à partir de la responsabilité, de l'intelligence, de l'initiative, de la solidarité, de l'amour.

Beaucoup de sociétés historiques ont considéré comme vital de se relier au cosmos dans des cultes aux souverains célestes, Soleil et Lune, et dans des rites accomplis, non seulement pour bénéficier de l'aide et de la protection des dieux, mais aussi pour renouveler les énergies cosmiques, comme les rites aztèques sacrifiant des centaines d'adolescents pour aider le Soleil à se régénérer. Le lien entre mort et régénération est profondément inscrit dans nos mythes et les sacrifices sont des rites où l'on met à mort pour régénérer. Toutes les grandes fêtes associent la vitalité des sociétés à la mort/renaissance des saisons et des années.

Le mot «religion» ne signifie pas seulement la reliance entre les membres d'une même foi, il indique aussi la reliance avec les forces supérieures du cosmos, notamment avec leurs présumés souverains, les dieux. Neher avait raison d'évoquer la «vocation ritualiste et cosmique de l'homme»[1].

Et c'est sans doute la Reliance des Reliances que célèbrent les cultes et rites des religions, les cérémonies sacrées, inconsciemment adoratrices du mystère suprême de la Reliance cosmique.

Nous sommes intégrés dans le jeu (tétragramme) cosmique entre forces de reliance et forces de déliance, forces d'organisation et forces de désorganisation, forces d'intégration et forces de désintégration, soumis à toutes les ruses du *diabolus* (le séparateur) et pratiquant les ruses qui consistent à utiliser le *diabolus* pour relier à travers la séparation, au-delà de la séparation, et à utiliser la mort

---

1. André Neher, *Moïse et la vocation juive*, Seuil, coll. «Points Sagesses», rééd. 2004.

(irrémédiable séparation d'atomes et molécules) pour nous régénérer.

«Tout ce qui est cosmique concerne essentiellement l'homme, tout ce qui est humain concerne essentiellement le cosmos.»[1] Le cosmos nous a fait à son image[2]. En naissant, le monde a apporté sa mort. En naissant, la vie a porté en elle sa mort. L'homme doit à la fois endosser et récuser toutes ces morts pour vivre.

Nous sommes à la pointe de la lutte pathétique de la reliance contre la séparation, la dispersion, la mort. En cela nous y avons développé la fraternité et l'amour.

L'éthique est, pour les individus autonomes et responsables, l'expression de l'impératif de reliance. Tout acte éthique, répétons-le, est en fait un acte de reliance, reliance avec autrui, reliance avec les siens, reliance avec la communauté, reliance avec l'humanité et, en dernière instance, insertion dans la reliance cosmique.

Plus nous sommes autonomes, plus nous devons assumer l'incertitude et l'inquiétude, plus nous avons besoin de reliance. Plus nous prenons conscience que nous sommes perdus dans l'univers et que nous sommes engagés dans une aventure inconnue, plus nous avons besoin d'être reliés à nos frères et sœurs en humanité.

Dans notre monde humain où sont et deviennent si puissantes les forces de séparation, repliement, rupture, dislocation, haine, plutôt que de rêver à l'harmonie générale ou au paradis, il vaut mieux reconnaître la nécessité vitale, sociale et éthique d'amitié, d'affection et d'amour pour les humains qui, sans cela, vivraient en hostilité et agressivité, s'aigriraient ou dépériraient.

1. Edgar Morin, *Le Vif du sujet*, Seuil, 1969, p. 327.
2. Michel Cassé et Edgar Morin, *Enfants du ciel. Entre vide, lumière, matière*, Odile Jacob, 2003.

Les religions universalistes, ouvertes en principe à tous les humains, étaient et sont des reliances fermées qui exigent chacune la foi en leur propre révélation, l'obéissance à leurs propres dogmes et rites. C'est une reliance d'un type supérieur dont les enfants de la planète Terre ont besoin.

Puisque le plus complexe comporte la plus grande diversité, la plus grande autonomie, la plus grande liberté et le plus grand risque de dispersion, la solidarité, l'amitié, l'amour sont les ciments vitaux de la complexité humaine.

La reliance cosmique nous arrive par la reliance biologique, qui nous arrive par la reliance anthropologique, qui se manifeste en solidarité, fraternité, amitié, amour. L'amour est la reliance anthropologique suprême. L'amour est l'expression supérieure de l'éthique. Comme dit Tagore, « l'amour véritable exclut la tyrannie comme la hiérarchie ».

Il y a nécessité vitale, sociale et éthique de l'amitié, de l'affection et de l'amour pour l'épanouissement des êtres. L'amour est l'expérience fondamentalement reliante des êtres humains. Au niveau de la plus haute complexité humaine, la reliance ne peut être qu'amour.

Mais n'oublions pas que l'amour peut se pervertir, se transformer en son contraire, se vouer à des idoles et des fétiches. Comme nous le verrons plus loin, l'amour a toujours besoin, même et surtout dans son exaltation, d'une conscience rationnelle en veilleuse. Aussi nous faut-il « dégeler l'énorme quantité d'amour pétrifié en religions et abstractions, le voueur non plus à l'immortel mais au mortel »[1]. « L'humanité n'a pas souffert seulement d'insuffisances d'amour. Elle a produit des outrances d'amour qui se sont précipitées sur les dieux, les idoles et les idées, et

1. Edgar Morin, *Terre-Patrie*, Seuil, 1993, p. 198.

sont revenues sur les humains, transmutées en intolérance et terreur. Tant d'amour et tant de fraternité égarés, perdus, trompés, dénaturés, pourris, durcis ! Tant d'amour englouti dans la si souvent implacable religion d'amour, et tant de fraternité engloutie dans la si souvent impitoyable idéologie de la fraternité ! » [1] Tant d'amour voué à l'impossible éternel.

L'Amour, résistance à toutes les cruautés du monde, est issu de la reliance du monde et il exalte en lui les vertus de reliance du monde. Se brancher sur l'amour, c'est se brancher sur la reliance cosmique. L'amour, dernier avatar de la reliance, en est la forme et la force supérieures : « Fort comme la mort », selon le *Cantique des cantiques*.

Au cœur du Mystère

La relation entre la reliance et la déliance n'est pas une simple relation antagoniste, comme celle d'Ahura Mazda et d'Ahriman, d'Éros et Thanatos. Elle est inséparable et complémentaire. Le cosmos s'est créé en un évènement inouï de mort-naissance ; il naît dans la mort de ce dont il est issu, il produit son existence en produisant de la mort (second principe de la thermodynamique) et, dès son origine thermique, il est promis à la mort. Comme je l'ai écrit : « C'est en se désintégrant que l'univers s'organise. C'est en s'organisant qu'il se désintègre. » [2] La création continue de galaxies et d'étoiles s'accompagne de destruction continue de galaxies et d'étoiles. Étoiles, êtres vivants, biosphère, sociétés, individus sont travaillés à chaque instant par la mort, et travaillent à chaque instant pour et par la régéné-

---

1. Edgar Morin, *La Méthode 4 : Les Idées. Leur habitat, leur vie, leurs mœurs, leur organisation*, Seuil, 1991, p. 24.
2. Edgar Morin, *La Méthode 1*, Seuil, 1977, p. 45.

ration. Éros et Thanatos, Mazda et Ahriman, reliance et déliance sont présents l'un en l'autre.

On a pu longtemps se demander si, dans l'antagonisme entre les forces de dispersion et celles de reliance, l'action de la gravitation n'allait pas surmonter la dispersion et empêcher en quelque sorte la mort de l'univers. Mais il semble aujourd'hui que l'action d'une formidable énergie noire conduise irrévocablement l'univers à la débandade et que la mort soit irrévocablement inscrite dans son horizon. Toutefois, une des conséquences les plus étonnantes de la physique quantique, démontrée depuis l'expérience d'Aspect, est que toutes les particules qui ont interagi dans le passé se trouvent reliées de façon infra-temporelle et infra-spatiale, comme si notre univers était soutenu grâce à une reliance invisible et universelle.

Ainsi, nous retrouvons la double présence antagoniste d'une déliance qui sépare à l'infini en dilatant l'espace-temps et d'une reliance qui ignore les séparations du temps et de l'espace. D'une part, une force inouïe de séparation plus forte que toutes les forces d'attraction, d'autre part une force inouïe de reliance qui maintient l'union dans la dispersion et connecte de façon incroyable tous les composants de l'univers. D'où l'inconcevable paradoxe : tout ce qui est lié est séparé, tout ce qui est séparé est lié. Éros est dans *diabolus* et *diabolus* est dans Éros. Nous ne savons pas si la reliance se maintiendra quand tout sera dispersé, comme témoin fantomatique du formidable effort commencé aux premiers instants de l'univers pour résister à la désintégration et à la dispersion…

Pourrons-nous un jour comprendre le mystère de la reliance cachée ? Le mystère de la deliance invisible ?

Éthique de la reliance

Notre esprit porte en lui, désormais, non seulement la conscience de la mort prévisible de notre Soleil, donc de toute vie terrestre, mais aussi, acquise plus récemment, celle de la mort par dispersion du cosmos, mort finale à laquelle nous ne pourrons échapper, même si nous réussissons dans le futur à migrer vers d'autres planètes en d'autres galaxies.

La vie, et plus encore l'être humain, résiste à la mort. La science, la médecine, la technique, l'hygiène prolongent les vies individuelles et pourront les prolonger plus encore : il y aura réparation et régénération des organes, prolongation indéfinie de la vie, mais cela n'élimine pas la mort par catastrophe ou explosion, et, de toute façon, retarder la mort humaine nous ouvre le gouffre de la mort de la Terre, de la mort du Soleil, de la mort du cosmos.

Assumer notre destin cosmique, physique, biologique est assumer la mort tout en la combattant. Il n'y a pas de réfutation à la mort. Tout destin vivant est tragique. Mais nous savons, nous expérimentons qu'il y a une affirmation humaine du vivre qui est dans la poésie, la reliance et l'amour. L'éthique est reliance et la reliance est éthique.

III. L'incertitude éthique

> Le plus difficile en période troublée n'est pas de faire son devoir, mais de le connaître.
>
> Rivarol
>
> J'ai cherché la perfection et j'ai détruit ce qui allait bien.
>
> Claude Monet
>
> Bien et mal sont tout un.
>
> Héraclite
>
> Le mieux est l'ennemi du bien.
>
> Proverbe
>
> L'enfer est pavé de bonnes intentions.
>
> Proverbe
>
> Je ne peux rien pour qui ne se pose pas de questions.
>
> Confucius
>
> Aucune éthique au monde ne peut nous dire […] à quel moment et dans quelle mesure une fin moralement bonne justifie les moyens et les conséquences moralement dangereux.
>
> Max Weber

Il y a certes distinction, mais aussi lien entre la connaissance (savoir) et l'éthique (devoir). Ce lien apparaît quand

L'incertitude éthique

on considère, non pas isolément l'acte moral, mais son insertion et ses conséquences dans le monde.

Principe d'incertitude dans la relation intention-action

À supposer que la conscience du bien et du devoir soit assurée, l'éthique rencontre des difficultés qui n'ont pas de solutions dans la seule conscience de « bien faire », d'« agir pour le bien », de « faire son devoir ». Car il y a un hiatus entre l'intention et l'action. Comme dit justement Hervé Barreau, Kant, en mettant l'essence de la morale dans l'intention, « ne s'est guère intéressé à la matière de l'acte considéré comme secondaire et facilement identifiable »[1]. Malheureusement, c'est dans l'acte que l'intention risque l'échec. D'où l'insuffisance d'une morale qui ignore le problème des effets et conséquences de ses actes. L'infirmité de la morale insulaire apparaît dès qu'on sait que l'action peut ne pas réaliser l'intention.

Même si l'intention morale essaie d'envisager les conséquences de ses actes, la difficulté de les prévoir demeure.

Comme tout ce qui est humain, l'éthique doit affronter des incertitudes.

La devise « L'enfer est pavé de bonnes intentions » porte en elle la conscience que les conséquences d'un acte d'intention morale peuvent être immorales.

À l'inverse, les conséquences d'un acte immoral peuvent être morales. Aussi bien Mandeville dans la fable des abeilles, Adam Smith, dans sa théorie de la « main invisible », Hegel, dans sa conception de la « ruse de la Raison »

---

1. Hervé Barreau, *Le Temps*, PUF, coll. « Que sais-je ? », 1996, p. 119.

indiquent que les conséquences d'actes individuels égoïstes peuvent être bénéfiques pour une collectivité.

Il y a donc une relation à la fois complémentaire et antagoniste quand on considère ensemble l'intention et le résultat de l'action morale. Complémentaire, car l'intention morale ne prend de sens que dans le résultat de l'acte. Antagoniste, vu les conséquences éventuellement immorales de l'acte moral et les conséquences éventuellement morales de l'acte immoral.

Écologie de l'action

Pour comprendre le problème des effets de toute action, y compris morale, il faut nous référer à l'écologie de l'action.

L'écologie de l'action nous indique que toute action échappe de plus en plus à la volonté de son auteur à mesure qu'elle entre dans le jeu des inter-rétro-actions du milieu où elle intervient. Ainsi l'action risque non seulement l'échec, mais aussi le détournement ou la perversion de son sens.

Elle peut par exemple revenir frapper son auteur comme un boomerang. Ce qui est arrivé et arrivera souvent en politique : une réaction de l'aristocratie pour recouvrer ses privilèges a déclenché le processus révolutionnaire de 1789 qui a abouti à l'abolition non seulement de ses privilèges, mais aussi de son existence en tant que classe ; l'action réformatrice de Gorbatchev a abouti à la désintégration de l'Union soviétique. L'invasion de l'Irak pour terrasser le terrorisme contribue à l'accroître.

Par ailleurs, il est possible que des actions nocives ou meurtrières aboutissent, par les réactions antagonistes qu'elles provoquent, à des résultats heureux ; ainsi l'attaque des Malouines par la dictature militaire argentine a abouti au renversement de cette dictature ; il en fut de même de l'intervention à Chypre de la dictature militaire grecque.

Ainsi, il n'est pas absolument certain que la pureté des

moyens aboutisse aux fins souhaitées, ni que leur impureté soit inévitablement néfaste. Le Faust de Goethe illustre le mauvais résultat d'une bonne intention et l'heureuse conséquence d'une mauvaise intention. Faust souhaite le bonheur de Marguerite, mais tout ce qu'il accomplit concourt à son malheur. Méphisto s'acharne à perdre Marguerite, mais il déclenche l'intervention divine qui la sauve.

D'où ce premier principe : les effets de l'action dépendent non seulement des intentions de l'acteur, mais aussi des conditions propres au milieu où elle se déroule.

Ainsi, en concevant le contexte de l'acte, l'écologie de l'action introduit l'incertitude et la contradiction dans l'éthique.

Limite de la prévisibilité

On ne peut envisager la totalité des inter-rétro-actions au sein d'un milieu complexe, ici du milieu historico-social. Sauf dans des situations très simples, extrêmement contrôlées et de courte durée, il y a une limite à toute prévisibilité dans le champ de la vie sociale, y compris donc pour l'action qui y intervient.

Voltaire illustre, dans *Zadig*, notre impuissance à connaître l'avenir. Par impossibilité de les prévoir, Zadig subit les conséquences désastreuses de ses actions vertueuses. Par contre, un vieux mage omniscient laisse un enfant se noyer parce qu'il sait que cet enfant, devenu adulte, assassinera père et mère. Dès lors, son attitude immorale est en fait la seule morale. Mais nul humain n'est omniscient et la morale nous demande de sauver le nourrisson Staline et le bébé Hitler qui se noient.

Nous devons reconnaître les conséquences éthiques découlant des limites de nos possibilités cognitives ; un des plus grands acquis du XXᵉ siècle a été l'établissement de théorèmes limitant la connaissance, tant dans le raisonnement (théorème de Gödel, théorème de Chaitin) que dans la prévision : ainsi la théorie des jeux de von Neumann et Morgenstern nous indique qu'au-delà d'un duel entre deux acteurs rationnels on ne peut rien prédire. Or les jeux de la vie comportent rarement deux acteurs, et plus rarement encore des acteurs rationnels. Il y a à la fois risque/chance dans toute action en situation aléatoire (la plus fréquente).

Double et antagoniste nécessité du risque et de la précaution

Ceci nous mène à concevoir la relation complexe entre risque et précaution. Pour toute action entreprise en milieu incertain, il y a antagonisme entre le principe du risque et le principe de précaution ; l'un et l'autre étant nécessaires, il s'agit de pouvoir les lier en dépit de leur opposition, selon la parole de Périclès : « Nous savons tout à la fois faire preuve d'une audace extrême et n'entreprendre rien qu'après mûre réflexion. Chez les autres la hardiesse est un effet de l'ignorance tandis que la réflexion engendre l'indécision. »[1]

À sa façon, l'adage latin *Festina lente*, « Hâte-toi lentement », nous adresse le même message.

Inconscience ou négligence des effets secondaires pervers d'une action jugée salutaire

Note mode compartimenté de connaissance produit une ignorance systématique ou une conscience après coup des

---

1. Thucydide, *La Guerre du Péloponnèse*, Les Belles Lettres, 2003.

effets pervers d'actions jugées uniquement salutaires. Ainsi en est-il des médicaments qui ont des effets secondaires tardifs et nocifs, des traitements appliqués à un organe et qui lèsent un autre organe. Bien des sous-produits malfaisants qui accompagnent les bienfaits de notre civilisation deviennent avec le temps plus importants que ces bienfaits.

Incertitude dans la relation entre la fin et les moyens

Il y a deux rameaux séparés – et chacun insuffisant – de la morale : le rameau déontologique (obéissance à la règle) et le rameau téléologique (obéissance à la finalité). Le premier privilégie les moyens. Le second les subordonne.

Comme les moyens et les fins inter-rétro-agissent les uns sur les autres, la volonté réaliste d'efficacité peut appeler des moyens peu moraux qui risquent de corrompre la finalité morale. Il est très fréquent que des moyens ignobles au service de fins nobles pervertissent celles-ci. Il arrive que, dans la boucle des moyens-fins, les moyens s'hypertrophient et finissent par asphyxier les fins. Ainsi le système policier, le camp de concentration, moyens jugés nécessaires pour sauver la jeune révolution soviétique de la menace de ses ennemis, sont devenus la réalité finale de l'Union soviétique, tandis que les fins égalitaires et émancipatrices du communisme devenaient un masque idéologique trompeur.

Permutation de finalités selon les circonstances

Il arrive qu'on abandonne des finalités à long terme pour répondre à des besoins d'urgence, qu'on abandonne l'action en profondeur pour l'action immédiate. Hippocrate et Avicenne disaient qu'il faut traiter les causes d'une maladie plutôt que les symptômes, sauf en cas de danger mortel où il faut d'abord s'attaquer aux symptômes. Reste l'incertitude sur le diagnostic évaluant le caractère mortel du danger.

Dans les difficultés concrètes pour réaliser des finalités éthiques, ne faut-il pas sacrifier ces finalités pour une éthique du moindre mal ? Dans l'impossibilité d'un succès, ne faut-il pas recourir à une éthique de résistance ? Quand il n'y a pas de solution à un problème éthique, ne faut-il pas éviter le pire, c'est-à-dire accepter un mal ?

Dérives et inversions

Les guerres ou révolutions sont des tornades historiques qui emportent les destinées et actualisent des potentialités qui, sinon, n'auraient jamais vu le jour. En même temps, le surgissement de l'inattendu altère souvent le jugement et le diagnostic. Des impératifs antagonistes s'affrontent dans les esprits : auquel obéir ? Dès lors, un rien, un petit déclic, peuvent faire bifurquer une vie de façon irrémédiable.

C'est alors que commencent les dérives. Combien de dérives individuelles inconscientes j'ai connues chez ceux qui ont cru continuer d'agir dans l'esprit de leur idéal moral alors que le cours de l'histoire avait changé le sens de leur engagement. Ainsi, des pacifistes français, socialistes et humanistes, ont accepté, par haine de la guerre, la situation issue de la défaite de 1940 ; certains se sont alors engagés dans la collaboration avec l'Allemagne nazie en pensant que celle-ci instaurerait une paix européenne qui mettrait fin aux guerres nationales. À partir de la fin 1941, la guerre totale se déchaîna dans le monde, la collaboration à la paix nazie se transforma en collaboration à la guerre nazie, et certains pacifistes, dérivant dans le déchaînement de la guerre devenue mondiale, devinrent partisans de l'Allemagne belligérante, acquiesçant à ce qu'au départ ils haïssaient le plus, la guerre et le fascisme. Par ailleurs, j'ai vu beaucoup d'adhésions à l'idéal émancipateur du communisme se dégrader dans la justification des répressions et procès staliniens, et des idéalistes se transformer en militants inhumains et impitoyables.

En situation de guerre ou d'occupation, l'obéissance aux ordres de torture ou d'assassinats provoque la dégradation morale de ceux qui ne peuvent ou n'osent s'y soustraire. Une expérience de Stanley Milgram[1] illustre la dérive par soumission à l'autorité; un expérimentateur prend deux personnes, installe l'une dans le rôle du maître, l'autre dans celui de l'élève, et explique que chaque erreur de l'élève sera sanctionnée par le maître au moyen d'une décharge électrique. On place le maître dans une pièce séparée par une vitre de celle de l'élève, à qui on a fixé des électrodes aux poignets, et le maître peut manipuler un stimulateur de chocs allant de 15 à 450 volts portant des mentions allant de « Choc léger » à « Attention, choc dangereux ». À chaque nouvelle erreur, le maître doit infliger une décharge d'une intensité supérieure à la précédente. À 75 volts l'élève gémit, à 150 il supplie qu'on arrête l'expérience, à 270 cri d'agonie, à 330 plus rien (évanouissement). Sur 40 « maîtres », 26 (soit 65 %) sont allés jusqu'à 450 volts. Milgram conclut que « la conscience [d'un individu] qui contrôle d'ordinaire ses pulsions agressives est systématiquement mise en veilleuse quand il entre dans une structure hiérarchique ». Dans une seconde expérience où le maître fut libre de choisir le niveau de choc, une seule personne est allée à 450, une autre à 375, les autres sont restées au niveau le plus bas. *Ergo*, la soumission à l'autorité supérieure, plus que la personnalité sadique, détermine le comportement (et cette soumission permet à un sadisme habituellement inhibé de se manifester). Milgram : « Des gens ordinaires, dépourvus de toute hostilité, peuvent, en

---

1. Stanley Milgram, *Soumission à l'autorité*, Calmann-Lévy, 1990.

s'acquittant simplement de leur tâche, devenir les agents d'un atroce processus de destruction.» Eichmann disait, quand il parlait des massacres d'Auschwitz : «J'obéissais aux ordres.» On retrouve la thèse de la «banalité du mal» d'Hannah Arendt pour qui Eichmann était un bureaucrate ordinaire placé dans des circonstances exceptionnelles et non un monstre congénital. Ce fonctionnaire est devenu atroce par médiocrité quand l'engrenage de la machine nazie l'a conduit à programmer les meurtres de masse. S'il en est ainsi, n'est-ce pas la médiocrité qui serait à la fois le jouet et l'exécutant des plus basses œuvres de l'histoire humaine ?

Le second principe de l'écologie de l'action est celui de l'imprédictibilité à long terme. On peut envisager ou supputer les effets à court terme d'une action, mais ses effets à long terme sont imprédictibles. Encore aujourd'hui, on ne saurait mesurer les conséquences futures de la Révolution française ou de la Révolution soviétique.

Cette imprédictibilité est accrue du fait que nous avons appris «à reproduire le processus qui se déroule dans le Soleil» (Hannah Arendt) et que nous jouons désormais avec le Feu. Ainsi l'agir humain devient *catastrophiquement* imprévisible. «On déclenche des processus dont l'issue est imprévisible, de sorte que l'incertitude [...] devient la caractéristique essentielle des affaires humaines.»[1]

L'action même bonne peut porter un avenir funeste; même pacifique elle peut porter un avenir dangereux. «C'est le rôle de l'avenir que d'être dangereux», disait Whitehead[2].

Ainsi donc, au risque de désastre de la bonne intention et

---

1. Hannah Arendt, *La Condition de l'homme moderne*, Pocket/Calmann-Lévy, 2002, p. 297.
2. Alfred North Whitehead, *La Science et le monde moderne*, rééd. Éd. du Rocher, 1994, p. 261.

L'incertitude éthique

de la bonne action s'ajoute l'incertitude absolue du résultat final de l'action éthique.

Nulle action n'est donc assurée d'œuvrer dans le sens de son intention.

Les contradictions éthiques

Là où il s'agit d'obéir à un devoir simple et évident, le problème n'est pas éthique, il est d'avoir le courage, la force, la volonté d'accomplir son devoir. Le problème éthique surgit lorsque deux devoirs antagonistes s'imposent.

Les impératifs éthiques contraires

De même que la pensée complexe, l'éthique n'échappe pas au problème de la contradiction. Il n'y a pas d'impératif catégorique unique en toutes circonstances : des impératifs antagonistes adviennent souvent de façon simultanée et déterminent des conflits de devoirs ; les grandes difficultés éthiques sont moins dans une insuffisance que dans un excès d'impératifs.

Le conflit entre deux devoirs impérieux tend à déterminer, soit une paralysie, soit une décision frustrante et arbitraire.

Un cas exemplaire de contradiction éthique nous avait été fourni par Louis Massignon : un bédouin fugitif, pourchassé par les frères de l'homme qu'il a tué par vendetta, arrive au crépuscule à la tente de la femme de sa victime et lui demande asile ; celle-ci est sommée intérieurement d'obéir à la fois à la loi de l'hospitalité et à la loi de la vengeance ; elle résout le problème éthique en accordant l'asile au fugitif pour la nuit puis en se joignant le lendemain à ses beaux-frères dans la chasse au meurtrier.

Nous avons perdu le sens sacré du droit d'asile, et nous n'avons qu'exceptionnellement à subir le conflit entre la loi de la justice et celle de l'hospitalité[1]. Certes nous pouvons connaître l'antagonisme entre le devoir d'amitié ou d'hospitalité et le devoir civique. Mais surtout nous connaissons d'autres conflits entre impératifs également puissants.

En juin 1940, en France, il y eut l'armistice demandé par le gouvernement légal du maréchal Pétain, suivi presque immédiatement par la politique de collaboration avec l'ennemi vainqueur; au même moment, de Londres, le général de Gaulle lançait un appel à la résistance et continuait la guerre avec les Forces françaises libres. Beaucoup de Français ont alors ressenti deux injonctions patriotiques contradictoires: l'une d'obéir au pouvoir légal du maréchal, l'autre d'obéir au général rebelle, tous deux s'affirmant légitimes, tous deux se présentant comme dépositaires de l'honneur national.

À la même époque, le Parti communiste, qui avait mené, dans les années précédant le pacte germano-soviétique de 1939, une campagne antifasciste acharnée, approuva ce pacte par fidélité à l'URSS, puis, après la défaite de 1940, condamna la résistance gaulliste et l'Angleterre «impérialiste»; beaucoup de militants et de sympathisants se trouvèrent désarçonnés, subissant les deux injonctions contraires, ce que Gregory Bateson a appelé *double bind*: obéir au Parti ou obéir à l'antifascisme; c'est l'attaque de l'Allemagne hitlérienne contre l'URSS en juin 1941 qui supprima ce *double bind*.

---

1. Mais il est encore des lieux où la loi de l'hospitalité prime sur toute autre, comme les couvents qui, sous l'Occupation, ont accueilli juifs et résistants traqués et, ensuite, collaborateurs et nazis. Ce ne sont pas les mêmes couvents, me dit-on. Certes, et les pourchassés ne sont pas les mêmes: mais ils sont des pourchassés.

Il y a les contradictions éthiques entre deux « biens » à promouvoir, et entre deux maux à éviter dont on ne sait lequel est le pire. J'ai indiqué qu'il pouvait y avoir antagonisme entre l'éthique pour l'individu et l'éthique pour la société. Il faut en outre signaler, comme l'indique le théorème d'Arrow[1], l'impossibilité d'harmoniser complètement le bien individuel et le bien collectif, l'impossibilité d'agréger un intérêt collectif à partir des intérêts individuels, comme de définir un bonheur collectif à partir de la collection des bonheurs individuels. Plus généralement, on peut conclure à l'impossibilité de poser un algorithme d'optimisation dans les problèmes humains, c'est-à-dire à l'impossibilité d'arriver à concevoir et à assurer un souverain bien. En effet, la recherche de l'optimisation dépasse toute puissance de recherche disponible, et finalement inoptimise la recherche d'optimisation. Faut-il se borner à élaborer des solutions « satisfaisantes » (Herbert A. Simon)[2], celles du moindre mal ?

Il y a les contradictions entre deux devoirs, sacrés l'un comme l'autre : le devoir pour la cité qu'incarne Créon et le devoir de piété pour donner une sépulture à son frère qu'incarne Antigone. Plus largement, l'éthique pour autrui peut déterminer pitié, compassion, piété, amour en faveur d'un proscrit, d'un paria, d'un maudit, en infraction avec la loi sociale et ses impératifs.

Il y a les contradictions de la tolérance. Jusqu'à quel point tolérer ce qui risque de détruire la tolérance ? Quand la

1. K. J. Arrow, *Social Choices and Individual Values*, 2e éd., New Haven et Londres, Yale University Press, 1963 ; trad. fr., *Préférences individuelles et choix collectifs*, Diderot Multimédia, 1997.
2. Sur la notion de *satisficing* chez Simon, on peut consulter l'article qui lui est consacré dans le *New Palgrave Dictionary* de 1987, repris dans le tome III de *Models of Bounded Rationality* (MIT Press, 1997, chap. IV, 4).

démocratie est en péril, la tolérance peut devenir suicidaire.

Il y a contradiction entre l'éthique condamnatoire de la Loi et l'éthique de la miséricorde ou du pardon.

Nous sommes tous soumis à une pluralité de devoirs. Max Weber avait bien relevé notre inévitable polythéisme des valeurs, dont certaines entrent en conflit avec d'autres. Il opposait en particulier l'éthique de la responsabilité, qui mène à des compromis, et l'éthique de la conviction, qui refuse les compromis. Mais «on ne peut prescrire à personne d'agir selon l'éthique de conviction ou selon l'éthique de responsabilité, pas plus qu'on ne peut indiquer à quel moment il doit suivre l'une et à quel moment l'autre». Il n'est pas possible, ajoute-t-il, de «concilier l'éthique de conviction et l'éthique de responsabilité, pas plus qu'il n'est possible de démêler au nom de la morale quelle est la fin qui justifie tel moyen»[1].

Enfin, il y a un conflit inhérent et très profond au sein de la finalité éthique elle-même, puisque la réalité humaine comporte trois instances: individu, société, espèce, et que la finalité éthique est dès lors elle-même trinitaire. Ainsi, nous avons un devoir égocentrique qui nous est nécessaire pour vivre, où chacun est pour lui-même centre de référence et de préférence. Nous avons un devoir génocentrique où ce sont les nôtres, géniteurs, progéniture, famille, clan, qui constituent le centre de référence et de préférence. Nous avons un devoir sociocentrique où notre société s'impose comme centre de référence et de préférence. Enfin, nous avons cette éthique fragile et tardive, qui est anthropocentrique; elle émerge d'abord dans les grandes religions universalistes, puis s'affirme dans les idées humanistes: elle reconnaît en l'être humain un *ego alter* (un sujet comme

---

1. Max Weber, *Le Savant et le politique*, 10/18, 1959, p. 175 et 182.

L'incertitude éthique

soi-même) et demande de fraterniser avec lui comme *alter ego* (autre soi-même).

Ces devoirs sont complémentaires, mais s'ils surgissent en même temps, ils deviennent antagonistes.

Nous devons sans cesse affronter le conflit entre les injonctions de l'universel et celles de la proximité qui est le champ de l'action et de la visée personnelles où se situent les proches, les amours et amitiés concrètes ; l'impératif universel peut disparaître au profit de l'impératif particulier (les siens) : devons-nous sacrifier le bien général au profit du bien particulier de nos proches ou, à l'inverse, sacrifier le bien de nos proches au bien général ? Le bien général risque de demeurer abstrait et, surtout, nous pouvons nous tromper sur le bien général lui-même, comme le firent tant de militants dévoués qui crurent contribuer à l'émancipation de l'humanité tout en œuvrant à son asservissement. Plus encore, « l'amour de l'humanité a pu inspirer les plus glaciales inhumanités pour les proches »[1]. Le bien de nos proches, lui, est concret, mais nous pouvons nous tromper sur leur véritable intérêt, et surtout nous risquons de nous renfermer sur notre petite communauté et rester indifférents aux problèmes fondamentaux et globaux de l'humanité. Ici il n'y a pas de ligne préétablie, mais des diagnostics et des décisions d'urgence qui nous font obéir à l'un des impératifs contraires.

De même, nous devons affronter le conflit entre les injonctions antagonistes de préserver l'immédiat et le moyen terme. Nous avons certes des devoirs immédiats, mais ils peuvent entrer en conflit avec nos responsabilités à moyen terme, et désormais, comme c'est le cas avec la dégradation de la biosphère, avec nos responsabilités à

---

1. Edgar Morin, *Le Vif du sujet*, Seuil, 1969, p. 127, et aussi l'histoire de Naoum dans Vassili Grossman, *Tout passe*, Lausanne, Julliard/L'Âge d'homme, 1984.

l'égard des générations futures. De même que le principe hippocratique nous dit de soigner en profondeur les causes de la maladie et non les symptômes, sauf en cas de danger mortel, nous devons inscrire nos devoirs éthiques dans la durée, mais nous consacrer totalement à l'immédiat en cas de péril très grave. À quel moment diagnostiquerons-nous cette gravité et prendrons-nous une décision d'urgence ? Comme je l'ai écrit : « À force de sacrifier l'essentiel pour l'urgence, on finit par oublier l'urgence de l'essentiel. » Ici réapparaît l'antagonisme entre l'audace et la prudence : jusqu'où peut-on aller dans l'audace, au risque de tout perdre, comme dans la prudence, au risque de ne rien gagner ? Ici il faut choisir, parier.

Il y a également un problème éthique quand s'impose une « lutte sur deux fronts ». Ainsi, dans les années 1936-1937, il fallait lutter à la fois contre le nazisme et le communisme stalinien qui, l'un comme l'autre, avaient révélé, à ceux qui voulaient/pouvaient voir, leur véritable visage. Mais sous l'Occupation, la lutte simultanée sur les deux fronts risquait d'aboutir à l'abandon de toute lutte. Il fallait établir une priorité ou une sélection, et cela entraînait inévitablement l'affaiblissement de la lutte contre l'une des menaces. Tous ceux qui ont œuvré pour la victoire sur le nazisme ont aussi œuvré pour la victoire du totalitarisme stalinien. Mais s'ils avaient œuvré contre le totalitarisme stalinien, ils auraient aussi œuvré pour la victoire du nazisme. Vassili Grossman a bien synthétisé la tragédie en disant que Stalingrad fut la plus grande victoire et la plus grande défaite de l'humanité[1].

---

1. Vassili Grossman, *Vie et destin. Le « Guerre et paix » du XXᵉ siècle*, Lausanne, L'Âge d'homme, 1995.

L'incertitude éthique

La dialogique éthico-politique

On ne peut poser la relation entre l'éthique et la politique qu'en termes complémentaires, concurrents et antagonistes. C'est dans le chapitre « Éthique et politique »[1] que nous examinerons les incertitudes concernant le possible et l'impossible, le réalisme et l'utopie, et les contradictions inhérentes au réalisme comme à l'utopie.

Incertitude et contradiction éthiques dans les sciences

Je rappelle que l'autonomie de la science moderne exigeait la disjonction entre la connaissance et l'éthique[2]. C'est le formidable développement, au XXe siècle, des pouvoirs de destruction et de manipulation de la science qui nous oblige à une reconsidération. N'y a-t-il pas désormais antagonisme entre l'éthique de la connaissance qui enjoint de connaître pour connaître sans se soucier des conséquences, et l'éthique de protection humaine qui demande un contrôle des utilisations des sciences ?

Hiroshima a révélé que les pouvoirs bienfaisants de la découverte scientifique pouvaient s'accompagner de pouvoirs terrifiants. L'alliance de plus en plus étroite entre sciences et techniques a produit la techno-science, dont le développement incontrôlé, lié à celui de l'économie, conduit à la dégradation de la biosphère et menace l'humanité. De véritables *double binds* devraient s'imposer désormais à l'esprit des citoyens et à celui des politiques, mais plus ils s'imposent, plus ils sont esquivés.

---

1. Chapitre II de la 2e partie, p. 97.
2. Cf. *Science avec conscience*, Seuil, coll. « Points Sciences », 1990, p. 115-123.

Enfin, les progrès de la biologie moléculaire, de la génétique, de la médecine ont fait surgir les problèmes de bioéthique, qui révèlent de nouveaux antagonismes entre impératifs et de nouvelles contradictions éthiques.

Le dessein fondamental de la médecine est de lutter contre la mort. Les moyens modernes de cette lutte prolongent souvent la vie humaine dans des conditions de dégradation physique et mentale. N'y a-t-il pas désormais contradiction entre quantité de vie et qualité de vie ?

Faut-il respecter la volonté du malade qui demande l'euthanasie pour échapper à ses tortures ou le laisser souffrir au nom du respect de la vie humaine ? À quel moment l'action thérapeutique intensive devient-elle acharnement thérapeutique, qui cesse de respecter la souffrance pour ne respecter que la vie brute ? Les soins palliatifs aux mourants permettent-ils de dépasser l'alternative ?

Les développements à la fois cognitifs et manipulateurs de la biologie nous obligent à redéfinir la notion de personne humaine, qui était extrêmement claire jusqu'alors ; la personne naissait quand l'enfant sortait du ventre de sa mère ; elle mourait quand son cœur s'arrêtait. Aujourd'hui, les frontières de la personne humaine sont devenues floues. Nous savons que le fœtus ressent, souffre et même sourit. Nous savons également que, dans le coma irréversible, il peut advenir une extinction de l'esprit à l'intérieur d'un organisme en état végétatif. Il y a disjonction désormais entre l'idée de vivre humainement et celle de survivre biologiquement. Les personnes en coma prolongé sont contradictoirement des morts-vivants. La dissociation nouvelle entre deux morts, l'une cérébrale mais qui maintient une survie végétative, l'autre définitive pour tout l'organisme, pose un problème nouveau : le mort-vivant en coma prolongé n'est plus une personne, mais il a gardé la forme et la marque de la personne humaine.

Il y a désormais antagonisme entre, d'une part, l'impératif

L'incertitude éthique

hippocratique de lutter jusqu'au bout contre la mort et, d'autre part, l'impératif humanitaire d'arrêter de vaines souffrances et de prélever éventuellement des organes pour sauver un autre être humain. Faut-il prolonger indéfiniment un coma où le survivant, réduit à une vie végétative, n'a plus rien mentalement d'humain ? Faut-il prélever des organes sur ce mort en sursis pour sauver des vies humaines (avec une incertitude non éliminable sur le diagnostic de mort) ? Qui, dans ce dernier cas, doit décider le prélèvement d'organes pour sauver un blessé ? Le malade ? La famille ? Le médecin ?

Bien des certitudes propres à la thérapie actuelle ne se fondent-elles pas sur une connaissance encore insuffisante ? Ne garde-t-on pas une conscience souterraine au sein du coma ? Les comas réputés irréversibles le sont-ils vraiment ? N'y a-t-il pas eu des guérisons de maladies inguérissables ? N'y a-t-il pas eu des quasi- « résurrections » (notamment chez des enterrés vivants) ? Cela affecterait alors d'une incertitude profonde toute décision d'euthanasie.

Enfin, de nombreuses contradictions éthiques sont désormais liées à la naissance. Elles étaient déjà virtuelles dans l'incompatibilité entre une conception chrétienne pour qui la personne naissait dès la fécondation et une conception laïque pour qui la personne naissait au moment où elle sortait au monde. Est-ce que l'enfant existe en tant que personne dès la formation de l'œuf, au stade de blastula, au moment de la formation de l'embryon, au troisième mois, au sixième mois, à la naissance ? Il est évident que l'on ne peut pas donner de réponse. Il y a un mystère de l'embryon : ce n'est pas encore une personne humaine, mais il n'est plus seulement un être humain potentiel ; il est de moins en moins potentiel et de plus en plus actuel au cours de son développement intra-utérin. Il y a effectivement une contradiction interne à l'identité de l'être embryonnaire, une fois que ses organes sont formés et qu'il est doué de sensibilité : il n'est pas encore pleinement humain, mais il est déjà humain. Refuser à l'embryon le statut d'être humain, c'est esquiver une contradiction profonde.

Il y avait déjà antagonisme entre le droit de la femme à préserver sa liberté en avortant d'un enfant non désiré, le droit à naître de l'embryon, le droit de la société à préserver sa démographie. Entre ces trois droits, la France a donné priorité au droit de la femme, a contourné le problème du droit de l'embryon, a considéré comme secondaire l'impact de l'avortement sur sa démographie.

De nouveaux progrès ont fortement ébranlé le sens de la notion de père, de mère, d'enfant et introduit une incertitude en chacune de ces notions. Ainsi l'enfantement par mère porteuse introduit une scission dans la notion de mère. Le père s'évanouit dans le néant quand un enfant est le produit du sperme anonyme d'un homme qui peut être mort depuis des années.

Notons aussi pour bientôt l'antagonisme entre la liberté de choix du sexe, des traits morphologiques et des aptitudes de l'enfant, et le risque de normalisation biologique de l'être humain. Faudra-t-il éliminer les anormaux potentiels alors que nous savons que l'invention et la créativité viennent d'individus hors normes ?

En de multiples domaines et de multiples cas, on ne peut surmonter l'aporie éthique ; il faut vivre avec elle et savoir soit faire des compromis d'attente, soit décider, c'est-à-dire parier.

L'illusion éthique

Il y a enfin le problème de l'égarement éthique, lié à l'illusion ou à l'erreur. Ainsi l'éthique de la fraternité a ses principes bien assurés, mais elle peut s'égarer et œuvrer pour son contraire ; comme je l'ai déjà dit, de nombreux communistes fervents ont cru agir pour l'émancipation du genre humain en travaillant en fait pour son asservissement.

D'innombrables fourvoyés ont pris pour vérité évidente l'illusion d'une société fraternelle, libérée de l'exploitation, en URSS ou en Chine, et ont dénoncé l'ignominie de ceux qui critiquaient l'objet de leur foi. Ceux qui se sont aveuglés (et certains toute leur vie) sur l'URSS, qui ont nié l'existence du Goulag concentrationnaire, qui ont refusé de lire Voline, Ciliga, Souvarine, Weissberg, Soljenitsyne, ceux-là ont dénoncé un anticommunisme «viscéral» dans les témoignages ou arguments véridiques mais contraires à leur illusion. La plupart des grands intellectuels du XXe siècle ont, à un moment de leur vie, été dupes; certains, assurés de défendre le droit et la vérité, ont accablé Kravchenko, ancien haut fonctionnaire soviétique passé à l'Ouest et qui, dans *J'ai choisi la liberté*, avait décrit de façon concrète l'arbitraire et la cruauté du totalitarisme stalinien[1].

Certains même, accomplissant ou justifiant des actes immoraux, comme le mensonge politique ou la déportation de populations, ont cru qu'une éthique supérieure, légitimée par ses finalités émancipatrices universelles, leur enjoignait d'accomplir des actes infâmes pour le salut de la Révolution. Trotski a formulé cette éthique supposée supérieure: tout ce qui sert la révolution est moral, tout ce qui la combat est immoral; il a été assassiné par le fanatique Mercader convaincu d'agir moralement pour le socialisme[2].

Le terroriste a la conviction d'accomplir un acte moral en lançant sa bombe sur une population civile. Baruch

---

[1]. Lire à ce sujet Étienne Jaudel, *L'Aveuglement. L'affaire Kravchenko*, Michel Houdiard éditeur, 2003.
[2]. Cf. le caractère édifiant du livre de Soudoplatov, *Missions spéciales* (Seuil, 1994), où ce grand agent secret est persuadé d'agir pour la juste cause socialiste en faisant assassiner des nationalistes ukrainiens et Trotski lui-même.

Goldstein, qui assassine trente Palestiniens en prière, est persuadé d'avoir fait œuvre pie, de même que la jeune kamikaze dont la bombe déchiquette au hasard hommes, femmes et enfants israéliens. Les terroristes d'Al-Quaïda perpètrent des massacres civils dans la certitude de mener la lutte du Bien contre le Mal. De l'autre côté, les pires excès de la terreur d'État, y compris la torture systématique, sont moralement justifiés au nom de la lutte contre le terrorisme.

Plus largement, l'histoire de l'humanité nous montre sans cesse que l'amour et la fraternité, expressions suprêmes de la morale, sont faciles à tromper. Nulle religion n'a été plus sanglante et cruelle que la religion d'Amour.

L'illusion intérieure

Tous les égarements éthiques viennent certainement d'une insuffisance du sens critique et d'une difficulté à acquérir une connaissance pertinente ; cette insuffisance et cette difficulté à combattre l'illusion sont inséparables d'une propension intérieure à l'illusion que favorisent nos processus psychiques d'auto- aveuglement, dont la *self-deception*[1] ou mensonge à soi-même. Comme on l'a vu, la conscience est extrêmement fragile[2], l'esprit humain sait refouler ce qui lui désagrée, sélectionner ce qui lui agrée. La mémoire et l'oubli sélectifs sont ainsi des opérateurs d'illusion. Ajoutons l'impossibilité d'être totalement conscient de ce qui se passe dans la machinerie de notre esprit, qui conservera toujours quelque chose de fondamentalement inconscient[3]. La sincérité elle-même pose problème. La sincérité n'exclut

1. Cf. Vocabulaire, p. 261.
2. Edgar Morin, *La Méthode 5*, Seuil, coll. «Points», § «Pouvoirs et faiblesses de la conscience», p. 124-129.
3. Conformément, pourrait-on le remarquer, au principe de Tarski sur l'impossibilité d'un système à se comprendre totalement lui-même.

pas la *self-deception*. Comme je l'ai écrit dans *Autocritique* : « La sincérité ne peut être pure qu'à un moment particulier de combustion entre les gaz qui la nourrissent et la fumée qui s'en dégage. »

Les difficultés de l'auto-connaissance et de l'auto-examen critique font la difficulté de la lucidité éthique. La plus grande illusion éthique est de croire qu'on obéit à l'exigence éthique la plus haute alors qu'on œuvre pour le mal et le mensonge. Comme l'écrit Théo Klein, « l'éthique n'est pas une montre suisse dont le mouvement ne se trouble jamais. C'est une création permanente, un équilibre toujours près de se rompre, un tremblement qui nous invite à tout instant à l'inquiétude du questionnement et à la recherche de la bonne réponse »[1].

La moraline (j'emprunte ce terme à Nietzsche) est la simplification et la rigidification éthique qui conduisent au manichéisme, et qui ignorent compréhension, magnanimité et pardon. Nous pouvons reconnaître deux types de moraline : la moraline d'indignation et la moraline de réduction, qui, du reste, s'entre-nourrissent.

L'indignation sans réflexion ni rationalité conduit à la disqualification d'autrui. L'indignation est tout enveloppée de morale, alors qu'elle n'est souvent qu'un masque de l'immorale colère.

La moraline de réduction réduit autrui à ce qu'il a de plus bas, aux actes mauvais qu'il a accomplis, à ses anciennes idées nocives, et le condamne totalement. C'est oublier que ces actes ou idées ne concernent qu'une partie de sa vie, qu'il a pu évoluer depuis, voire s'être repenti. Comme disait Hegel, « la pensée abstraite ne voit dans l'assassin rien d'autre que cette qualité abstraite [tirée hors de son contexte] et [détruit] en lui, à l'aide de cette seule qualité,

---

1. Théo Klein, *Petit traité d'éthique et de belle humeur*, Liana Levi, 2004.

tout le reste de son humanité». Considérer comme fasciste à vie qui a été fasciste dans sa jeunesse, stalinien à vie qui a été stalinien, salaud à vie qui a commis une vilenie, c'est de la moraline.

Ripostes à l'incertitude et à la contradiction

Il y a fort heureusement des ripostes aux incertitudes de l'action : l'examen du contexte où doit s'effectuer l'action, la connaissance de l'écologie de l'action, la reconnaissance des incertitudes et des illusions éthiques, la pratique de l'auto-examen, le choix réfléchi d'une décision, la conscience du pari qu'elle comporte.

Puisque les conséquences d'une action juste sont incertaines, le pari éthique, loin de renoncer à l'action par peur des conséquences, assume cette incertitude, reconnaît ses risques, élabore une stratégie.

La conscience du pari est à la fois la conscience de l'incertitude de la décision et celle de la nécessité d'une stratégie. Ces trois consciences se renvoient l'une à l'autre, s'alimentent l'une l'autre.

Tout cela nécessite une pensée pertinente, ce qui est examiné au chapitre suivant : «L'éthique de pensée».

L'élaboration d'une stratégie comporte la vigilance permanente de l'acteur au cours de l'action, tient compte des aléas possibles, effectue la modification de la stratégie en cours d'action et éventuellement le torpillage de l'action qui aurait pris un cours nocif. La stratégie demeure navigation au gouvernail dans une mer incertaine, et elle suppose évidemment une pensée pertinente. Elle comporte un complexe de méfiance et de confiance, qui nécessite de se méfier non seulement de la confiance, mais aussi de la méfiance. La stratégie est un art. Tout grand art comporte une part d'imagination, de subtilité, d'invention, ce dont firent preuve les grands stratèges de l'Histoire.

Aussi on peut et on doit lutter contre l'incertitude de l'action, on peut même la surmonter à court ou moyen terme, mais nul ne saurait prétendre l'avoir éliminée à long terme.

Quand il n'y a pas de solution éthique à un problème, il faut sans doute éviter le pire, et pour éviter le pire, il faut recourir à une stratégie.

Dans le cas où nous devrions obéir à une pluralité de finalités éthiques (de valeurs), il nous faut enrichir et complexifier les stratégies en considérant les antagonismes inhérents aux finalités que nous nous donnons. Ainsi, en ce qui concerne la tri-finalité Liberté-Égalité-Fraternité, nous devrions, selon les périodes, donner la priorité à l'une, sans oublier les deux autres. La priorité est ainsi la liberté sous une dictature, elle est l'égalité là où l'inégalité triomphe, et aujourd'hui, dans la désintégration des solidarités, elle serait la fraternité, qui d'elle-même favorise la liberté et réduit l'inégalité. L'éthique politique doit intégrer ces trois termes dans une boucle récursive où chacun contribue à régénérer l'ensemble. Il est capital de se remémorer que tout ce qui ne se régénère pas dégénère.

Conclusion : la complexité éthique

Malgré le pari, malgré la stratégie, il demeure une irréductible incertitude liée à l'écologie de l'action, aux limites du calculable, aux antagonismes d'impératifs, aux contradictions éthiques, aux illusions de l'esprit humain.

L'incertitude éthique relève non seulement de l'écologie de l'action (une intention bonne ne peut-elle produire du mal?), des contradictions éthiques, des illusions de l'esprit humain ; mais elle relève aussi du caractère trinitaire où l'auto-éthique, la socio-éthique et l'anthropo-éthique sont à la fois complémentaires, concurrentes et antagonistes. Il faut en chaque occasion établir une priorité et effectuer un choix (pari).

Plus profondément, il y a une contradiction et une incertitude éthique face au monde, au réel, au mal. La double maxime beethovénienne nous met au cœur de cette contradiction et de cette incertitude : *Muss es sein ? Es muss sein !*[1]
Muss es sein : la révolte contre le monde, contre le réel, contre le mal, contre le destin. *Es muss sein* : la nécessaire acceptation du monde, du réel, du mal, du destin, ne serait-ce que pour pouvoir résister à la cruauté du monde, lutter contre le mal, amender le destin. Comment assumer cette contradiction ? Jusqu'à quel point accepter ? Jusqu'à quel point refuser ? Nous retrouvons l'incertitude, la contradiction, la nécessité du pari et de la stratégie.

Il y a enfin une incertitude interne cachée sous l'apparence univoque du bien et du mal.
L'incertitude s'introduit à l'intérieur du juste et du bien :
Où est la justice ? (À chacun selon ses mérites ? À chacun selon ses besoins ?) Où est la vérité éthique supérieure ? Loi ?[2] Châtiment ? Miséricorde ? Pardon ?
Où est vraiment le bien ? Dans l'obéissance à la loi (morale biblique) ? Dans la vertu (morale aristotélicienne) ? Dans l'amour (morale paulinienne) ? Dans l'insoumission ?
S'il n'est pas possible de concevoir ni d'assurer un Souverain Bien, quel bien pouvons-nous proposer ?

La morale non complexe obéit à un code binaire bien/mal, juste/injuste. L'éthique complexe conçoit que le

---

1. Inscription sur le livret du dernier mouvement de son dernier quatuor.
2. Le comble du droit peut être le comble de l'injustice, comme l'indique l'adage latin : *Summum jus, summa injuria*.

L'incertitude éthique

bien puisse contenir un mal, le mal un bien, le juste de l'injuste, l'injuste du juste.

Kant a énoncé un principe éthique intrinsèquement assuré, qui a force de loi : « Agis uniquement d'après la maxime qui fait que tu peux vouloir en même temps qu'elle devienne une loi universelle. » Effectivement, l'universalité de la loi morale interdit de faire à autrui ce qu'on ne voudrait pas qu'il soit fait à soi-même, et elle s'applique à tout être humain. Ce principe ne saurait donc souffrir d'exception du point de vue éthique. Mais nous l'avons vu, le bien et le mal ne sont pas toujours évidents et parfois ils sont faussement évidents. Ils comportent incertitudes et contradictions internes, et, à ce titre, il y a complexité éthique.

Le devoir n'est pas ce qui reste simple face à une réalité complexe. Le devoir est lui-même complexe.

Il y a donc non seulement une incertitude, mais aussi une complexité intrinsèque à l'éthique.

Ce qui doit devenir loi universelle, c'est la complexité éthique, qui comporte problématique, incertitude, antagonismes internes, pluralités.

Assumer l'incertitude du destin humain conduit à assumer l'incertitude éthique. Assumer l'incertitude éthique conduit à assumer l'incertitude du destin humain.

L'incertitude à la fois paralyse et stimule. Elle paralyse, mène souvent à l'inaction, par crainte des conséquences éventuellement funestes. L'incertitude stimule parce qu'elle appelle le pari et la stratégie. La riposte à l'incertitude et à l'angoisse qu'elle génère se trouve dans la participation, l'amour. La foi dans nos valeurs éthiques n'empêche nullement notre incertitude sur leur victoire. Pascal l'a bien montré : le doute n'empêche pas la foi, et la foi n'exclut pas le doute.

Nous pouvons et devons assumer les contradictions de l'action (comme méfiance/confiance, hardiesse/précaution) de façon dialogique.

Comme je l'ai écrit, « la seule morale qui survive à la lucidité est celle où il y a conflit ou incompatibilité de ses exigences, c'est-à-dire une morale toujours inachevée, infirme comme l'être humain, et une morale en problèmes, en combat, en mouvement comme l'être humain lui-même »[1]. Ainsi donc, en chacune de nos intentions, en chacun de nos actes, notre éthique est soumise à l'incertitude, à l'opacité, au déchirement, à l'affrontement.

Si l'on regarde toute cette complexité, depuis les effets inattendus ou pervers de l'acte, alors s'impose la nécessité de « travailler à bien penser », selon l'expression de Pascal, c'est-à-dire de penser de façon complexe.

Nous avons besoin d'une connaissance capable de concevoir les conditions de l'action et l'action elle-même, de contextualiser avant et pendant l'action.

Rien n'est meilleur que la bonne volonté. Mais elle ne suffit pas et risque de se tromper. Une pensée incorrecte, une pensée mutilée, une pensée mutilante, même avec les meilleures intentions, peut conduire à des conséquences désastreuses.

---

1. Edgar Morin, *Le Vif du sujet*, Seuil, 1969, p. 128.

IV. L'éthique de pensée

> La pensée est la plus haute vertu.
>
> Héraclite
>
> Tout son devoir est de penser comme il faut.
>
> Pascal
>
> Les hommes ont le tort de juger d'un tout dont ils ne connaissent que la plus petite partie.
>
> Voltaire
>
> Garder la veilleuse de la rationalité au cœur de la passion et au cœur des ténèbres.
>
> Hadj Garm'Orin

L'éthique de la connaissance et la connaissance de l'éthique

Le lien

« Travailler à bien penser, voilà le principe de la morale », disait Pascal.

Cette parole paradoxale semble ignorer qu'on ne saurait déduire un devoir d'un savoir. La morale est vérité subjective et le savoir prétend à la vérité objective. Mais la conduite morale doit avoir connaissance des conditions objectives où elle s'exerce. Aussi la phrase de Pascal nous indique-t-elle que le lien entre le savoir et le devoir doit être sans cesse assuré.

L'éthique de la connaissance comporte la lutte contre l'aveuglement et l'illusion, y compris éthiques, la reconnaissance des incertitudes et des contradictions, y compris éthiques. Le principe de conscience (intellectuelle) doit éclairer le principe de conscience (morale). D'où le sens de la phrase de Pascal : l'éthique doit mobiliser l'intelligence pour affronter la complexité de la vie, du monde, de l'éthique elle-même.

Le principe de conscience intellectuelle est inséparable du principe de conscience morale.

Il faut établir le lien tout en maintenant la distinction. La pensée complexe reconnaît l'autonomie de l'éthique tout en la reliant : elle établit le lien entre le savoir et le devoir.

Nous ne devons, ni ne pouvons concevoir une éthique insulaire, solitaire.

Le « mal-penser »

– morcelle et cloisonne les connaissances,
– tend à ignorer les contextes,
– fait le *black-out* sur les complexités,
– ne voit que l'unité ou la diversité, mais non l'unité de la diversité et la diversité dans l'unité,
– ne voit que l'immédiat, oublie le passé, ne voit qu'un avenir à court terme,
– ignore la relation récursive passé/présent/futur[1],
– perd l'essentiel pour l'urgent, et oublie l'urgence de l'essentiel,
– privilégie le quantifiable et élimine ce que le calcul

---

1. Cf. Edgar Morin, *Pour entrer dans le XXI*[e] *siècle*, Seuil, p. 319 *sq*.

ignore (la vie, l'émotion, la passion, le malheur, le bonheur),
– étend la logique déterministe et mécaniste de la machine artificielle à la vie sociale,
– élimine ce qui échappe à une rationalité close,
– rejette ambiguïtés et contradictions comme erreurs de pensée,
– est aveugle au sujet individuel et à la conscience, ce qui atrophie la connaissance et ignore la morale,
– obéit au paradigme de simplification qui impose le principe de disjonction ou/et le principe de réduction pour connaître, et qui empêche de concevoir les liens d'une connaissance avec son contexte et avec l'ensemble dont elle fait partie,
– mutile la compréhension et handicape les diagnostics,
– exclut la compréhension[1] humaine.

La parcellarisation, la compartimentation, l'atomisation du savoir rendent incapable de concevoir un tout dont les éléments sont solidaires, et par là tendent à atrophier la connaissance des solidarités et la conscience de solidarité. Elles enferment l'individu dans un secteur cloisonné et par là tendent à circonscrire étroitement sa responsabilité, donc à atrophier sa conscience de responsabilité. Ainsi le malpenser ronge l'éthique à ses sources : solidarité/responsabilité. L'incapacité de voir le tout, de se relier au tout désolidarise et irresponsabilise.

Toute connaissance (et conscience) qui ne peut concevoir l'individualité, la subjectivité, qui ne peut inclure l'observateur dans son observation, est infirme pour penser tous problèmes, surtout les problèmes éthiques. Elle peut être efficace pour la domination des objets matériels, le contrôle des énergies et les manipulations sur le vivant. Mais elle est

1. Sur la compréhension, cf. plus loin, 3ᵉ partie, chap. IV.

devenue myope pour appréhender les réalités humaines et elle devient une menace pour l'avenir humain.

Le « travailler à bien penser »

– relie,
– décloisonne les connaissances,
– abandonne le point de vue mutilé qui est celui des disciplines séparées et cherche une connaissance polydisciplinaire ou transdisciplinaire,
– comporte une méthode pour traiter les complexités[1],
– obéit à un principe qui enjoint à la fois de distinguer et de relier,
– reconnaît la multiplicité dans l'unité, l'unité dans la multiplicité,
– dépasse le réductionnisme et le holisme en liant

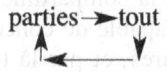

$$parties \rightleftarrows tout$$

– reconnaît les contextes et les complexes et permet donc d'inscrire l'action morale dans l'écologie de l'action,
– inscrit le présent dans la relation circulaire

$$passé \leftrightarrows présent \leftrightarrows futur$$

– n'oublie pas l'urgence de l'essentiel,
– intègre le calcul et la quantification parmi ses moyens de connaissance,
– conçoit une rationalité ouverte,
– reconnaît et affronte incertitudes et contradictions,
– conçoit la dialogique qui intègre et dépasse la logique classique,

---

1. Edgar Morin, *La Méthode*, notamment les volumes *1, 2* et *3*.

L'éthique de pensée

– conçoit l'autonomie, l'individu, la notion de sujet, la conscience humaine,

– opère ses diagnostics en tenant compte du contexte et de la relation local-global,

– s'efforce de concevoir les solidarités entre les éléments d'un tout, et par là tend à susciter une conscience de solidarité. De même sa conception du sujet le rend capable de susciter une conscience de responsabilité; il incite donc à ressourcer et régénérer l'éthique,

– reconnaît les puissances d'aveuglement ou d'illusion de l'esprit humain, ce qui le conduit à lutter contre les déformations de la mémoire, les oublis sélectifs, la *self-deception*, l'auto-justification, l'auto-aveuglement.

Alors que la connaissance uniquement objective déshumanise, il y inclut la compréhension qui effectue la relation de sujet à sujet.

Son caractère anti-réducteur amène à combattre la moraline qui réduit autrui à son pire aspect ou au pire moment de sa vie.

Le «travailler à bien penser» reconnaît la complexité humaine: il ne dissocie pas individu/société/espèce: ces trois instances sont l'une en l'autre, l'une générant les autres, chacune fin et moyen des autres, et en même temps potentiellement antagonistes. L'individu est *sapiens/demens*, *faber/mythologicus*, *economicus/ludens*, prosaïque/poétique, un et multiple.

Il ne fige pas l'être humain et sait que le pire (dégradation) et le meilleur (régénération) peuvent advenir en lui.

Le «travailler à bien penser» reconnaît les *imprintings* et les normalisations qu'une culture inscrit dans l'esprit des individus. Il en tient nécessairement compte dans ses jugements éthiques.

Il s'efforce au diagnostic de civilisation et au diagnostic historique pour comprendre les comportements.

Il reconnaît la complexité humaine, sociale et historique, et comprend les égarements, dérives, possessions.

Dans ce sens, il permet de prendre conscience des dégradations éthiques que produisent les hystéries collectives, notamment en cas de crise et surtout de guerre, où le manichéisme, la diabolisation de l'ennemi, l'indignation permanente produisent des déchaînements de moraline. Par là même il appelle à la vigilance éthique pour ne pas sombrer dans le manichéisme ni retrancher l'ennemi de l'espèce humaine. Il devient d'urgente et vitale nécessité dans le déferlement devenant planétaire de haine, manichéisme, diabolisation, déshumanisation collective réciproque qui gangrène la relation Islam-Occident.

Le « travailler à bien penser » s'efforce aujourd'hui de concevoir l'ère planétaire et d'y inscrire l'éthique. Il peut dès lors concevoir concrètement la solidarité et la responsabilité humaines dans l'idée de Terre-Patrie et régénérer un humanisme.

De la pensée complexe à l'éthique

Toute connaissance peut être mise au service de la manipulation, mais la pensée complexe conduit à une éthique de la solidarité et de la non-coercition. Comme je l'ai indiqué, « nous pouvons entrevoir qu'une science qui apporte des possibilités d'auto-connaissance, qui s'ouvre sur de la solidarité cosmique, qui ne désintègre pas le visage des êtres et des existants, qui reconnaît le mystère en toutes choses pourrait proposer un principe d'action qui non pas ordonne mais organise, non pas manipule mais communique, non pas dirige mais anime »[1].

La pensée complexe nourrit d'elle-même l'éthique.

1. Edgar Morin, *La Méthode 1*, Seuil, 1977, p. 387.

L'éthique de pensée

En reliant les connaissances, elle oriente vers la reliance entre humains.

Son principe de non-séparation oriente vers la solidarité.

Elle comporte la nécessité d'auto-connaissance par l'intégration de l'observateur dans son observation, le retour sur soi pour s'objectiver, se comprendre et se corriger, ce qui constitue à la fois un principe de pensée et une nécessité éthique.

L'anthropologie complexe reconnaît le sujet humain dans sa dualité égocentriste/altruiste, ce qui lui permet de comprendre la source originelle de solidarité et de responsabilité. Aussi la pensée complexe conduit-elle vers une éthique de la responsabilité (reconnaissance du sujet relativement autonome) et de la solidarité (pensée qui relie).

Elle reconnaît les incertitudes de la connaissance, la difficulté de conscience, l'incertitude irrémédiable du devenir, et par là introduit aux incertitudes éthiques.

Elle conduit vers une éthique de la compréhension qui est une éthique de pacification des relations humaines.

Elle montre que plus grande est la complexité sociale, plus grandes sont les libertés, plus grande est la nécessité de solidarité pour assurer le lien social.

L'anthropologie complexe, en concevant la trinité humaine (individu/société/espèce), permet de concevoir les trois branches de l'éthique : auto-éthique/socio-éthique/anthropo-éthique.

Elle conduit d'elle-même à la complexité éthique (reconnaissance des contradictions, affrontement de l'incertitude) et à la nécessité du pari.

Elle peut comprendre, sans y conduire directement, l'éthique de la compassion, de la magnanimité et du pardon.

Elle permet de concevoir les dégradations humaines qu'engendrent l'excès d'égocentrisme, l'obsession économique, l'esprit techno-bureaucratique.

Elle permet la vigilance contre les dérèglements de

l'esprit, les hystéries collectives, les chauvinismes, les fanatismes.

Elle permet de comprendre les incompréhensions.

L'éthique éclairée/éclairante

La pensée complexe comporte une dimension épistémologique (connaissance de la connaissance)[1] et une dimension anthropologique (connaissance de l'humain)[2]. Elle lie en boucle épistémologie et anthropologie.

L'épistémologie complexe permet de concevoir une anthropologie complexe, laquelle est une condition de l'éthique complexe, laquelle s'intègre dans une boucle où chaque terme est nécessaire aux autres.

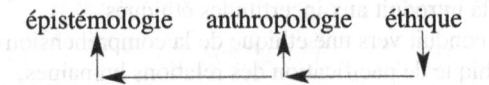

épistémologie   anthropologie   éthique

Un même impératif lie épistémologie complexe, anthropologie complexe et éthique complexe pour affronter la barbarie de l'esprit.

Nous avons dit au début de ce chapitre que «la conscience morale nécessite l'exercice permanent d'une conscience éclairante». Mais réciproquement, l'intelligence est un éclairage qui a besoin d'être éclairé par la morale. Il y a des moments où la morale donne une lucidité qui manque à l'intelligence résignée ou passive. J'avais noté, dans *Autocritique*[3], comment le réveil d'une conscience morale,

---

1. Edgar Morin, *La Méthode 3 : La Connaissance de la Connaissance*, Seuil, 1986, et *La Méthode 4 : Les Idées*, Seuil, 1991.
2. Edgar Morin, *La Méthode 5 : L'Humanité de l'humanité*, Seuil, 2001.
3. *Autocritique*, 1re éd. 1959, rééd. en coll. «Points», Seuil, 1975.

L'éthique de pensée

jusqu'alors refoulée, avait réveillé ma conscience intellectuelle à partir de mon dégoût des mensonges ignobles du procès Rajk : « Quand je me retourne aujourd'hui vers ce passé, je n'ai pas de doute : ce sursaut de conscience, ce refus même seulement mental de l'imposture sauvait ma raison ; la flamme de l'indignation était la seule chose qui éclairait ma nuit ; c'était la lucidité. » Il en fut de même pour bien d'autres. Oui, comme nous le verrons plus loin, la morale est lucide, parfois extra-lucide, en résistant à la barbarie de l'esprit.

DEUXIÈME PARTIE

Éthique, science, politique

I. Science, éthique, société

> Science et technologie ont réussi et échoué en même temps.
>
> A. J. Wojciechowski

> Le moral est produit par le social, décrète-t-on à juste titre... sans voir toutefois que le social est aussi produit par le moral.
>
> Kostas Axelos

Au XVIIe siècle, la science moderne s'est constituée de façon autonome. Son postulat d'objectivité opérait de lui-même la disjonction entre savoir et éthique. Elle devait protéger son impératif propre, « connaître pour connaître », quelles qu'en soient les répercussions morales, politiques, religieuses. D'abord marginale dans les sociétés occidentales, la science s'est introduite dans les universités au XIXe siècle, puis au XXe au cœur des entreprises industrielles et enfin au cœur des États, qui financent les recherches scientifiques et s'emparent de leurs résultats pour leurs propres fins. Le développement scientifique détermine désormais le développement de notre société qui lui-même détermine le développement scientifique. Dès lors, ce qui était valable pour la science naissante, marginale, menacée n'est plus vrai à l'époque de l'omniprésence et du gigantisme de la science aux XXe et XXIe siècles.

Science/technique/société/politique

La relation science/technique est devenue si indissociable que l'expression « techno-science » s'est imposée. Au départ, la science avait besoin de techniques pour expérimenter et elle expérimentait pour vérifier. Un processus s'est mis en marche où la manipulation technique est de plus en plus au service de la science, mais où, aussi, la science est de plus en plus au service de la manipulation technique. Le développement de la connaissance pour la connaissance qui est proprement scientifique est désormais inséparable du développement de maîtrise qui est proprement technique. Au sein de la techno-science, la *big science*, devenue hyper-technicisée, a engendré des pouvoirs titanesques.

La technique, en générant sans cesse de nouveaux pouvoirs, s'est mise au service de l'économie, pour créer et développer les industries, les transports, les communications, et elle propulse ainsi les développements économiques contemporains, tandis que la recherche scientifique dans certains domaines de pointe, comme la chimie et la génétique, entre dans le monde du profit et le fait entrer dans la science.

Tous les développements et toutes les transformations historiques de nos sociétés ont parmi leurs causes et effets les développements de la techno-science. La science est devenue ainsi une puissante motrice sociale.

Ses réussites dans la connaissance pure, comme l'élucidation de la structure de l'atome, puis l'élucidation de la structure du gène, suscitent en peu de temps de formidables instruments de destruction et de manipulation, dans le premier cas sous l'impulsion de la Seconde Guerre mondiale puis de la guerre froide, dans le second cas sous l'impulsion du profit.

La science aventure désintéressée est captée par les inté-

Science, éthique, société 85

rêts économiques, la science aventure apolitique est captée par les forces politiques, au premier chef les États.

Les scientifiques sont de fait totalement dénués des pouvoirs qui pourtant émanent de leurs laboratoires; ces pouvoirs sont reconcentrés entre les mains des entreprises et des puissances étatiques. Certes, au cœur de la Seconde Guerre mondiale, Einstein a pris l'initiative de demander au président Roosevelt de produire la bombe atomique. Mais, aussitôt produite, l'arme a échappé au contrôle des scientifiques. C'est bien cette dépossession au profit des dirigeants menant la guerre froide qui a suscité l'angoisse, voire le remords des savants atomistes, ce qu'a traduit *The Bulletin of Atomic Scientists* animé par Oppenheimer. Einstein était encore un Moïse guidant l'humanité au nom de la science. Oppenheimer est devenu un Jérémie pleurant sur les malheurs générés par la science.

La science a produit une puissance formidable en s'associant de plus en plus étroitement à la technique, dont les développements ininterrompus propulsent de façon ininterrompue l'économie. Tous ces développements liés transforment en profondeur les sociétés. Ainsi, la science est omniprésente, en interactions-rétroactions innombrables dans tous les domaines, créatrice de pouvoirs gigantesques, et totalement impuissante à contrôler ses pouvoirs. Le lien science/technique/société/politique est évident. Il est évident, dans ces conditions, que l'époque où les jugements de valeur n'avaient pas à interférer avec l'activité scientifique est close.

La tache aveugle

Il a été très difficile et très long pour concevoir que la science, qui était identifiée à la raison, au progrès, au bien, pouvait être profondément ambivalente dans sa nature même. La conscience de cette ambivalence a commencé à se répandre à partir des années 1980, lorsqu'il apparut que les deux grandes catastrophes menaçant l'humanité, la catastrophe nucléaire et la catastrophe écologique, auraient été toutes deux inconcevables sans les développements de la science.

Seule une minorité de scientifiques a perçu ce lien, notamment ceux qui se sont regroupés dans le Mouvement universel de la responsabilité scientifique (MURS), dont Jean Dausset, prix Nobel, assure la présidence[1]. La majorité a gardé la conviction qu'une disjonction irréductible sépare science, technique et politique. Selon eux, la science demeure intrinsèquement bonne, bienfaisante et morale; la technique est ambivalente, comme la langue d'Ésope; la politique, elle, est mauvaise, et les utilisations mauvaises des sciences sont dues à la politique. Une telle conception ignore non seulement la contamination entre les trois instances, mais encore que l'activité scientifique développe par elle-même les pouvoirs de manipulation et les potentialités de destruction. Elle occulte les gigantesques problèmes sociaux, politiques et éthiques posés par l'omniprésence de la science et par son développement incontrôlé.

Les esprits formés par un mode de connaissance qui répudie la complexité, donc l'ambivalence, ne savent concevoir l'ambivalence inhérente à l'activité scientifique, où connaissance et manipulation sont les deux faces du même processus. Plus généralement, la mentalité formée à un mode de pensée binaire, qui exclut l'ambiguïté, ne peut concevoir que la science soit à la fois « bonne » et « mauvaise », bienfaisante et perverse, utile et néfaste.

---

1. Le MURS propose d'ajouter à la *Déclaration universelle des droits de l'homme* l'énoncé suivant: « Les connaissances scientifiques ne doivent être utilisées que pour servir la dignité, l'intégrité et le devenir de l'homme.»

Science, éthique, société

Comme la science moderne, par sa nature même, est indifférente à toute considération éthique autre que l'éthique de la connaissance et l'éthique du respect des règles du jeu scientifique, il y a un aveuglement de bien des scientifiques sur les problèmes éthiques posés par l'activité scientifique. Cet aveuglement est lui-même engendré par un aveuglement inhérent à la connaissance objective.

Husserl, dans une célèbre conférence faite il y a soixante-dix ans sur la crise de la science européenne, a montré qu'il y avait une tache aveugle dans l'objectivisme scientifique : c'était la tache de la conscience de soi[1]. À partir du moment où s'est opérée la disjonction entre d'une part la subjectivité humaine réservée à la philosophie ou à la poésie, et d'autre part l'objectivité du savoir qui est le propre de la science, la connaissance scientifique a développé les modes les plus raffinés pour connaître tous les objets possibles, mais elle est devenue complètement aveugle sur la subjectivité humaine ; elle est devenue aveugle sur la marche de la science elle-même : la science ne peut se connaître, la science ne peut se penser avec les méthodes dont elle dispose.

De même, elle ne peut penser la responsabilité : pour qu'il y ait responsabilité, il faut qu'il y ait un sujet conscient ; or la vision scientifique classique (déterministe et réductionniste) élimine la conscience, élimine le sujet, élimine la liberté ; *ergo* la notion de sujet conscient et l'idée de responsabilité ne peuvent être des idées scientifiques. Pour qu'il y ait responsabilité, il faudrait qu'il y ait au minimum un être humain. Or, l'hyper-spécialisation disciplinaire des sciences humaines désintègre la notion d'homme ; les différentes

---

1. *La Crise de l'humanité européenne et la philosophie*, 1935. Cette conférence est incluse dans le volume *La Crise des sciences européennes et la phénoménologie transcendantale*, Gallimard, coll. « Tel ».

sciences sociales, la démographie, l'économie n'ont même plus besoin de l'être humain, et même certaines disciplines psychologiques l'éliminent au profit soit du comportement, soit de la pulsion. Non seulement la responsabilité humaine, mais l'humain lui-même ne sont pas scientifiquement conçus.

De plus, l'hyper-spécialisation contribue puissamment à la perte de la vision ou conception d'ensemble car les esprits enfermés dans leur discipline ne peuvent appréhender les solidarités qui unissent les connaissances entre elles. Une pensée aveugle au global ne peut saisir ce qui unit les éléments séparés.

La clôture disciplinaire, jointe à l'insertion de la recherche scientifique dans les cadres techno-bureaucratiques de la société, produit l'irresponsabilité pour tout ce qui est extérieur au domaine spécialisé.

Heureusement, les scientifiques ne sont pas seulement des scientifiques. Ils ont double, triple vie. Ce sont aussi des personnes privées, ce sont aussi des citoyens, ce sont également des êtres de conviction métaphysique ou religieuse.

Alors les scientifiques ressentent les impératifs moraux propres à ces autres vies et ces impératifs moraux interviennent dans leurs activités scientifiques. C'est la bonne vieille morale qui les empêche de devenir soit des docteurs Mabuse, soit des docteurs Strangelove, soit encore des docteurs Mengele, du nom du célèbre médecin d'Auschwitz qui pratiquait quiètement ses expériences sur des êtres humains jugés inférieurs. La seule barrière à l'expérimentation sur les humains relève de la morale humaniste ou religieuse.

Toutefois, sous l'effet de poussées convergentes, l'expérimentation s'effectue déjà aux marges de la personne humaine, chez les embryons, et chez les morts-vivants que sont les humains irrémédiablement plongés dans le coma.

Science, éthique, société

Il y a, en somme, une pluralité de causes à la racine de l'aveuglement éthique dans les sciences.

Il y a le principe fondateur de la science occidentale qui rejette toute éthique extérieure.

Il y a les principes moteurs de la science classique qui sont le déterminisme et le réductionnisme.

Il y a la culture disciplinaire qui fragmente la connaissance et la formation spécialisée qui rend le scientifique ignorant puis indifférent à la problématique épistémologique et, bien entendu, à la problématique éthique.

Il y a l'aveuglement de la science sur ce qu'elle est, ce qu'elle fait, ce qu'elle devient, ce qu'elle pourrait ou devrait devenir.

N'oublions pas ici l'ambivalence fondamentale : cette science productrice d'aveuglement est celle-là même qui est productrice des plus admirables élucidations sur le monde physique et sur la nature vivante.

Les scientifiques partagent avec les autres citoyens une autre cause d'aveuglement éthique : c'est l'ignorance de l'écologie de l'action ; celle-ci, rappelons-le, enseigne que toute action humaine, dès qu'elle est entreprise, échappe à son initiateur et entre dans un jeu d'interactions multiples qui la détournent de son but et parfois lui donnent une destination contraire à son intention. Ceci est vrai en général pour les actions politiques, ceci est vrai aussi pour les actions scientifiques.

Il y a l'ignorance de la transformation des fins en moyens. Les fins cognitives de la recherche sur la structure de l'atome et du gène sont devenues en dix ans les moyens de la puissance destructrice et de la manipulation du vivant.

Il y a l'inconscience du problème de l'erreur et de l'illusion en politique. Oppenheimer, Niels Bohr et d'autres grands physiciens ont voulu, par moralité, éviter que les États-Unis détiennent seuls le monopole de l'arme atomique et, ignorant la véritable nature de l'URSS, ils ont fourni des informations pour que l'Union soviétique puisse fabriquer la bombe[1].

Les compromis éthiques

Il y a désormais un conflit entre l'impératif de la connaissance pour la connaissance, qui est celui de la science, et de multiples impératifs éthiques, dont beaucoup sont eux-mêmes en conflits mutuels. Les comités bio-éthiques actuels constituent un lieu pour que s'expriment ces conflits. Leur mission n'est évidemment pas d'en trouver la solution providentielle ; elle est d'abord de les expliciter et c'est pourquoi il est bon qu'ils réunissent des personnalités d'opinions, de croyances, d'orientations métaphysiques tout à fait différentes. Il est salutaire que s'instaure dans ce domaine l'éthique de la discussion prônée par Habermas. Le malheur est que l'éthique se heurte à des problèmes inattendus, lesquels suscitent des conflits d'impératifs. Nous sommes condamnés en bio-éthique à des compromis provisoires. Il faut être conscient qu'il est arbitraire de décider qu'une personne humaine existe seulement à la naissance ou déjà dans l'œuf, ou encore quand le cœur du fœtus se met à battre.

Vers la réforme

Comme l'a dit très justement Jacob Bronowski, le concept de science sur lequel nous vivons n'est ni absolu, ni éternel ; la science évolue. De fait, une transformation des principes et structures de la connaissance scientifique a

1. Cf. Pavel Soudoplatov, *Missions spéciales. Mémoires du maître-espion soviétique*, Seuil, 1994.

commencé. Deux révolutions scientifiques sont en cours qui mettent la science classique en crise; l'une, en physique, a brisé le déterminisme absolu et est en voie de briser le réductionnisme; l'autre est en train de regrouper des disciplines dans des sciences d'ensemble qui ressuscitent les grandes notions de notre culture : le cosmos (cosmologie), la nature (écologie), la terre (science de la terre); le réductionnisme règne encore en biologie où la vie est une notion bannie, la disjonction règne dans les sciences humaines où l'homme est éparpillé dans toutes les disciplines. Nous avons besoin de développer ce que l'on pourrait appeler une *scienza nuova* qui englobe le sens de Vico[1] dans la problématique de la complexité. Dans cette évolution, il faudra que la connaissance scientifique comporte l'auto-connaissance qui permet les prises de conscience décisives. Elle a besoin de points de vue méta-scientifiques sur la science, elle a besoin de points de vue épistémologiques qui révèlent les postulats métaphysiques cachés à l'intérieur de l'activité scientifique, elle a besoin de s'interroger sur son histoire, sur son développement, sur son devenir. Elle a besoin de se poser les problèmes éthiques soulevés par le développement scientifique incontrôlé.

Tout cela contribuerait à la formation et au développement d'une pensée scientifique complexe. J'ai formulé ces idées ailleurs[2] et je n'insiste pas ici. J'ai aussi indiqué plus haut (1re partie, chap. IV : « L'éthique de pensée ») comment une pensée complexe pouvait opérer la communication entre connaissance et éthique.

S'il est vrai qu'une grande révolution scientifique d'importance historique a commencé, elle se heurte à la routine, à l'autosatisfaction, à la contre-réforme et à la contre-révolution; on ne sait si elle pourra et quand elle pourra s'accomplir. De toute façon, vu les liens science-technique-

1. G. Vigo, *La Science nouvelle*, Fayard, 2001.
2. Cf. *Science avec conscience*, Seuil, « Points Sciences », 1990.

société, l'introduction du contrôle et de la régulation éthiques dans les sciences suppose des réformes mentales, éducatives, sociales et politiques.

Vers la transformation de la nature humaine ?

L'aventure conquérante des sciences développe de plus en plus l'emprise humaine sur les énergies naturelles et, après le rapt de l'énergie nucléaire par fission, elle prépare la fusion nucléaire dans le courant du XXIe siècle. Elle a étendu progressivement son emprise sur l'organisation vivante, elle s'exerce déjà à la biologie de synthèse, qui produirait de la vie à partir de l'artificiel[1]; l'ère bio-technique ouvre la possibilité de transformations sur et dans la nature même de l'humain.

Après avoir maîtrisé la matière et commencé à maîtriser la vie, la science entreprend de maîtriser son maître humain, et par là nous pose des problèmes anthropologiques nouveaux et fondamentaux, qui sont en même temps de gigantesques problèmes éthiques.

N'allons-nous pas vers une transformation humaine qui comporterait la transformation des relations individu/société/espèce dans la transformation de chacune de ces trois instances ?

Le décryptage du génome, l'exploration du cerveau, les premières manipulations génétiques, cellulaires, embryonnaires, cloniques et cérébrales constituent les préludes d'une possibilité de contrôle, voire d'assujettissement, de la

---

1. Certains laboratoires songent à fabriquer des bactéries ou des micro-algues productrices d'hydrogène (projet de Craig Venter, dont le laboratoire a récemment réussi à synthétiser un virus artificiel), des biodétecteurs de pollution, voire de nouvelles armes biologiques.

vie humaine par la techno-science, par/pour le profit[1], et éventuellement par/pour les États.

Les procréations par spermes anonymes, les gestations par mères porteuses ou par couveuses artificielles, les clonages humains mettent en question la notion de père, de mère, de fils ou fille. Ce sont des préludes à la remise en question de la notion d'être humain.

La possibilité prochaine de contrôler la progéniture humaine par programmation génétique du sexe, de traits anatomiques, de traits psychologiques risque d'arracher au jeu complexe des déterminants de la procréation naturelle les traits essentiels d'un individu.

On va, dans ce sens, vers un eugénisme préventif. On commence par éliminer dans l'œuf les déficients génétiques puis on risque d'éliminer les déviants potentiels, anticipant *in ovo* la liquidation des déviants réels qu'ont opérée les régimes totalitaires (alors que, dans un univers totalitaire, la pathologie est celle de l'État et non pas celle des citoyens dissidents). On peut, au-delà, envisager la procréation d'OHGM, ou organismes humains génétiquement modifiés, qui seraient normalisés et standardisés. Les parents de nouveau type pourraient acheter, sur le catalogue de firmes comme Monsanto, les caractères désirés pour leurs enfants. Par ailleurs, comme le disait Jean Dausset en 1989, «l'introduction d'un gène modifiant l'individu au profit d'un dictateur, d'un pouvoir ou d'une idéologie est désormais techniquement possible»[2].

En parallèle, de nouveaux modes d'intervention biochimiques permettront de mieux en mieux, par action sur le

---

1. Par exemple les gènes brevetés, propriété de groupes capitalistes, comme le gène codant pour l'alfa-interféron, une importante molécule du système immunitaire, qui appartient à la société américaine Biogen.
2. Interview dans *Le Point*, n° 876, le 3 juillet 1989.

cerveau, de modifier les humeurs, sentiments, désirs et, plus largement, le caractère et la personnalité.

Une éthique de la normalité éliminerait les sources de la créativité qui sont liées à la déviance. Comme le génie créateur est souvent lié à un manque psychique ou physique, à l'infortune, à un malheur transfiguré, il y aurait risque de raréfaction de tout ce qui a été le ferment de l'humanité, son « sel de la terre ».

Étant donné l'ambivalence foncière de la science, les nouveaux pouvoirs peuvent être utilisés pour le bien humain comme pour le mal. Ainsi, par exemple, les nouveaux développements biologiques permettraient de réguler, *via* hormones et gènes, les pires aspects d'*homo demens* (introduisant des régulations qui inhiberaient les fureurs, réguleraient l'agressivité, stimuleraient l'altruisme, favoriseraient ainsi la compréhension). Mais le bon usage des sciences, l'interdiction de ses usages néfastes, tout cela dépend de la conscience à la fois des scientifiques, des politiques, des citoyens, qui elle-même dépend des processus économiques, politiques, sociaux, culturels, lesquels dépendent en partie des progrès de la conscience (cf. 5ᵉ partie, chap. III : « Les voies régénératrices »).

Il n'y a pas que les développements bio-scientifiques qui soient ambivalents. Le développement des machines artificielles vers l'autonomie croissante et l'auto-organisation, et le développement futur des intelligences artificielles nous font envisager l'ère des méta-machines qui, associées aux micro-machines des nano-technologies, libéreraient les humains de toutes les contraintes secondaires et tâches subalternes, leur permettant de vivre poétiquement leur vie, de se consacrer à leur développement moral et spirituel et de se vouer aux questions essentielles de leur destin. On ne peut toutefois éviter l'hypothèse où les intelligences artificielles s'émanciperaient de leurs asservisseurs et les asserviraient à leur tour.

Nous sommes au cours de processus complexes, aléatoires, antagonistes.

*Courent en même temps les possibilités de dégradation de l'humanité, de destruction de l'humanité, d'amélioration de l'humanité. Nous sommes tributaires de l'incertitude éthique, et nous risquons sans cesse erreurs et illusions. Cette immense incertitude éthique ne vient pas seulement de l'incertitude du futur, elle vient aussi du fait que l'écologie de l'action peut détourner le sens éthique de nos actes. Elle vient enfin d'une contradiction toute nouvelle entre l'éthique de sauvegarde et l'éthique d'amélioration de l'humain : est-il absolument éthique de vouloir inconditionnellement sauvegarder la nature d'*homo sapiens, *ou ne serait-il pas éthique d'améliorer cette nature, y compris par des moyens bio-techniques ? Nous reprendrons cette interrogation plus loin (5ᵉ partie, chap.* III, *p. 213).*

Conclusions

Reprenons la formule de Wojciechowski : « Science et technologie ont réussi et échoué en même temps. » Elles ont réussi matériellement. Elles ont échoué moralement.

La physique nucléaire avait fait exploser sa bombe au cœur de l'éthique. La biologie y installe une machine infernale.

L'absence de contrôle, politique et éthique, des développements de la techno-science révèle la tragédie majeure que permet la disjonction entre science, éthique et politique.

Entre science et politique, l'éthique est résiduelle, marginalisée, impotente. L'éthique est désarmée entre la science amorale et la politique souvent immorale. Cette situation tragique est celle de l'humanité planétaire.

Le problème de la science dépasse les scientifiques. Clemenceau disait que « la guerre est une affaire trop sérieuse pour être laissée entre les mains des militaires ». La science est une affaire trop sérieuse pour être laissée uniquement entre les mains des scientifiques. Il faut dire aussi que la science est une chose devenue trop dangereuse pour être laissée aux mains des hommes d'État. Autrement dit, la science est devenue aussi un problème civique, un problème de citoyens. Mais ceux-ci sont de plus en plus contraints à l'ignorance d'un savoir qui leur est incompréhensible parce qu'ésotérique. D'où la nécessité et la difficulté d'une « démocratie cognitive ».

L'introduction d'une régulation éthique dans les sciences nécessite d'une part une nouvelle conscience, une réforme de pensée chez les scientifiques et chez les citoyens, d'autre part un contrôle éthique par l'instance politique, ce qui suppose un contrôle éthique sur l'instance politique. Or, comme nous le verrons au chapitre suivant, la disjonction entre éthique et politique s'aggrave.

Le projet de maîtriser la nature auquel Descartes vouait la science était devenu la vulgate de la civilisation occidentale jusqu'au surgissement du problème de la dégradation de la biosphère. La maîtrise est immaîtrisée ; d'où la pertinence de la formule de Michel Serres : il s'agit désormais de maîtriser la maîtrise. Une telle maîtrise est devenue suicidaire pour l'apprenti-maître.

II. Éthique et politique

> Appelons « visée éthique » la visée de la « vie bonne » avec et pour autrui dans des institutions justes.
>
> Paul Ricœur

On ne peut ni disjoindre ni confondre éthique et politique. Les grandes finalités éthiques nécessitent le plus souvent une stratégie, c'est-à-dire une politique, et la politique nécessite un minimum de moyens et des finalités éthiques, sans pour autant se réduire à l'éthique.

On ne peut poser la relation entre l'éthique et la politique qu'en termes complémentaires, concurrents et antagonistes. L'antagonisme classique entre l'éthique et la politique a pu prendre figure d'une opposition absolue comme celle entre Antigone et Créon. Elle a ressuscité dans sa radicalité même au cœur du totalitarisme du XXe siècle, où les jeunes Scholl, isolés dans l'Allemagne nazie triomphante, se sont lancés dans la résistance, et où Soljenitsyne puis Sakharov ont défié le gigantesque pouvoir soviétique au nom des valeurs morales bafouées. Le divorce a réapparu au XXIe siècle ; les interventions, occupations, répressions détruisent les quelques maigres règles instituées pour civiliser les guerres : le retour de la torture est l'indicateur sans équivoque d'une régression barbare au cœur de la civilisation.

L'antagonisme éthique/politique peut amener à divers compromis dans lesquels l'éthique essaie soit de composer avec la force, soit de l'utiliser à ses fins. Dans ce cas, l'éthique est renvoyée au choix, au pari, à la stratégie.

On ne peut se résigner à dissoudre l'éthique dans la politique qui devient alors pur cynisme, on ne peut rêver d'une politique qui serait uniquement servante de l'éthique. La complémentarité dialogique entre l'éthique et la politique comporte la difficulté, l'incertitude et parfois la contradiction. Plus la politique s'exerce dans les complexités d'une société, plus sont impérieux les impératifs éthiques de libertés, de droits ; plus sont dégradées les solidarités et communautés, plus celles-ci sont nécessaires. Dans ce sens, une politique de la complexité porte en elle une aporie permanente.

Rappelons qu'une finalité éthico-politique complexe comme celle que formule la trinité Liberté-Égalité-Fraternité comporte ses contradictions propres : ces trois termes sont à la fois complémentaires et antagonistes ; la liberté seule détruit l'égalité et corrompt la fraternité ; l'égalité imposée détruit la liberté sans réévaluer la fraternité ; seule la fraternité peut contribuer à la liberté et à l'égalité.

Les principes de l'auto-éthique que nous examinerons plus loin ont une validité suprême en politique : non-exclusion, compréhension, tolérance, rejet de la moraline, résistance aux hystéries collectives et enfin magnanimité, clémence, pardon.

Les grandes incertitudes

L'incertitude éthique s'impose au cœur de la politique, à commencer dans l'écologie de l'action, dont nous avons examiné les incidences politiques[1]. L'écologie de l'action, qui montre que toute action échappe à son auteur en entrant dans un jeu complexe d'inter-rétroactions sociales, établit un principe d'imprévisibilité des résultats de l'action, y compris dans des perspectives évolutives prévisibles. Or, ce qui caractérise désormais notre siècle, c'est une perte d'avenir, et donc une incertitude profonde sur les évolutions, régressions, progressions, transformations futures. Ce déficit d'avenir rend l'action politique plus profondément incertaine, et cela renforce la conscience des paris et les besoins de stratégie.

J'ai examiné, toujours dans le cadre de l'écologie de l'action, les dérives que les esprits subissent, entraînés par le changement des conditions qui avaient déterminé leur choix ou décision, les permutations de moyens en fins.

Toujours dans le même chapitre, j'ai abordé les contradictions éthico-politiques :

– l'affrontement de deux impératifs antagonistes, dont par exemple la nécessité de lutter sur deux fronts,

– l'obligation de sacrifier l'essentiel pour l'urgent, ce qui aboutit à oublier l'urgence de l'essentiel,

– la nécessité de combiner audace et précaution,

– les contradictions de la tolérance : jusqu'à quel point tolérer ce qui risque de détruire la tolérance ?

– les contradictions possibles entre le bien collectif et le bien individuel,

– le conflit entre la compréhension, qui soit appelle le pardon, soit s'oppose à la répression, et la nécessité même du combat politique qui consiste à vaincre l'ennemi. Ce combat ne nécessite-t-il pas de lui-même le manichéisme, c'est-à-dire la conviction de lutter pour le bien contre les forces du mal (réponse dans la 3ᵉ partie, chap. IV : « Éthique de la compréhension ») ?

---

1. 1ʳᵉ partie, chap. III : « L'incertitude éthique », p. 44.

J'ai également noté la contradiction éthico-politique entre l'éthique de la conviction et l'éthique de la responsabilité. En réalité, il s'agit de deux pôles antagonistes au sein d'une nécessité à double visage. « L'éthique de la conviction et l'éthique de la responsabilité [...] se complètent l'une l'autre et constituent ensemble l'homme authentique. »[1] En effet, une responsabilité dépourvue de conviction serait pur opportunisme et deviendrait irresponsable ; une conviction sans responsabilité conduit à l'impuissance ou aux échecs que nous avons indiqués dans l'écologie de l'action. On ne peut savoir d'avance dans quelle mesure le principe de responsabilité dégradera la conviction ou la conviction dégradera la responsabilité. C'est une des raisons qui font que la politique est le plus difficile des arts.

Notons enfin les risques de dégradation éthique dans la politique de résistance. Celle-ci peut être embarquée dans une boucle infernale où la terreur d'État répressive suscite le recours à un terrorisme frappant indistinctement les populations. Un manichéisme haineux s'exaspère chez chacun des ennemis et suscite des actes ignobles. Il arrive de plus en plus que des résistances comportent une composante terroriste. Mais, quand celle-ci devient la composante essentielle, alors la dégradation morale de l'oppresseur s'est introduite dans l'âme du résistant.

Réalisme et éthique

Les plus importantes incertitudes et contradictions résident dans la double antinomie réalisme/éthique, réalisme/utopie[2], où les termes se chevauchent partiellement l'un l'autre. Péguy avait moqué la morale qui ne se salit pas les mains parce qu'elle n'a pas de mains. Effectivement, une éthique

---

1. Max Weber, *Le Savant et le politique*, 10/18, 1959, p. 183.
2. Déjà indiquées dans la 1ʳᵉ partie, chap. III.

Éthique et politique

de principe qui ne peut s'engrener dans la réalité devient angélisme, mais un réalisme politique sans principes qui accepte tous les faits accomplis devient cynisme.

Il y a antagonisme entre le réalisme des relations entre États et le principe des droits de l'homme ou celui du droit des peuples. Les États sont principalement guidés par des intérêts de puissance dans leurs relations internationales et ils considèrent au mieux comme secondaire la sauvegarde des droits humains. Ce problème récurrent des droits de l'homme s'est posé récemment dans les relations entre l'État français et la Chine. La rupture avec cette énorme puissance et l'acceptation de la situation de fait sont également impossibles : il faut faire de misérables compromis. Tant qu'existent les États-nations souverains absolus, nous sommes condamnés à des compromis. Mais jusqu'où ? Peut-on espérer au-delà une juste société des nations qui contraindrait à l'application universelle des droits de l'homme ?

Le problème n'est pas seulement que le réalisme, en s'adaptant à l'état de fait, devient immoral, et que l'idéal, en ne tenant pas compte des conditions réelles, devient utopique. Il est que chacun de ces termes contient son incertitude propre. La politique qui croit privilégier le réalisme rejette comme angélique, absurde, néfaste l'impératif éthique de résistance. Ainsi, la revendication de la vérité, de la liberté, de la justice a été considérée comme une folie pure non seulement par le pouvoir qui enfermait les dissidents dans les asiles psychiatriques, mais aussi par bien des observateurs « réalistes » extérieurs. Il y eut certes folie pour Siniavski d'écrire à la *Komsomolskaïa Pravda* une dénonciation du stalinisme qui le fit aussitôt incarcérer. Il y eut la folie des jeunes Scholl qui se firent décapiter à la hache. Et pourtant, cette folie absurde et irréaliste eut un caractère lucide et nécessaire. Elle témoigna de l'impératif éthique irréductible au réalisme. Elle encouragea à la résistance et féconda l'avenir.

Nombre de résistances, irréalistes à leurs débuts, devinrent, grâce au développement de circonstances favorables auxquelles elles contribuèrent, plus réalistes que tous les réalismes.

Nous l'avons déjà indiqué, le « non » à l'occupant de Jeanne d'Arc et celui de De Gaulle ont pu sembler au départ irréalistes parce qu'ils ignoraient les conditions objectives du moment, mais, dans le temps, cette éthique a contribué à transformer les conditions objectives et s'est révélée réaliste pour la souveraineté nationale. Le refus de la défaite par de Gaulle était extrêmement irréaliste après le désastre militaire de mai-juin 40, alors que beaucoup se résignaient par réalisme à la collaboration, qui leur semblait un compromis vital pour préserver un minimum de souveraineté. Mais les développements alors improbables de la guerre en faveur des Alliés ont rendu réaliste le refus de De Gaulle et irréaliste l'acceptation de Pétain.

Toutefois, dans des conditions différentes, où l'occupation fut exercée par des nations démocratiques, la collaboration allemande à l'occupation alliée fut un compromis vital qui prépara le retour à la souveraineté. Il est aussi des cas où c'est la résistance qui recherche le compromis vital : ainsi le dalaï-lama, pour sauvegarder l'existence culturelle du Tibet, recherche un accommodement avec les autorités chinoises.

La politique rencontre sans cesse le conflit entre réalisme et utopie ; or celui-ci recouvre un double problème fondamental : celui de l'incertitude du réalisme et celui de l'incertitude de l'utopie.

L'utopie est, en politique réaliste, synonyme d'impossibilité. Mais il faut distinguer deux utopies : l'une, d'harmonie

Éthique et politique 103

et de perfection, est effectivement irréalisable[1]. L'autre comporte des possibilités encore impossibles, par exemple la disparition de la faim et de la misère sur la planète, la suppression de la guerre entre nations, l'établissement d'une société-monde.

L'utopisme banal ignore les impossibilités. Le réalisme banal ignore les possibilités. Comme nous l'avons vu, le réalisme banal ignore que le réel est travaillé par des forces souterraines, au départ invisibles, qui tendent à le transformer. Il ignore l'incertitude du réel.

L'utopisme banal ignore les impossibilités, mais la notion d'impossibilité fait problème. La relation entre le possible et l'impossible est variable selon les conditions historiques. Aussi l'incertitude à reconnaître le possible et l'impossible varie dans chaque situation concrète. L'impossible peut devenir possible : la bipédie aurait semblé impossible au quadrumane dont pourtant une partie de la progéniture est devenue bipède. L'aile aurait semblé impossible au reptile dont pourtant une partie de la progéniture est devenue oiseau. Toute métamorphose paraît impossible avant qu'elle survienne.

Le vrai réalisme se fonde sur l'incertitude du réel. Le problème est d'être ni réaliste au sens trivial (s'adapter à l'immédiat), ni irréaliste au sens trivial (se soustraire aux contraintes de la réalité), mais d'être réaliste/utopiste au sens complexe : *comprendre l'incertitude du réel, savoir qu'il y a du possible encore invisible dans le réel.*

Devant les contradictions éthico-politiques, la perspective éthique est soit de condamner la politique, soit d'accepter

---

1. Cf. *Pour une utopie réaliste : autour d'Edgar Morin*, Arléa, 1996, p. 11-16 et 244-257 ; et Edgar Morin, *Pour entrer dans le XXIe siècle*, Seuil, coll. « Points », 2004.

un compromis, soit d'envisager une navigation difficile et aléatoire dans la dialogique des impératifs antagonistes. Il y a des cas où la navigation dialogique est possible, comme dans l'antagonisme entre éthique de la responsabilité et éthique de la conviction, à partir du moment où il y a conviction d'assumer la responsabilité et responsabilité pour sauvegarder sa conviction.

Ici encore réapparaissent de façon inséparable pari, stratégie et connaissance complexe, qui n'éliminent pas l'incertitude, mais s'y installent.

Crise

Les crises aggravent toutes les incertitudes de l'écologie de l'action, du pari, de la stratégie, et toutes les contradictions éthiques. Les crises correspondent à un accroissement d'incertitude, à des dérégulations qui entraînent la rapide croissance des déviances, en bref à des processus de désorganisation qui peuvent entraîner des processus de réorganisation, soit régressifs (moins complexes), soit progressifs (plus complexes).

Les crises favorisent les interrogations, stimulent les prises de conscience, les recherches de solutions nouvelles, et dans ce sens aident les forces génératives (créatrices) et régénératrices sommeillant dans l'être individuel comme dans l'être social. Mais en même temps les crises favorisent les solutions névrotiques ou pathologiques, c'est-à-dire la désignation, la persécution, voire l'immolation d'un bouc émissaire (individu, groupe, classe, ethnie, race), la recherche de solutions imaginaires ou chimériques. Dans l'ambivalence de crise, l'important, pour l'éthique, est de ne pas céder à l'hystérie, de sauvegarder la tolérance et la compréhension. C'est dans les situations de crise qu'il y a à la fois dégénérescence et régénération de l'éthique.

Nous sommes dans un nouvel épisode de la crise plané-

Éthique et politique 105

taire : la boucle cyclonale où s'entre-génèrent et s'entre-développent deux terreurs ennemies, la terreur terroriste et le terrorisme d'État, tend, en s'accroissant et en s'intensifiant, à susciter la guerre mondialisée de civilisation entre Occident et Orient islamique. La dégénérescence éthique s'y manifeste dans l'extension et l'aggravation des manichéismes. Nous ne voyons pas encore les signes de régénération.

Y a-t-il espérance ?

Arrivons-en au problème éthique fondamental que posent nos sociétés et que la politique, réformatrice ou révolutionnaire, a voulu traiter : peut-on améliorer les relations entre humains, ce qui veut dire à la fois l'individu, la société et leurs liens ?

Il nous faut d'abord constater l'échec historique de toute tentative d'amélioration humaine, que ce soit par prédication morale ou religieuse, par éducation, par élimination des dominants et exploiteurs, remplacés souvent en pire. Il n'y a eu que des moments éphémères de concorde, d'harmonie, lors des libérations ou des révolutions naissantes, rapidement résorbés et dissipés.

Il n'y a pas que les relations de nation à nation, de peuple à peuple, de religion à religion, d'idéologie à idéologie, mais aussi celles d'individu à individu au sein d'une même famille, d'un même village, d'un même immeuble, d'une même entreprise qui sont atteintes par le cancer des méconnaissances et des animosités, malveillances, inimitiés. Il n'y a pas que les fanatismes, les dogmatismes, les imprécations, les fureurs, il y a l'incompréhension de soi et d'autrui.

Le mal éthique est dans la barbarie des rapports humains au cœur même de la civilisation. Tant que nous demeurons tels, nous resterons barbares et replongerons dans la barbarie.
Comment civiliser en profondeur ? Comment éduquer les

bonnes volontés ? Comment fraterniser les humains ? Que peut l'éthique ? Que peut la politique ? Que pourraient une politique éthique et une éthique politique ?

Si nous balayons maintenant les illusions du progrès conçu comme loi de l'Histoire, les promesses d'avenir et surtout celles d'avenir radieux, alors se pose la question éthique-politique clé : comment sortir de la préhistoire de l'esprit humain ? comment sortir de notre barbarie civilisée ?

Aujourd'hui, nous avons besoin d'une politique qui sache intégrer en elle :
— l'inconnue de l'avenir du monde,
— le pari,
— la stratégie,
— une connaissance pertinente,
et vise à réformer les relations entre humains[1].

Il ne s'agit nullement d'arriver à une société d'harmonie où tout serait pacifié. La « bonne société » ne peut être qu'une société complexe qui embrasserait la diversité, n'éliminerait pas les antagonismes et les difficultés de vivre, mais qui comporterait plus de reliance, plus de compréhension (moins d'incompréhension), plus de conscience, plus de solidarité, plus de responsabilité... Est-ce possible ?

Ici encore cela est présentement impossible, mais cet impossible est de ceux qui sont possibles.

Comme ce problème se pose désormais, non plus seulement à l'échelle des nations, mais à l'échelle planétaire, nous l'examinerons dans la 5ᵉ partie, chap. III : « Les voies régénératrices ».

---

1. Notons que j'ai, dans cette perspective, essayé d'envisager une réforme en profondeur de la politique dans *Introduction à une politique de l'homme*, *Terre-Patrie* et *Politique de civilisation*.

TROISIÈME PARTIE

Auto-éthique

I. L'individualisme éthique

Les éthiques traditionnelles sont des éthiques intégrées (dans la religion, la famille, la cité) avec des impératifs de solidarité, hospitalité, honneur. Ces impératifs s'imposent à chacun avec la force à la fois de l'évidence et d'une quasi-possession.

L'éthique individualisée ou auto-éthique est une émergence[1], c'est-à-dire une qualité qui ne peut apparaître que dans des conditions historiques et culturelles d'individualisation qui comportent l'érosion et souvent la dissolution des éthiques traditionnelles, c'est-à-dire la dégradation du primat de la coutume «règle primitive du devoir»[2], l'amoindrissement de la puissance de la religion, la diminution (du reste très inégale) de la présence intime en soi du surmoi civique.

L'individualisme de notre civilisation, comme l'a bien vu Alain Ehrenberg[3], «n'est pas tant [je dirais "pas seulement"] une victoire de l'égoïsme sur le civisme ou du privé sur le public mais le résultat du processus historique de l'émancipation de masse qui loge pour le meilleur et pour le

---

1. Cf. Vocabulaire, p. 261.
2. Edward Westermarck, *Origine et développement des idées morales*, Payot, 1928.
3. Cf. Alain Ehrenberg, *L'Individu incertain*, Hachette, coll. «Pluriel», 1999.

pire la responsabilité de nos actes en nous-mêmes...».
C'est la dynamique de la «passion d'être soi» qui rencontre la «responsabilité de soi», et en même temps l'affaiblissement des Surmoi; d'où la possibilité d'auto-éthique.

L'auto-éthique s'impose ainsi :
– dans la perte de la certitude absolue qu'imposait l'instance transcendante supérieure,
– dans l'affaiblissement de la voix intérieure qui dit «bien» ou «mal»,
– dans l'indécidabilité des fins : à la téléologie religieuse où la Providence divine guidait le cours de l'histoire avait succédé la téléologie du Progrès, devenu providentiel. On ne sait pas plus quelles sont les fins de l'histoire humaine que celles de la vie et de l'univers,
– dans la conscience des contradictions et des incertitudes éthiques,
– dans la conscience que science, économie, politique, arts ont des finalités qui ne sont pas intrinsèquement morales.

L'auto-éthique se forme au niveau de l'autonomie individuelle, au-delà des éthiques intégrées et intégrantes, encore que des racines ou des rameaux de ces éthiques demeurent souvent dans l'esprit individuel. En tout cas, les deux autres branches de l'éthique (éthique civique ou socio-éthique, anthropo-éthique ou éthique du genre humain) doivent aujourd'hui passer par l'auto-éthique : conscience et décision personnelle.

L'autonomie individuelle autonomise l'éthique, qui passe par la décision et la réflexion individuelles, ce que Westermarck appelle «subjectivisme éthique».
La décision et la réflexion propres à l'auto-éthique ne sont possibles que si l'individu ressent en lui l'exigence morale qui, avons-nous vu, comporte une foi en elle-même, sans fondement extérieur ou supérieur reconnu.

L'auto-éthique, bien que privée d'un fondement extérieur, est nourrie par des sources vives (psycho-affectives, anthropologiques, sociologiques, culturelles). Le sujet éprouve en lui la vitalité du principe altruiste d'inclusion, il ressent les appels à la solidarité pour les siens, à la solidarité pour sa communauté, à diverses formes de devoir. Il leur obéit maintes fois sans réflexion. Mais, s'il a acquis une certaine autonomie d'esprit, il examinera et décidera...

L'autonomie éthique est fragile et difficile à partir du moment où l'individu ressent plus le désarroi ou l'angoisse des incertitudes éthiques que les plénitudes de la responsabilité.

II. La culture psychique

Le problème éthique central, pour chaque individu, est celui de sa propre barbarie intérieure. C'est pour surmonter cette barbarie que l'auto-éthique constitue une véritable culture psychique, plus difficile mais plus nécessaire que la culture physique.

Tableau auto-éthique

1. *L'éthique de soi à soi comportant*
   - auto-examen
   - autocritique
   - honneur
   - tolérance
   - pratique de la récursion éthique
   - lutte contre la moraline
   - résistance au talion et au sacrifice d'autrui
   - prise en charge responsable

2. *Une éthique de la compréhension*
   - avec la conscience de la complexité et des dérives humaines
   - avec l'ouverture à la magnanimité et au pardon

3. *Une éthique de la cordialité (avec courtoisie, civilité)*

4. *Une éthique de l'amitié*

L'auto-éthique est d'abord une éthique de soi à soi, qui débouche naturellement sur une éthique pour autrui.

Elle exige à la fois de «travailler à bien penser» et «à bien se penser»: l'intégration de l'observateur dans son observation, le retour sur soi pour s'objectiver, se comprendre et se corriger constituent à la fois un principe de pensée et une nécessité éthique.

L'auto-examen (bien se penser)

Notre civilisation, qui donne la primauté à l'extérieur sur l'intérieur, conduit à confier principalement à des tiers, psychiatres ou psychanalystes, l'exploration de nos problèmes intérieurs et le traitement de nos maux psychiques. Autrui est important pour nous connaître nous-mêmes mais ne saurait nous dispenser de l'auto-examen, qui nous permet d'intégrer le regard d'autrui dans notre effort pour nous comprendre nous-mêmes.

L'exercice permanent de l'auto-observation[1] suscite une nouvelle conscience de soi qui nous permet de nous décentrer par rapport à nous-mêmes, donc de reconnaître notre égocentrisme et de prendre la mesure de nos carences, nos lacunes, nos faiblesses.

Le sujet, sans pouvoir cesser d'être égocentrique, doit élaborer un méta-point de vue qui lui permette de s'objectiver, de se considérer lui-même et d'agir patiemment sur lui-même: long travail d'apprentissage et d'enracinement de la réflexivité. Pour cela, il devient nécessaire de réhabiliter

1. Je considère *Autocritique* comme l'acte qui, accomplissant l'examen réflexif de tout ce que j'ai cru et pensé jusqu'alors, m'a permis par la suite d'intégrer dans mon cheminement l'exercice permanent de l'auto-observation.

l'introspection, méprisée aussi bien par les psychologies objectivistes que par les psychologies des profondeurs pour qui seul le psychothérapeute est qualifié pour sonder les esprits. C'est très justement que Jung a pu dire que «l'humanité souffre d'une immense carence introspective». Paul Diel a très pertinemment voulu réhabiliter l'introspection dans les sciences humaines[1].

Le continent le moins scientifiquement exploré demeure l'esprit humain, et chaque esprit individuel est pour lui-même sa suprême ignorance[2].

Le travail d'introspection est extrêmement difficile, car il rencontre d'innombrables pièges[3] dus :
– à la complexité intérieure de l'esprit, qui comporte la multipersonnalité potentielle en chacun d'entre nous[4],
– à ses zones aveugles et à ses carences, qui nous rendent si indulgents pour nos erreurs et si sévères pour celles des autres,
– aux mécanismes d'auto-justification,
– à la *self-deception*, c'est-à-dire la mauvaise bonne foi ou la bonne mauvaise foi,
– à la mémoire et à l'oubli sélectifs[5], à la croyance en de pseudo-souvenirs[6],

---

1. Paul Diel, *Psychologie de la motivation*, PUF, 1947.
2. Cf. *La Méthode 5*, Seuil, coll. «Points», p. 94-103.
3. *Ibid.*, p. 107.
4. *Ibid.*, p. 95.
5. Cf. la «règle d'or» de Darwin : «Durant de nombreuses années j'ai observé une règle d'or : quand je rencontrais un fait publié, une observation ou une pensée qui contredisaient mes résultats généraux, j'en prenais note le plus exactement possible, car l'expérience m'a enseigné que de tels faits et pensées échappent plus facilement de notre mémoire que ceux qui nous sont favorables» (in *Autobiographie*).
6. Cf. le faux souvenir de Piaget in *La Méthode 5*, Seuil, coll. «Points», note p. 108.

La culture psychique 115

– à notre tendance à l'auto-justification qui reporte toujours sur autrui l'erreur ou la faute [1],
– à la haine aveuglante, à la sentimentalité idéalisante (Diel),
– au ressentiment injuste : *quos laeserunt et oderunt*, « on déteste ceux qu'on a lésés » (Sénèque).

L'introspection ne saurait être insulaire. Elle a besoin, répétons-le, d'être complétée par l'examen d'autrui, c'est-à-dire une extra-spection, et il lui faut combiner l'examen d'autrui et le sien propre dans un auto-hétéro-examen. Elle doit se confronter au regard amical et au regard inamical. De même, l'autocritique ne se substitue pas à la critique venant d'autrui, elle la convie.

L'introspection doit utiliser l'acquis des psychologies des profondeurs, des psychanalyses, mais se méfier de leurs dogmatismes, de leurs réductionnismes, de leurs unilatéralismes. Elle doit savoir que le complexe d'Œdipe, devenu lieu commun, a causé de nouvelles méconnaissances, et que les discours vulgatiques sur l'inconscient procurent de nouvelles inconsciences.

L'auto-examen, pratiqué en permanence, peut et doit être conçu comme état de veille sur soi-même.

---

[1]. « En moi aussi fonctionne la machine mentale à m'auto-justifier, mais mon sentiment latent de culpabilité, et surtout l'auto-examen critique, y mettent des freins. Je ressens moi aussi la rancune et la rancœur, mais l'exercice autocritique m'aide, sinon à les surmonter, du moins à ne pas les laisser me surmonter. J'ai des sentiments mesquins, mais je crois que je n'y obéis pas dans mes actes. Hélas, l'auto-examen n'est pas seulement mon garde-fou : il m'empêche de trop me cacher à moi-même mes négligences, mes défaillances, mes inconstances, mes erreurs, mes stupidités… » (Edgar Morin, *Mes démons*, Stock, 1994, et Seuil, coll. « Points », 1998).

L'auto-examen est une exigence première de la culture psychique; il devrait être enseigné dès les petites classes, pour devenir une pratique aussi coutumière que la culture physique.

Autocritique

L'auto-examen ne peut s'effectuer qu'avec un regard capable d'autocritique. Art difficile, l'introspection a besoin du plein emploi de l'aptitude autocritique et l'autocritique, art encore plus difficile, a besoin du plein emploi de l'aptitude à l'auto-examen.

Il s'agit de donner énergie à une conscience autocritique de contrôle, qui puisse examiner avec le moins de discontinuité possible nos comportements et pensées pour y reconnaître les pièges du mensonge à soi-même *(self-deception)* et de l'auto-justification. L'autocritique est le meilleur auxiliaire contre l'illusion égocentrique et pour l'ouverture sur autrui.

Le problème clé de l'éthique-pour-soi est celui de la relation avec notre propre égocentrisme. Il y a en chacun un noyau égocentrique inéliminable et, de ce fait, il y a dans la vie morale une part amorale, du reste nécessaire à l'exercice de la morale, ne serait-ce que parce qu'elle permet la survie : un cal d'indifférence est nécessaire pour ne pas être décomposé par la douleur du monde. On ne peut vivre sans être partiellement bouché, bête, aveugle, pétrifié. Mais c'est à la clôture, à l'aveuglement, à la pétrification que l'esprit doit, intellectuellement et éthiquement, résister.

La lutte fondamentale de l'autocritique est contre l'auto-justification. Partout et sans cesse fonctionne la machine cérébrale à s'innocenter, se légitimer et s'auto-statufier. La vie quotidienne et la vie publique sont faites d'auto-justifications qui se heurtent en aveugles les unes aux autres. Et quand la violence se déchaîne, les assassins politiques s'auto-légitiment toujours en Justes.

Quelle arrogance de qualifier de « malhonnête » et « de mauvaise foi » le contradicteur, comme si on était à l'intérieur de sa conscience. Quelle indignité de désigner comme menteur délibéré celui qui affirme une opinion contraire à la sienne. Je dirai même qu'un minimum de rigueur intellectuelle devrait nous interdire de proférer les mots « bonne foi » ou « mauvaise foi ». Je crois même que chaque fois que nous dénonçons des « menteurs », nous nous refusons rageusement à prendre conscience d'une vérité qui nous offense. Aussi seule l'autocritique peut nous donner conscience de nos insuffisances et de notre suffisance. L'autocritique conduit à une modestie, parfois une humilité, par la reconnaissance de nos fautes et de nos carences. L'autocritique nous avertit enfin de nos allergies psychiques, des humeurs par lesquelles nous nous laissons surprendre, des mille petites failles de crétinisme en chacun, et elle ne peut qu'être renforcée par la moquerie sur soi, tout en renforçant celle-ci.

L'autocritique devient ainsi une culture psychique quotidienne plus nécessaire que la culture physique, une hygiène existentielle qui entretient une conscience veilleuse permanente.

La culture psychique

La culture psychique est une nécessité permanente d'auto- correction contre la *self-deception* et l'auto-justification.

Elle nous rappelle sans cesse que nous ne sommes pas au centre du monde, que nous ne sommes pas juges de toutes choses («c'est un con», «c'est un salaud»: ces deux expressions, qui expriment la prétention à la souveraineté intellectuelle et morale, sont évidemment à bannir).

La culture psychique nous fait voir chez l'adversaire, non pas la «mauvaise foi», mais le produit de cette force d'auto-conviction où l'on se dupe soi-même *(self-deception)*.

Elle nous entraîne à ne pas céder aux délires et hystéries, mais à les comprendre chez autrui.

Elle nous accoutume à ne pas céder à l'intimidation, à assumer notre propre pensée (dire ce qu'on a à dire et non ce qu'il faut dire).

Elle nous conduit à lier les secrets de l'adolescence (ses aspirations profondes) aux secrets de la maturité (l'acquisition de la réflexion). Et à lutter contre l'infirmité de l'âge adulte qui est l'adultération.

Elle nous invite à faire dialoguer nos multiples personnalités qui s'ignorent les unes les autres.

Elle nous exerce à dialoguer avec nos mythes et nos idées, non à nous laisser posséder par eux sans recours.

Elle nous rappelle que l'interprétation est toujours présente dans ce qui nous semble objectif et/ou évident: elle nous enseigne à nous méfier de nos yeux[1], à nous méfier de ce en quoi nous avons confiance, et à nous méfier aussi de la méfiance, en sachant que la confiance est un pari nécessaire pour la bonne relation avec autrui.

Enfin, la culture psychique comporte trois moyens éthiques qui sont en même temps des fins: la pratique de la récursion, l'opposition à la moraline, la résistance à la structure mentale du talion et du sacrifice d'autrui.

---

1. Cf. l'exemple d'erreur de perception cité dans *Pour entrer dans le XXIe siècle*, p. 17-18.

La récursion éthique

L'auto-examen, l'autocritique et la gymnastique psychique coïncident en la pratique récursive qui consiste à évaluer nos évaluations, juger nos jugements, critiquer nos critiques.

Plus encore : une exigence à la fois intellectuelle et éthique doit nous inviter (elle n'y réussit pas toujours) à nous mettre en boucle dans une contestation et surtout une dispute. Alors que chacun s'auto-justifie et condamne l'autre dans la querelle, il faut savoir que, le plus souvent, le jeu réciproque des critiques, puis des reproches, puis des invectives, puis parfois des insultes, vient de la boucle inter-rétro-active que constitue la querelle elle-même. Des stages de maîtrise de la colère ont été institués à Miami pour apprendre aux participants à détecter leurs premiers signes d'irritation et à faire marche arrière. Ils s'adressent aux écoliers, aux adolescents, aux parents, aux salariés, aux policiers, aux délinquants pour en quelque sorte leur enseigner à intégrer l'auto-examen et l'autocritique dans leur esprit. Comme quoi la pratique de l'autocritique devrait être déclenchée et stimulée par une pédagogie.

Il est d'autant plus salubre de se mettre en boucle que la vie quotidienne de chacun est tissée, selon un processus « hystérique »[1] de bonne-mauvaise foi, d'inconscience

---

1. J'ai toujours considéré l'hystérie comme un phénomène anthropologique global : « Pour comprendre l'hystérie il faut associer les termes antinomiques de simulation et de sincérité, de jeu et de sérieux, d'imaginaire et de vécu. L'hystérie suppose une dualité fondamentale, une duplicité structurale au sein du moi-un [...] La simulation entretient une relation dialectique avec l'authenticité et la sincérité. Si l'on suppose que l'hystérie clinique n'est que le cas extrême d'un phénomène normal, c'est toute notre expérience vécue, toute notre vie affective qui pourraient être définies selon les structures élémentaires ou embryonnaires de l'hystérie... » (*Le Vif du sujet*, Seuil, 1969).

obtuse de ses propres agressions, d'hyper-conscience de celles des autres, de déformations incessantes des propos d'autrui.

La récursion éthique met également en boucle compréhension/explication (c'est-à-dire examen objectif/subjectif) : toute explication doit être complétée par la compréhension, toute compréhension doit être complétée par l'explication.

La récursion éthique, enfin, nous renforce immunologiquement contre notre tendance à culpabiliser autrui, devenant bouc émissaire de nos fautes. À la limite, le bouc émissaire peut être un inconnu à portée de main. Ainsi, m'a-t-on dit, quand un Indien Navajo apprend que sa femme le trompe, il casse la figure à la première personne qu'il rencontre. De même, ne nous arrive-t-il pas de faire du premier venu notre bouc émissaire ?

Résistance à la moraline (purification éthique)

Je reviens à la distinction faite par Nietzsche entre morale et moraline. La moraline juge et condamne en vertu de critères extérieurs ou superficiels de moralité, la moraline s'approprie le Bien et transforme en opposition entre bien et mal ce qui est en réalité un conflit de valeurs. La moraline substitue la purification éthique à la polémique et elle évite le débat par mise à l'index d'adversaires jugés indignes de réfutation.

La moraline transforme toujours l'erreur d'autrui en faute morale. Dès lors l'auto-éthique nous demande d'éviter la condamnation irrémédiable d'autrui sur une défaillance ou une erreur de sa vie.

Pour toutes ces raisons, je crois plus à l'auto-vigilance qu'à la « vigilance » dénonciatrice.

L'indignation de moraline fait obstacle à la connaissance

et à la compréhension d'autrui. Elle se substitue à l'élucidation. Clément Rosset[1] dit justement : « la disqualification pour raison d'ordre moral permet... d'éviter tout effort d'intelligence de l'objet disqualifié, en sorte qu'un jugement moral traduit toujours un refus d'analyser et je dirais même un refus de penser ». En même temps cette indignation constitue une des ruses les plus fortes du mensonge à soi-même.

Le paradoxe est qu'en notre époque de manque de fondement éthique, il y a un excès de jugements moraux, en fait jugements de moraline : indignation, culpabilisation, réprobation, dénonciation vertueuse (« malhonnête », « menteur », « tricheur », « manipulateur », « canaille », etc.).

Éthique de l'honneur

L'éthique pour soi comporte l'éthique de l'honneur, qui ennoblit l'égocentrisme. L'auto-éthique de l'honneur est à la fois différente et analogue des éthiques traditionnelles de l'honneur. L'analogie est dans la nature de l'honneur, qui est la sauvegarde d'une image de soi sans tache.

Dans les morales traditionnelles, l'honneur est déterminé par les normes et les interdits de la société : ainsi le général japonais vaincu ressent impérativement la nécessité de se faire hara-kiri. Dans l'auto-éthique, l'image de soi est personnelle : c'est pour soi-même, en fonction des normes qu'on a personnellement adoptées et assumées, qu'il faut préserver son honneur. L'honneur est la morale de l'égocentrisme.

Ainsi l'honneur nous demande d'être loyal, de « savoir tenir notre nom », de garder « belle figure », c'est-à-dire de ne pas la salir par des bassesses, mesquineries, vilenies. Il

---

1. In *Le Démon de la tautologie*, suivi de *Cinq petites pièces morales*, Minuit, 1977.

nous demande qu'il n'y ait pas disjonction ni surtout contradiction entre notre vie et nos idées. Notre honneur nous demande d'être dévoué aux nôtres (amours, famille, communauté) et de ne pas trahir nos vérités, nos amitiés, nos règles de vie.

Il nous enjoint d'assumer nos propres pensées, et non celles qu'on dit par ordre ou par conformité.

L'honneur demande de respecter («honorer») notre signature et de tenir notre parole. Il nous demande d'être, dans nos actions, digne de l'image que nous voulons avoir de nous-même, et le terme de «dignité» humaine prend sens quand il signifie que nous savons obéir à notre honneur et respecter celui d'autrui.

Loyauté, honnêteté sont des qualités à la fois pour soi (honneur) et pour autrui. L'éthique pour soi, dans le sens où elle comporte loyauté, honneur, responsabilité, conduit à l'éthique pour autrui.

Éthique de la responsabilité

Comme nous l'avons souvent écrit, on ne peut parler de responsabilité si la notion de sujet est illusoire et si la possibilité d'autonomie de l'esprit est inconcevable.

La conscience de responsabilité est le propre d'un individu-sujet doté d'autonomie (dépendante comme toute autonomie[1]). La responsabilité a toutefois besoin d'être irriguée par le sentiment de solidarité, c'est-à-dire d'appartenance à une communauté.

Il nous faut assumer à la fois notre responsabilité pour notre propre vie (ne pas laisser forces ou mécanismes anonymes prendre en charge notre destin) et notre responsabilité à l'égard d'autrui.

---

1. Cf. Vocabulaire, p. 261.

Alors que la solidarité nourrit notre responsabilité, l'écologie de l'action la sape. En effet, comme nous l'avons vu, le sens de nos actions éthiques peut être détourné, perverti par les conditions mêmes du milieu où elles s'accomplissent. D'où notre situation incertaine et complexe par rapport à nos actes : nous sommes totalement responsables de nos paroles, de nos écrits, de nos actions, mais nous ne sommes pas responsables de leur interprétation ni de leurs conséquences. Ce qui introduit, comme nous l'avons également vu [1], le pari et la stratégie au cœur de la responsabilité.

L'individu est irresponsable si on le considère comme le jouet de forces anonymes et obscures (sociologiques, idéologiques, pulsionnelles) et responsable si on le considère comme sujet doté d'une relative autonomie. Ici je suis renvoyé à une contradiction éthique : je ne peux escamoter ni l'irresponsabilité des humains marqués par leurs *imprintings*, sujets à l'erreur, emportés dans les tourbillons historiques, ni la responsabilité de leurs actes mauvais. On retrouve l'aporie à laquelle se sont heurtés les philosophes : on ne peut réfuter le principe que tout dans nos actes est déterminé, et on ne peut non plus réfuter le principe que nous agissons librement.

Des vertus

À la différence d'Aristote, l'éthique ne saurait se concentrer dans l'exercice des vertus. Mais elle ne saurait non plus le négliger.

Il ne peut s'agir ici de dresser la liste des vertus à cultiver. Par contre, nous pouvons formuler les caractères d'un être humain complexe, qui réunirait les vertus des différents âges : il conserverait les curiosités et interrogations enfantines, les aspirations juvéniles de fraternité et d'accomplis-

---

1. Cf. p. 68-69.

sement de soi (plus de liberté et plus de communauté), l'endossement de responsabilité de l'adulte, le discernement de la maturité, l'expérience de la vieillesse. Autant dire que par vertu et humanité nous entendons la même chose, un peu à la manière d'André Comte-Sponville pour qui les vertus morales sont celles qui font qu'un être humain se fait plus humain. Montaigne disait, rappelle Comte-Sponville : « Il n'est rien de si beau et si légitime que de faire bien l'homme et dûment[1] ».

Conclusion : la résistance à la barbarie intérieure

L'éthique pour soi peut être définie, avons-nous dit d'entrée, comme résistance à notre propre barbarie intérieure. Aucune civilisation n'a pu réduire la barbarie intérieure des humains. La civilisation occidentale a négligé l'intérieur pour se tourner vers l'extérieur. Des traits de barbarie particulièrement liés à l'individualisme (égocentrisme, auto-justification, etc.) se sont développés et consolidés à l'intérieur de notre psychisme. Or c'est dans la crise actuelle de civilisation qu'a surgi l'appel non seulement à l'éthique, mais aussi à ce qu'on nomme de façon équivoque la spiritualité, que l'on a recours à des recettes venues d'Orient, comme yoga et zen, ainsi qu'à des psychothérapies diverses pour remédier au mal-être intérieur. Certes, l'auto-éthique témoigne du besoin d'un « supplément d'âme ». Elle témoigne aussi du besoin d'un supplément de conscience (qui susciterait et que susciteraient l'auto-examen, l'autocritique), dont la conscience de la complexité humaine.

Dans ce sens, la culture psychique est à la fois une exigence anthropologique et une exigence historique de notre temps. La culture psychique nous apprend à vivre dans l'in-

---

1. André Comte-Sponville, *Petit traité des grandes vertus*, PUF, 1995 ; rééd. Seuil, coll. « Points », 2001.

certitude et nous aide à supporter l'inquiétude. Elle nous apprend à soutenir l'horreur et nous aide à affronter la cruauté du monde, sans la masquer ou l'édulcorer. Elle ne nous épargne pas l'angoisse, mais elle nous apprend à vivre avec elle et à susciter ses antidotes qui sont l'amour du vivre et le vivre d'amour.

Propre à une civilisation de l'autonomie individuelle, suscitée par l'aptitude réflexive à l'auto-examen et par l'aptitude autocritique, l'auto-éthique a besoin de se ressourcer sans cesse dans le principe altruiste inclus dans la subjectivité humaine, et dans le principe de solidarité qu'implique une communauté. L'auto-éthique a besoin de se régénérer en permanence dans la boucle qui la produit et qu'elle coproduit. Solidarité, responsabilité, auto-éthique : les trois termes sont aujourd'hui presque inséparables.

III. Éthique de reliance

> Mais pourquoi ne sommes-nous pas tous frères avec des frères ?
>
> Dostoïevski

L'être humain perçoit autrui comme un moi à la fois différent de lui et semblable à lui. L'autre partage ainsi une identité commune avec moi tout en conservant sa dissemblance. Quand il apparaît comme semblable plutôt que comme dissemblable, il porte en lui une potentialité fraternelle. Quand il apparaît comme dissemblable plutôt que comme semblable, il porte en lui une potentialité hostile. D'où les rites de rencontre avec autrui, serrements de main, salutations, formules de politesse, pratiqués pour attirer sa bienveillance ou désarmer son hostilité.

Quand l'altérité prend le dessus sur la similitude, l'autre apparaît surtout comme étranger, étranger à notre identité individuelle, voire à notre identité ethnique ou nationale. Il peut sembler parfois affecté d'une « inquiétante étrangeté » qui dissipe en nous le sentiment d'identité commune.

Quand l'esprit est aveuglé par la colère, la haine ou le mépris, la différence s'exaspère et autrui est exclu de l'identité humaine. Il se transforme en chien, porc ou, pire encore, en déchet et excrément.

Éthique de reliance

Par contre, la sympathie, l'amitié, l'affection, l'amour intensifient le sentiment d'identité commune.

Comme nous l'avons indiqué, le sujet humain porte en lui un double «logiciel», l'un égocentrique, l'autre altruiste; le rejet d'autrui hors de l'identité commune produit la refermeture égocentrique et est produit par celle-ci, l'inclusion d'autrui dans un nous à la fois produit l'ouverture altruiste et est produite par celle-là.

L'éthique altruiste est une éthique de reliance qui demande de maintenir l'ouverture sur autrui, de sauvegarder le sentiment d'identité commune, de raffermir et de tonifier la compréhension d'autrui.

L'impératif de reliance

Le diable *(diabolus)* est le séparateur. Le diable est nécessairement en chacun de nous puisque nous sommes des individus séparés les uns des autres. Mais nous sommes reliables. La disjonction, ou séparation sans reliance, permet le mal; le bien est reliance dans la séparation.

L'excès de séparation se vérifie quand il n'y a plus de reliance.

L'excès de séparation est pervers dans la science, car il rend incapable de relier les connaissances. Pour connaître, il faut à la fois séparer et lier. L'excès de séparation est pervers entre humains quand il n'est pas compensé par la communauté et la solidarité, l'amitié et l'amour.

Notre civilisation sépare plus qu'elle ne relie. Nous sommes en manque de reliance, et celle-ci est devenue besoin vital; elle n'est pas seulement complémentaire à l'individualisme, elle est aussi la réponse aux inquiétudes, incertitudes et angoisses de la vie individuelle. Parce que nous devons assumer l'incertitude et l'inquiétude, parce qu'il existe beaucoup de sources d'angoisse, nous avons besoin de forces qui nous tiennent et nous relient. Nous avons besoin de reliance parce que nous sommes dans l'aventure inconnue. Nous devons assumer le fait d'être là sans savoir pourquoi. Les sources d'angoisse existantes font que nous avons besoin d'amitié, amour et fraternité, qui sont les antidotes à l'angoisse.

La reliance est un impératif éthique primordial, qui commande les autres impératifs à l'égard d'autrui, de la communauté, de la société, de l'humanité.

L'exclusion de l'exclusion : la « reconnaissance »

L'éthique pour autrui nous demande donc d'abord de ne pas rejeter autrui hors de l'humanité.

Comme le disait Robert Antelme, qui fut déporté par les nazis, les bourreaux eux-mêmes font partie de cette humanité dont ils veulent nous exclure. L'axiome de Robert Antelme : « Ne retrancher personne de l'humanité », est un principe éthique premier [1]. Ce principe nous demande non seulement de ne pas traiter l'autre comme objet, de ne pas le manipuler comme instrument, mais de ne pas le mépriser ni le dégrader en sous-humain.

Le mot « bougnoule », le mot « bicot », le mot « négro », le mot « youpin » dégradent l'identité d'autrui en un terme insultant et devraient faire horreur.

L'éthique pour autrui s'oppose à toutes les mises en quarantaine par un groupe, à toutes les mises à l'index [2], à tous

---

1. Robert Antelme, *L'Espèce humaine*, La Cité universelle, 1947 ; rééd. Gallimard, coll. « Tel », 1957.
2. Ainsi je n'ai jamais admis les mises à l'index d'intellectuels, écrivains, artistes qui se sont succédé, toutes semblables sous leur antagonisme, sous l'Occupation, à la Libération, durant le stalinisme.
De même, l'interdiction de jouer Wagner après la déclaration de

Éthique de reliance

les anathèmes, à l'excommunication qui exclut le déviant de la communauté, et enfin au mépris qui exclut autrui de l'espèce humaine.

L'offense, le mépris, la haine excluent : exclure l'exclusion requiert l'aversion pour l'offense, la haine de la haine, le mépris du mépris[1].

L'éthique pour autrui doit comprendre le besoin fondamental pour chaque sujet humain d'être reconnu, au sens hégélien du terme, c'est-à-dire reconnu comme sujet humain par un autre sujet humain. Hegel a formulé cette nécessité éthique de la reconnaissance mutuelle entre deux consciences. « La conscience de soi atteint sa satisfaction seulement dans une autre conscience de soi. »

---

guerre de 1939 en France, comme la même interdiction en Israël, me semblent non seulement absurdes, mais porter un germe répugnant. C'est aussi pour ne pas laisser contaminer la musique par autre chose qu'elle-même que j'ai assisté au concert donné par l'Orchestre philharmonique de Berlin dirigé par Furtwängler à Lyon en 1942 ou 1943, que les résistants avaient décidé de boycotter.

1. *Note introspective :* D'où vient mon horreur de l'exclusion ? Du sentiment d'être exclu des autres enfants parce que j'étais, dans ma classe, seul de mon espèce à être orphelin de mère, et que j'en avais honte ? D'avoir sur moi une menace potentielle d'exclusion parce que né juif ? Par l'influence inouïe sur mon esprit adolescent de l'auteur d'*Humiliés et offensés* ? Et, toujours sur mon esprit adolescent, par l'affliction ressentie à connaître l'oppression subie par les Amérindiens, les esclaves, les prolétaires ? J'ai très tôt ressenti l'humiliation de ceux qui en furent victimes.

Sous l'Occupation, je n'ai jamais dit le mot « boche », et j'étais étonné que mon responsable du Parti, membre du comité central, puisse employer naturellement ce terme. Une autre fois il me dit : « Les juifs ne sont pas comme nous », et cela me mit dans une gêne extrême.

Je n'ai jamais demandé l'interdiction d'une parole, d'une idée, d'une musique. Je n'ai même jamais accompli ce geste premier d'exclusion qui est de refuser sa main à qui l'offre.

Le respect d'autrui : la courtoisie

Les salutations «bonjour», «bonsoir», serrements de mains, accolades, baisers, ainsi que les formules de politesse ont une vertu de civilisation justement nommée civilité. Comme nous l'avons indiqué, elles tendent à désamorcer l'hostilité potentielle d'autrui, à susciter sa bienveillance par la démonstration de notre considération. Elles manifestent notre respect et notre interêt pour sa personne. Elles tissent un réseau de cordialité.

La courtoisie est la face individuelle de la civilité, qui en est la face sociale.

Aussi courtoisie et civilité ne peuvent être considérées comme des dispositions anodines, ce sont des signes de reconnaissance d'autrui comme personne.

Les ravages de l'incivilité, propres aux grandes agglomérations (ignorance d'autrui, non-respect de sa priorité, absence d'assistance à l'inconnu en difficulté), sont des progressions de barbarie intérieure. La civilité était pratiquée quasi instinctivement quand l'*imprinting* culturel de la communauté était enraciné dans les esprits individuels ; elle relève désormais de l'auto-éthique.

L'éthique de tolérance

L'intolérance est comme un équivalent psychique du mécanisme immunologique d'inacceptation du non-soi ; elle constitue un rejet de ce qui n'est pas conforme à nos idées et croyances.

L'éthique de la tolérance s'oppose à la purification éthique.

Il y a une première tolérance, celle qu'a exprimée Voltaire, et qui respecte le droit d'autrui à s'exprimer, même d'une façon qui nous paraît ignoble. Cela n'est pas tolérer

Éthique de reliance

l'ignoble en lui-même, c'est éviter que nous imposions notre propre conception de l'ignoble pour prohiber une parole ; ainsi, pour l'orthodoxe, toute hérésie est ignoble ; pour l'intégriste, la libre pensée est ignoble ; pour le stalinien, la critique de l'URSS était une ignoble calomnie.

La deuxième tolérance est inséparable de l'option démocratique. Comme le propre de la démocratie est de se nourrir d'opinions diverses et antagonistes, le principe démocratique enjoint à chacun de respecter l'expression des idées opposées aux siennes.

La troisième tolérance obéit à la conception de Niels Bohr pour qui le contraire d'une idée profonde est une autre idée profonde ; autrement dit, il y a une vérité incluse dans l'idée antagoniste de la nôtre, et c'est cette vérité qu'il faut tolérer.

Proust, dans *Jean Santeuil*, montre comment l'idée ennemie comporte à la fois son erreur, son maléfice et « sa part de vérité devenue folle ». Il dit : « Juifs, nous comprenons l'antisémitisme ; partisans de Dreyfus, nous comprenons le jury qui a condamné Zola ; par contre, notre esprit est joyeux quand nous lisons une lettre de monsieur Boutroux disant que l'antisémitisme est abominable. » La part de vérité est dans la singularité du destin juif, le fait que beaucoup de juifs sont dans les affaires, le commerce, que beaucoup d'intellectuels d'origine juive ont été révolutionnaires ; mais cette part de vérité devient folle dans l'antisémitisme qui rend les juifs responsables du capitalisme et/ou du bolchevisme.

La tolérance, en se refusant à l'intimidation, à l'interdiction, à l'anathème, donne le primat à l'argument, au raisonnement, à la démonstration.

Autant la tolérance est aisée à l'indifférent et au cynique, autant elle est difficile à celui qui possède une conviction. La tolérance comporte la souffrance, la souffrance de tolérer l'expression d'idées révoltantes sans se révolter.

L'éthique de liberté

Si la liberté se reconnaît à la possibilité de choix – possibilité mentale d'examiner et de formuler les choix, possibilité extérieure d'exercer un choix –, l'éthique de liberté pour autrui se résumerait à la parole de von Foerster: «Agis en sorte qu'autrui puisse augmenter le nombre de choix possibles.»

L'éthique de fidélité à l'amitié

L'amitié n'est pas seulement une relation affective d'attachement, de complicité; l'amitié vraie fraternise et elle établit un lien éthique quasi sacré entre amis.

L'amitié part d'affinités subjectives ou arrive à des affinités subjectives qui, comme pour l'amour, sont trans-politiques, trans-classistes, trans-ethniques et trans-raciales. Le caractère sacré de la véritable amitié lui donne la primauté sur les intérêts, les relations et l'idéologie. La qualité de la personne importe plus que la qualité de ses idées ou opinions. Comme dit Lichtenberg: «Règle d'or: ne pas juger les hommes sur leurs opinions, mais sur ce que leurs opinions font d'eux.»

L'amitié n'est pas la camaraderie. J'ai vécu au sein du grand Parti la chaleur des camarades qui n'était pourtant pas de l'amitié, car, sitôt la condamnation par l'Appareil, on tourne le dos à l'ami, et pire, on le dénonce comme ennemi. Le camarade peut devenir un faux frère. L'ami est un frère d'élection. L'éthique de fraternité joue de façon intensive et concrète dans l'amitié.

Le devoir d'amitié peut se trouver en antagonisme avec d'autres devoirs sacrés; il rencontre alors les contradictions éthiques indiquées plus haut[1]. Le choix déchirant peut

---

1. 1re partie, chap. III: «L'incertitude éthique», p. 44.

appeler le sacrifice de l'amitié, jamais la trahison de l'ami.

L'éthique de l'amour

L'amour est l'expérience fondamentalement reliante des êtres humains.

L'amour nous épanouit en nous reliant.

Si l'amour pousse au paroxysme l'aptitude intégratrice du principe altruiste d'inclusion, il risque aussi d'être capté par le principe égocentrique d'exclusion, qui s'approprie l'être aimé de façon exclusive, et l'enferme dans une possessivité jalouse.

L'amour véritable considère l'être aimé comme égal et libre ; comme le dit Tagore, « il exclut la tyrannie comme la hiérarchie ».

Il y a donc beaucoup de mal-amour, pas seulement dans les sociétés où persiste la soumission des femmes à l'autorité masculine, mais aussi dans notre civilisation individualisée où les deux égocentrismes peuvent déchirer l'amour en s'entre-déchirant.

Notre monde souffre d'insuffisance d'amour. Mais il souffre aussi de mal-amour (amour possessif), d'aveuglements d'amour (y compris, avons-nous déjà dit, dans la religion d'amour et dans l'idéologie de la fraternité), de perversions d'amour (fixées sur des fétiches, des objets, des collections de timbres-poste, des nains de jardin), d'avilissements d'amour dégénérant en haine, d'illusions d'amour et d'amour pour des illusions[1]... Comment faire comprendre que l'amour doit se vouer au mortel fragile, vulnérable, éphémère, condamné à la souffrance et à la mort ?[2]

---

1. 1ʳᵉ partie, chap. II : « Le ressourcement cosmique », p. 32.
2. Cf. *La Méthode 2*, Seuil, 1980, p. 347 *sq.*, sur fraternité et amour.

On ne peut pas tout résoudre avec ou par l'amour. L'amour contient ses parasites intimes qui l'aveuglent, sa frénésie auto-destructrice, ses déchaînements ravageurs. Au plus intense de toute passion, y compris de la passion d'amour, il nous faut maintenir la veilleuse de la raison. Mais il n'y a pas de raison pure, et la raison doit elle-même être animée de passion. Au plus froid de la raison, il nous faut passion, c'est-à-dire amour[1].

---

1. Edgar Morin, *Amour, poésie, sagesse*, Seuil, 1997, et coll. « Points », 1999.

IV. Éthique de la compréhension

> Le problème, c'est de comprendre ce qu'est comprendre.
>
> Heinz von Foerster
>
> Mépriser c'est refuser de comprendre.
>
> Marcel Aymé
>
> On demande à Confucius un mot qui servirait de fil directeur à toute une vie : « Que dirais-tu de la compréhension mutuelle ? »
>
> Les cruautés des tyrans leur viennent d'une vie intérieure qui nous est commune à tous.
>
> Pierre Guyotat

Reconnaître l'incompréhension

L'incompréhension règne dans les relations entre humains. Elle sévit au cœur des familles, au cœur du travail et de la vie professionnelle, dans les relations entre individus, peuples, religions. Elle est quotidienne, omniprésente, planétaire, elle enfante les malentendus, déclenche les mépris et les haines, suscite les violences et accompagne toujours les guerres.

Souvent, à l'origine des fanatismes, des dogmatismes, des imprécations, des fureurs, il y a l'incompréhension de soi et d'autrui.

L'incompréhension escorte les langues, les usages, les rites, les croyances différentes. Les différences entre codes d'honneur selon les cultures et les individus suscitent de tragiques incompréhensions. Partout l'ethnocentrisme empêche la compréhension des autres cultures. Avec l'apparition et le développement des nations modernes, nationalismes et chauvinismes ont exaspéré les incompréhensions xénophobes, particulièrement en temps de guerre. Les religions ne peuvent se comprendre entre elles; de plus, les grandes religions monothéistes, propriétaires chacune de la Vérité révélée, ont déchaîné haines mutuelles et fureurs contre mécréants et hérétiques. La multiplication des communications, des traductions, des connaissances, en diminuant certains malentendus, n'ont pas résorbé les incompréhensions. Les développements de l'individualisme n'ont pu véritablement surmonter des incompréhensions ethniques ou religieuses, en dépit de la multiplication des rencontres et du cosmopolitisme croissant; l'égocentrisme a stimulé les incompréhensions d'individu à individu, au sein d'une même cité, dans une même famille, entre enfants, parents, frères et sœurs, selon les processus psychiques indiqués dans le chapitre précédent.

La communication n'apporte pas *ipso facto* la compréhension humaine. La connaissance objective non plus. Car la compréhension, nous le verrons, nécessite toujours une disposition subjective.

Féerie pour une autre fois, de Louis-Ferdinand Céline, est un témoignage exceptionnel d'auto-justification frénétique, d'incapacité à s'auto-examiner et s'autocritiquer, de raisonnement paranoïaque.

Le Cercle de la croix, de Iain Pears[1], montre, à travers quatre récits différents des mêmes évènements et d'un

1. Iain Pears, *An Instance of the Fingerpost*, Londres, Jonathan Capra, 1997; trad. fr. Belfond, 1998.

Éthique de la compréhension

même meurtre, que l'incompatibilité entre ces récits est due non seulement à la dissimulation et au mensonge, mais aux idées préconçues, aux rationalisations, à l'auto-justification, à la croyance religieuse.

Les obstacles à la compréhension sont aussi trans-subjectifs et sur-subjectifs : le talion, la vengeance sont des structures enracinées de façon indélébile dans l'esprit humain.

Le règne de l'incompréhension suscite les malentendus, les fausses perceptions d'autrui, les erreurs sur autrui, avec les conséquences d'hostilité, de mépris, de haine. Un peu partout, au niveau de la vie quotidienne, il y a, dans le sillage des incompréhensions, des milliers d'assassinats psychiques, des déluges de bassesses, vilenies, calomnies.

Le développement de l'individualisme a certes amplifié la possibilité d'examen personnel, de réflexion personnelle, de décision personnelle, et il a multiplié les relations affectives d'amitié et d'amour entre personnes. Mais aussi l'auto-justification et la *self-deception* ont le plus souvent pris le contrôle de la relation avec autrui. Chacun tend à se donner raison, beaucoup se donnent toujours raison. L'incompréhension produit des cercles vicieux contagieux : l'incompréhension à l'égard d'autrui suscite l'incompréhension de cet autrui à son propre égard.

Certes, certains éclairés par leur culture, émus par leurs lectures, commencent à comprendre les mœurs et coutumes étrangères : au lieu de les considérer comme barbares et repoussantes, ils comprennent que toute culture a ses us et ses rites. La compréhension de l'étranger et de l'étrange a progressé, du moins dans l'aire de l'individualisme occidental ; mais la compréhension du proche a peut-être régressé.

Il y a encore deux générations, l'individu devait obéir aux normes de la coutume, ainsi qu'aux injonctions de l'autorité familiale ; le fils obéissait au père[1], le lien matrimonial était sacré. La distension de ces liens, ainsi que la désacralisation de l'autorité du père, le primat de la volonté d'autonomie, ont donné des libertés mais aussi des incompréhensions. Certes, le couple et la famille sont des refuges de l'amour, mais le couple subit de rapides dépérissements d'amour qui conduisent à l'incompréhension réciproque, et la famille est un bouillon de culture à la fois des compréhensions et des incompréhensions mutuelles.

L'insuffisance d'amour rend incapable de reconnaître les qualités de l'autre et l'excès d'amour rend jalousement incapable de reconnaître l'autonomie de l'autre. Il y a des passages de la compréhension à l'incompréhension et vice versa : tantôt on se comprend à demi-mot, tantôt on est comme deux êtres d'espèces étrangères.

Les séparations, au lieu de s'effectuer dans la compréhension de l'évolution du partenaire, se font souvent dans les pires incompréhensions.

L'incompréhension produit la volonté de nuire, laquelle produit l'incompréhension. Les incompréhensions se déchaînent en période de guerre civile, guerre religieuse, guerre entre nations. La peur est source de haine, qui est source d'incompréhension, qui est source de peur, en cercles vicieux s'auto-amplifiant. Un véritable délire d'aveuglement culpabilisant et diabolisant l'ennemi saisit des populations entières.

---

1. Ainsi, quand le père de mon père a interdit à son fils de faire les études de médecine auxquelles il aspirait, celui-ci en a souffert, mais il a compris que la décision de son père venait d'un impératif économique. Quand mon père m'a empêché de partir pour la Grèce en m'embarquant comme mousse sur le *Théophile-Gautier* quand j'avais 16 ans, j'ai gardé pendant longtemps ma rancune tout en sachant que son refus était dicté par l'amour d'un père qui craignait pour son fils unique, et j'ai gardé pendant longtemps ma rancune.

Éthique de la compréhension 139

Finalement, notre cosmos humain est parsemé d'énormes trous noirs d'incompréhension d'où naissent indifférences, indignations, dégoûts, haines, mépris.

Partout s'est répandu le cancer de l'incompréhension quotidienne, avec ses meurtres psychiques (« qu'il crève »), ses réductions d'autrui à l'immonde (« quelle merde », « le porc », « le salaud »). Le monde des intellectuels, qui devrait être le plus compréhensif, est le plus gangrené, par hypertrophie de l'ego, besoin de consécration, de gloire. Les incompréhensions entre philosophes sont particulièrement étonnantes. Nous sommes toujours dans l'ère des incompréhensions mutuelles et généralisées.

Reconnaître la compréhension

Alors comment comprendre, se comprendre soi-même, comprendre les autres ?

Comment apprendre à comprendre ?

Trois démarches doivent être conjuguées pour engendrer la compréhension humaine : la compréhension objective, la compréhension subjective, la compréhension complexe.

La compréhension objective (de *cum-prehendere*, appréhender ensemble) comporte l'explication (*ex-plicare*, sortir de l'implicite, déplier). L'explication acquiert, assemble et articule données et informations objectives concernant une personne, un comportement, une situation, etc. Elle fournit les causes et déterminations nécessaires à une compréhension objective qui intègre ces données dans une appréhension globale.

La compréhension subjective est le fruit d'une compréhension de sujet à sujet, qui permet, par *mimesis* (projection-identification), de comprendre ce que vit autrui, ses sentiments, ses motivations intérieures, ses souffrances et ses malheurs. C'est surtout la souffrance et le malheur d'autrui qui nous amènent à la reconnaissance de son être subjectif et éveillent en nous la perception de notre communauté humaine.

La compréhension d'autrui intègre la compréhension objective, mais comporte une composante subjective indispensable. L'explication déshumanise en objectivant : elle a besoin de son complémentaire, la compréhension subjective. Cela demande de maintenir une dialogique objectif-subjectif, car la compréhension ne doit être ni aveugle ni déshumanisée. La sympathie et l'amour facilitent la compréhension intellectuelle, mais ils ont besoin de la compréhension intellectuelle.

La compréhension complexe englobe explication, compréhension objective et compréhension subjective. La compréhension complexe est multidimensionnelle ; elle ne réduit pas autrui à un seul de ses traits, un seul de ses actes, elle tend à appréhender ensemble les diverses dimensions ou divers aspects de sa personne. Elle tend à les insérer dans leurs contextes et, par là, elle cherche à la fois à concevoir les sources psychiques et individuelles des actes et des idées d'autrui, leurs sources culturelles et sociales, leurs conditions historiques éventuellement perturbées et perturbantes. Elle vise à en saisir les caractères singuliers et les caractères globaux.

Il y a une communauté sous-jacente entre les trois modes de compréhension. Le préfixe *com-* de « complexité » et « compréhension » indique leur lien : com-prendre, saisir ensemble, embrasser ; l'explication embrasse objectivement, la compréhension subjective embrasse subjectivement, la compréhension complexe embrasse subjectivement et objectivement.

On peut aller de la compréhension objective à la compré-

Éthique de la compréhension 141

hension subjective: quand, par exemple, on a étudié les causes et motivations qui ont conduit un adolescent à la délinquance, on peut ressentir la compréhension subjective. De son côté, la compréhension subjective conduit, dans certaines conditions, à la compréhension complexe de l'être humain. Il en est ainsi quand nous regardons un film, une pièce de théâtre, quand nous lisons un roman. Quand nous sommes au cinéma, la situation semi-hypnotique qui nous aliène relativement en nous projetant psychiquement sur les personnages du film est en même temps une situation qui nous éveille à la compréhension d'autrui. Nous sommes capables de comprendre et d'aimer le vagabond Charlot, que nous dédaignons quand nous le croisons dans la rue. Nous comprenons que le parrain du film de Coppola n'est pas seulement un chef de maffia, mais un père, animé de sentiments affectueux pour les siens. Nous ressentons de la compassion pour les emprisonnés alors que, hors salle, nous ne voyons en eux que des criminels justement punis. La littérature, le roman nous permettent de comprendre les Jean Valjean et Raskolnikov parce qu'ils sont décrits dans le contexte de leurs existences, avec leur subjectivité, avec leurs sentiments[1]. C'est cette compréhension, si vive dans la vie imaginaire, qui nous manque dans la vie de veille, où nous redevenons des somnambules égocentriques. Elle nous manque dans le monde de l'information médiatique où, comme l'imagine Alain de Botton, les manchettes de journaux diraient d'Othello: «Un immigré fou de jalousie tue la fille d'un sénateur», d'Œdipe roi: «Monarque impliqué dans une scabreuse affaire d'inceste», de Madame Bovary:

---

1. Ce qui est vrai des rois criminels de Shakespeare, du Boris Godounov de Pouchkine et des gangsters de cinéma – à côté de leur cruauté et de leur férocité il y a aussi amour et parfois amitié – est vrai aussi de Staline, Hitler, Beria, Himmler. Ils s'émouvaient de musique et d'opéra, aimaient des enfants, des compagnes, des chiens, des chats. Mais nous ne percevons que leurs visages cruels et leurs actes inhumains.

« Une femme adultère, acheteuse compulsive, avale de l'arsenic après s'être fortement endettée. »[1] La compréhension complexe n'est, hélas, qu'éphémère et limitée.

La compréhension de la complexité humaine

La compréhension complexe de l'être humain refuse de réduire autrui à un seul trait et le considère dans sa multidimensionnalité.

Il y a une faute intellectuelle à réduire un tout complexe à un seul de ses composants et cette faute est pire en éthique qu'en science. La réduction rend incapable de comprendre autrui. La réduction est bien définie par la parole déjà citée de Hegel sur l'assassin[2]. Réduire à un menteur celui qui ne sait pas qu'il se ment à lui-même, c'est en faire un coupable. Enfermer à jamais dans la culpabilité celui qui a commis une erreur de jugement politique en une époque troublée relève d'une incompréhension malheureusement banale. L'incompréhension produit une énorme consommation de coupables. Les querelles idéologiques et politiques se transforment en haine et mépris d'autrui, par réduction et identification d'une personne à ses idées jugées nocives.

L'important est de ne pas réduire un humain à son idéologie ni aux convictions qui se sont culturellement imprimées en lui. Ainsi, on ne peut réduire Aristote ou Platon, et tant d'êtres par ailleurs sensibles, à leur acceptation de l'esclavage comme chose naturelle. Mais on ne peut l'oublier et l'on comprend alors que, dans les plus beaux esprits, il y a des taches aveugles d'inhumanité et d'incompréhension.

---

1. Alain de Botton, *Art et compréhension*, Lausanne, Fondation Charles-Veillon, 2004.
2. Cf. p. 65.

Éthique de la compréhension

La compréhension de l'être humain se fonde, implicitement ou non, sur une anthropologie complexe[1]. Elle reconnaît la double nature d'*homo sapiens/demens*. Elle assume les conséquences éthiques de la conception de MacLean du cerveau triunique, qui comporte en lui le paléocéphale (héritage reptilien), source de l'agressivité, du rut, des pulsions primaires ; le mésocéphale (héritage des anciens mammifères) où le développement de l'affectivité et celui de la mémoire à long terme sont liés ; le cortex qui s'accroît chez les mammifères jusqu'à envelopper les autres structures et former les deux hémisphères cérébraux. Le néocortex atteint chez l'homme un développement extraordinaire. Or il n'y a pas hiérarchie mais plutôt permutations rotatives entre les trois instances cérébrales, c'est-à-dire raison/affectivité/pulsion. Selon les moments et les individus, il y a domination d'une instance sur les autres, ce qui indique non seulement la fragilité de la rationalité, mais aussi que la notion de responsabilité pleine et lucide n'aurait de sens que pour un être contrôlé en permanence par son intelligence rationnelle.

De plus, tout individu porte potentiellement en lui une multi-personnalité[2] : le dédoublement de personnalité, dans son caractère pathologique extrême, ne fait que révéler un phénomène normal selon lequel notre personnalité se cristallise différemment non seulement en fonction des rôles sociaux que nous jouons, mais selon la colère, la haine, la tendresse, l'amour qui nous font véritablement muter d'une personnalité à l'autre, modifiant les relations entre raison, affectivité et pulsion.

---

1. Edgar Morin, *Le Paradigme perdu*, Seuil, 1973, coll. « Points Essais », p. 61, et *La Méthode 5*, Seuil, coll. « Points », p. 332 *sq*.
2. Ce que j'ai amplement développé dans *Le Vif du sujet* (Seuil, 1969, p. 139-224) et résume ici d'après une note du *Paradigme perdu* (Seuil, coll. « Points Essais », p. 223).

La compréhension des contextes

La compréhension humaine comporte non seulement la compréhension de la complexité de l'être humain, mais aussi la compréhension des conditions où se façonnent les mentalités et où s'exercent les actions.

Les contextes culturels doivent être reconnus pour comprendre les pensées et les actes des individus ressortissant aux différentes cultures, dont le sacré, le tabou, le licite, l'honneur nous sont étranges et étrangers. D'où la nécessité de comprendre que l'honneur d'autrui puisse obéir à un code différent du nôtre, donc de le considérer selon ses critères, non les nôtres.

Des événements, des accidents peuvent actualiser certaines des personnalités potentielles que nous portons en nous; ainsi la Révolution a fait surgir le génie politique ou militaire chez des jeunes gens voués à une médiocre carrière en temps normal; la guerre fait advenir des héros et des bourreaux; la dictature totalitaire a transformé des êtres falots en monstres. L'exercice incontrôlé du pouvoir peut libérer le génie de la malfaisance, ce qui fut le cas pour Hitler et Staline. Aussi, les possibilités de génie ou de démence, de cruauté ou de bonté, de sainteté ou de monstruosité, virtuelles en tout être, peuvent se déployer dans des circonstances exceptionnelles. À l'inverse, ces possibilités ne verront jamais le jour dans la vie dite normale: à notre époque, César aurait été *commendatore*, Alexandre aurait écrit une vie d'Aristote pour une collection de poche, Robespierre aurait été adjoint au maire d'Arras, Bonaparte aurait été capitaine de gendarmerie.

Les situations sont déterminantes: des virtualités odieuses ou criminelles peuvent s'actualiser dans des circonstances de guerre (que l'on retrouve au microscope dans les guerres conjugales[1]). Les actes terroristes sont dus à des groupes d'individus hallucinés dans leur vase clos qui vivent illusoirement une idéologie de guerre en temps de paix. Mais dès que ce vase se brise, beaucoup redeviennent pacifiques.

De même, nous devons contextualiser les individus dans les formidables courants qui les saisissent en périodes troublées, au sein des forces colossales qui les enveloppent et les embobelinent comme l'araignée sa proie, et qui les font dériver insensiblement aux antipodes de leur but initial (j'ai cité les pacifistes devenus collaborateurs de la guerre hitlérienne, les communistes devenus d'implacables staliniens). Et je lie la dérive à la possession par les forces vampiriques de l'idéologie et du pouvoir ainsi qu'au mensonge à soi-même dont j'ai parlé. J'ai eu des amis intelligents et sceptiques qui, devenus communistes, se sont laissé progressivement convaincre par des stupidités et ont fini par assumer des monstruosités; c'est ainsi que le subtil, délicat et lucide C. s'est transformé en crétin fratricide. J'ai vu des débonnaires devenir impitoyables au sein de l'appareil stalinien, puis redevenir débonnaires quand ils en furent sortis. Tous ces aveuglés, à la fois par eux-mêmes et par le mensonge politique, me semblent en même temps irresponsables et responsables, et ne peuvent relever ni d'une condamnation simpliste, ni d'un pardon naïf.

Comprendre l'incompréhension

L'éthique de la compréhension nous demande d'abord de comprendre l'incompréhension. Il nous faut voir que les sources de l'incompréhension sont multiples et souvent malheureusement convergentes.

---

1. Cf. Irène Pennachioni, *De la guerre conjugale*, Mazarine, 1986.

Le méta-point de vue

Au niveau des idées, une connaissance commune des mêmes faits ou données ne suffit pas à la compréhension mutuelle. Les paradigmes [1] qui déterminent les modes de pensée, les visions du monde (*mindscapes*, selon l'expression de Magoroh Maruyama), sont incapables de se comprendre les uns les autres. Les conceptions du monde s'excluent entre elles, et évidemment les unes ne voient qu'erreurs et illusions chez les autres. Il est des paradigmes qui élucident partiellement mais aveuglent globalement, comme le paradigme cognitif qui a dominé la connaissance occidentale. Il enjoint de disjoindre ou de réduire pour connaître, et ainsi il interdit de concevoir une connaissance qui relie le local au global, l'élément au système dont il fait partie. Le principe de réduction qui réduit un tout complexe à l'un de ses composants, qui l'isole de son contexte, produit l'incompréhension de tout ce qui est global et fondamental. Le principe de disjonction s'allie au principe de réduction pour empêcher de concevoir les liens et les solidarités entre les éléments d'une réalité complexe et produit également l'invisibilité du global et du fondamental. Ainsi il est des principes de connaissance qui aveuglent, et seuls des méta-points de vue, redisons-le, permettent de saisir ce problème.

Comme nous l'avons déjà indiqué, le principe de réduction est inhumain quand il s'applique à l'humain. Il demande que celui qui a commis un crime soit criminel en permanence, criminel par essence, monstrueux en tout. Il empêche de comprendre que nul criminel n'est intégralement criminel, et qu'il a lui aussi une personnalité multiple.

Le propre de la pensée complexe est de comporter intrinsèquement un méta-point de vue sur les structures de la

1. Cf. Vocabulaire, p. 261.

connaissance. Elle permet ainsi de comprendre le paradigme de disjonction/réduction, qui règne majoritairement sur nos modes de connaissance non seulement ordinaires mais aussi scientifiques, et finalement de comprendre les déterminants paradigmatiques de l'incompréhension.

L'erreur

Il nous faut tout d'abord savoir que l'erreur dans les communications humaines est une source permanente d'incompréhensions.

L'erreur est un problème central et permanent pour la compréhension d'une parole, d'un message, d'une idée, d'une personne. La source de l'erreur et la source de la connaissance sont les mêmes. Toute connaissance est interprétation (traduction, reconstruction), d'où un risque d'erreur dans toute perception, toute opinion, toute conception, toute théorie, toute idéologie, c'est-à-dire un risque d'incompréhension[1].

L'indifférence

Un autre obstacle à la compréhension est l'indifférence. Un véritable cal mental nous rend indifférents à la souffrance ou au malheur d'autrui. Ce cal disparaît au cinéma, au théâtre, à la lecture du roman, car l'empathie nous saisit, nous emporte, et nous souffrons des humiliations et des malheurs subis. Mais, avons-nous déjà dit, cette compréhension cesse sitôt le spectacle ou la lecture terminés.

---

1. Cf. « L'erreur de sous-estimer l'erreur », in *Science avec conscience*, Seuil, coll. « Points Sciences », 1990, p. 130-144 ; et *La Méthode 3*, Seuil, 1986, p. 209-211.

Nous refoulons de notre esprit les malheurs proches comme les malheurs lointains. Danièle Sallenave a bien indiqué comment de braves Israéliens cordiaux et aimables refoulent totalement de leur conscience le sort des Palestiniens, et ce refoulement les rend insensibles aux humiliations et aux souffrances d'autrui[1]. La compréhension ne vient pas d'elle-même avec l'expérience antérieure du mal subi par mépris et humiliation : « Dans l'opprimé d'hier l'oppresseur de demain », disait trop justement Victor Hugo.

L'occupant, le colonisateur tendent à ignorer purement et simplement les souffrances des occupés, colonisés, humiliés. Sans être ni occupants ni colonisateurs, nous sommes dans l'indifférence qui gèle toute compréhension des misères matérielles et morales qui nous environnent.

L'incompréhension de culture à culture

J'ai examiné ailleurs[2] les déterminismes culturels qui prennent forme et force d'*imprinting*[3] (empreinte matricielle donnant structure et conformité aux pensées, aux idées) et de normalisation (éliminant le non-conforme)[4]. Celui qui obéit à l'*imprinting* et à la norme est convaincu en toute certitude des vérités qui ont été engrammées en lui et, par conséquent, du caractère mensonger ou diabolique des vérités issues d'autres *imprintings*. C'est ce qui produit l'incompréhension de culture à culture. L'incompréhension d'autrui peut venir de l'incompréhensibilité de culture à culture.

---

1. Danièle Sallenave, *Carnet de route en Palestine occupée*, Stock, 1998.
2. *La Méthode 4*, Seuil, 1991.
3. Cf. Vocabulaire, p. 261.
4. *La Méthode 4*, Seuil, 1991, p. 25-58.

La possession par les dieux, les mythes, les idées

Bien qu'ils émanent de la croyance d'une collectivité, les dieux deviennent des entités terrifiantes qui régentent leurs fidèles et obtiennent d'eux les actes les plus horribles ou les plus sublimes. Nous sommes entrés dans une époque où de nouveau les dieux ont soif, où ils se ragaillardissent en exigeant sang et sacrifice. Celui qui est convaincu d'obéir à la volonté divine en massacrant l'infidèle, comme l'intégriste terroriste musulman ou l'intégriste terroriste juif d'Hébron, est évidemment inconscient du caractère monstrueux de sa conception ou du caractère criminel de ses actes. Ce n'est évidemment pas cette monstruosité qu'il faut comprendre, c'est ce qui la suscite.

De plus, j'ai déjà dit[1] que les idées ne sont pas que des outils intellectuels, ce sont des entités possessives. Comme pour un dieu, nous sommes les serviteurs de l'idée qui nous sert. Comme pour un dieu, nous pouvons vivre, tuer et mourir pour une idée.

Les idées nous manipulent plus que nous les manipulons. La possession par l'idée nous rend incompréhensifs de ceux qui sont possédés par d'autres idées que les nôtres et de ceux qui ne sont pas possédés par nos idées.

Ainsi toutes les formes et les forces de possession, invisibles pour ceux qui les subissent et y obéissent, produisent sans cesse l'incompréhension des autres dieux, des autres mythes, des autres idées.

L'égocentrisme et l'auto-centrisme

Nous avons assez indiqué (3ᵉ partie, chap. II : « La culture psychique ») toutes les sources psychiques d'aveuglement,

---

1. *Ibid.*, p. 121.

issues de l'égocentrisme, qui produisent les incompréhensions d'autrui. Le processus mental si fréquent qu'est la *self-deception*, ou mensonge à soi-même, peut conduire à l'aveuglement sur le mal que l'on commet et à l'auto-justification où l'on considère comme justes représailles l'assassinat d'autrui.

Universellement, tout ce qui s'affirme de façon auto-centrique (se mettant au centre du monde) résiste à la compréhension de l'altérité : l'ethnie, la nation, la religion, le gang, l'individu. Ces obstacles à la compréhension sont subjectifs : la boucle

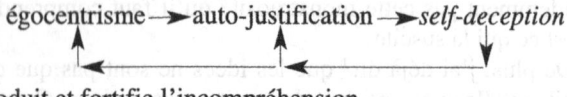

égocentrisme ⟶ auto-justification ⟶ *self-deception*

produit et fortifie l'incompréhension.

L'abstraction

Il y a aussi une incompréhension qui relève de l'abstraction, laquelle ignore la compréhension subjective. Expliquer seulement ne suffit pas pour comprendre. La rationalité seule, l'objectivité seule et la quantification seule ignorent la compréhension subjective et éliminent de leur connaissance l'humanité de l'humain. La connaissance économique par calcul, la connaissance statistique par échantillon, tendent à ignorer tout ce qui relève des aspirations, sentiments et soucis, et elles propagent une incompréhension spécifique du vécu.

L'aveuglement

Tant de sources d'aveuglement donc : l'aveuglement sur soi-même et sur autrui, phénomène général quotidien,

Éthique de la compréhension

l'aveuglement qui vient de l'empreinte culturelle sur les esprits, l'aveuglement qui résulte d'une conviction fanatique, politique ou religieuse, d'une possession par dieux, mythes, idées, l'aveuglement qui vient de la réduction et de la disjonction, l'aveuglement d'indifférence et l'aveuglement de haine ou de mépris, l'aveuglement qui vient des tourbillons historiques qui emportent les esprits, l'aveuglement anthropologique qui vient de la démence humaine, l'aveuglement qui vient d'un excès de rationalisation ou d'abstraction, lesquelles ignorent la compréhension subjective. L'aveuglement par méconnaissance de la complexité…

La peur de comprendre

La peur de comprendre fait partie de l'incompréhension.
Comprendre. Ce mot fait aussitôt sursauter ceux qui ont peur de comprendre de peur d'excuser. Donc il faudrait ne vouloir rien comprendre, comme si la compréhension comportait un vice horrible, celui de conduire à la faiblesse, à l'abdication. Cet argument obscurantiste règne encore dans notre intelligentsia par ailleurs raffinée. Ceux qui refusent de comprendre condamnent la compréhension parce qu'elle empêcherait la condamnation.

Comprendre n'est pas justifier. La compréhension n'excuse ni n'accuse. La compréhension favorise le jugement intellectuel, mais elle n'empêche pas la condamnation morale. La compréhension conduit, non pas à l'impossibilité de juger, mais à la nécessité de complexifier notre jugement.

Comprendre, c'est comprendre pourquoi et comment on hait et méprise. Comprendre le tueur ne signifie pas tolérer le meurtre qu'il commet. Ainsi, Rushdie comprend pourquoi le fanatique veut le tuer mais fera tout pour l'en empêcher. Comprendre le fanatique qui est incapable de nous comprendre, c'est comprendre les racines, les formes et les manifestations du fanatisme humain. Comprendre l'anti-islamisme nous introduit à de profondes racines dans la culture européenne ainsi qu'aux peurs et angoisses que suscite la crise du monde contemporain. Comprendre l'antisémite, cela n'est pas atténuer le mal qu'il a fait et peut faire, cela nous introduit au problème des si profondes racines qu'il a dans la culture européenne, à l'intelligibilité des si profonds problèmes du bouc émissaire et de la victime expiatoire, à ses formes multiples, ramifiées, changeantes, nouvelles. Cela est plus important que d'attribuer à l'antisémite, par effet de miroir bien connu, l'ignominie que l'antisémite attribue au juif.

Comprendre n'est pas innocenter, ni s'abstenir de juger, ni s'abstenir d'agir, c'est reconnaître que les auteurs de forfaits ou d'infamies sont aussi des êtres humains. N'oublions jamais le message de Robert Antelme : les SS veulent nous retrancher de l'espèce humaine, ils ne le pourront pas, mais nous-mêmes ne pouvons (ne devons) les retrancher de l'espèce humaine.

Terrible travail de compréhension. Paradoxes et contradictions

Le travail de compréhension a quelque chose de terrible, parce que celui qui comprend se met en dissymétrie totale avec celui qui ne peut ou ne veut comprendre, et notamment avec le fanatique qui ne comprend rien, et qui ne comprend évidemment pas qu'on le comprend.

La compréhension complexe comporte une difficulté redoutable. En effet, la pensée complexe évite, et de diluer la responsabilité dans un déterminisme qui dissout toute autonomie du sujet, et de condamner purement et simplement le sujet jugé responsable et conscient de tous ses actes. Elle évite donc le réductionnisme sociologique comme le

Éthique de la compréhension

moralisme implacable. Mais, en tenant compte des *imprintings*, des bifurcations, des engrenages, des dérives qui conduisent au forfait ou à l'infamie, elle affronte sans cesse le paradoxe de l'irresponsabilité-responsabilité humaine.

Quand des hommes sont possédés par des idées, vraiment possédés comme je l'ai vu tant de fois chez des communistes, persuadés d'œuvrer pour l'émancipation de l'humanité alors qu'ils contribuaient à son esclavage, et en même temps capables des pires forfaits au service de leur conviction, comment ne pas voir à la fois leur irresponsabilité et leur responsabilité ?

Il y a une véritable aporie sur laquelle débouche toute compréhension: celle de l'irresponsabilité et de la responsabilité d'autrui. On ne peut éviter cette contradiction. On ne peut que tenter de la dépasser (et dépasser signifie conserver ce qu'on dépasse) dans la magnanimité et le pardon (cf. chapitre suivant).

D'autre part, il y a un antagonisme inévitable entre la bataille (politique, militaire) qui vise à vaincre un ennemi et la compréhension. Faut-il penser que la bataille soit inévitablement manichéenne ? De fait, le manichéisme ne caractérise que les couches les plus basses de l'action combattante, là où elle se dégrade en fanatisme obtus: s'il apporte l'énergie de la haine contre l'ennemi, il apporte aussi l'aveuglement ou la myopie sur les enjeux véritables du combat, et il dénature le sens même d'une action à finalité éthique. On peut comprendre l'adversaire tout en le combattant. J'affirme qu'il faut substituer à l'efficacité aveugle du manichéisme la lucidité du pari et l'efficacité de la stratégie. Et surtout je tiens qu'il faille toujours sauver la compréhension, car elle seule fait de nous des êtres à la fois lucides et éthiques. L'éthique a pour mission de résister au caractère impitoyable que prend la politique livrée à elle-même. Je n'évacue pas le conflit, je mets même à la place royale le conflit des idées. Je ne m'interdis pas de juger. Mais je sauve la compréhension.

Il y a enfin le conflit entre l'éthique de la compréhension et l'éthique de la responsabilité. La responsabilité peut nous conduire à assumer des combats mortels pour protéger des vies, défendre notre communauté, soutenir le droit. Mais, répétons-le, la lutte à mort ne saurait entraîner la réduction de l'ennemi à un être abject, à un animal malfaisant. Nous ne devons jamais cesser de le comprendre, c'est-à-dire de le situer, de le contextualiser, de continuer à le reconnaître comme être humain.

Les commandements de la compréhension

La compréhension rejette le rejet, exclut l'exclusion. Enfermer dans la notion de traître celui qui relève d'une intelligibilité plus riche empêche de reconnaître l'erreur, le fourvoiement, le délire idéologique, les dérives.

Elle nous demande de nous comprendre nous-mêmes, de reconnaître nos insuffisances, nos carences, de remplacer la conscience suffisante par la conscience de notre insuffisance.

Elle nous demande, dans le conflit d'idées, d'argumenter, de réfuter, au lieu d'excommunier et d'anathémiser.

Elle nous demande de surmonter haine et mépris.

Elle nous demande de résister au talion, à la vengeance, à la punition, qui sont inscrits si profondément en nos esprits.

Elle nous demande de résister à la barbarie intérieure et à la barbarie extérieure, notamment pendant les périodes d'hystérie collective.

Nous n'avons pas encore commencé à reconnaître l'importance mortelle de l'incompréhension et l'importance vitale de la compréhension. L'incompréhension est présente à la source de tous les maux humains. La compréhension est présente dans ce qu'il y a de meilleur chez l'homme.

La tragédie humaine n'est pas seulement celle de la mort, c'est aussi celle qui vient de l'incompréhension.

Éthique de la compréhension

Notre barbarie ne se réduit pas à l'incompréhension, mais elle comporte toujours l'incompréhension. L'incompréhension entretient la barbarie des rapports humains au sein de la civilisation. Tant que nous demeurerons tels, nous resterons des barbares et replongerons dans la barbarie.

La compréhension qui refoule la barbarie est nourrie par l'association de la rationalité et de l'affectivité, c'est-à-dire de la connaissance objective et de la connaissance subjective. La compréhension a besoin d'une connaissance complexe. Pour lutter contre les racines des incompréhensions, il faut une pensée complexe. D'où, ici encore, l'importance du «travailler à bien penser».

Introduire la compréhension en profondeur dans nos esprits serait civiliser en profondeur. Toutes les tentatives d'amélioration dans les rapports humains ont échoué – sauf en des communautés éphémères, des moments de fraternisation – parce qu'il n'y a pas eu enracinement des facultés humaines de compréhension.

Toutes les potentialités de compréhension se trouvent en chacun, mais elles sont sous-développées.

Comprendre, c'est comprendre les motivations intérieures, c'est situer dans le contexte et le complexe. Comprendre, ce n'est pas tout expliquer. La connaissance complexe reconnaît toujours un résidu inexplicable. Comprendre, ce n'est pas tout comprendre, c'est aussi reconnaître qu'il y a de l'incompréhensible.

Il faudrait pouvoir enseigner la compréhension dès l'école primaire et poursuivre *via* le secondaire jusqu'à l'université. C'est dans cette optique que j'ai proposé, dans *Les Sept Savoirs nécessaires à l'éducation du futur*[1], que, dans toute université, une chaire soit consacrée à la compréhension humaine. Elle intégrerait en elle l'apport des diverses

---

1. Seuil, 2000.

sciences humaines, elle tirerait les leçons de compréhension de la littérature, de la poésie, du cinéma. Elle développerait en chacun la conscience des *imprintings*, car seule cette conscience permet d'essayer de s'en affranchir. Elle engendrerait la conscience des dérives qui permettrait à chacun et à tous de résister au courant et d'y échapper. Elle apporterait la conscience des paradigmes qui permettrait de se hisser à un méta-point de vue. Elle montrerait que cette conscience nécessite auto-examen et autocritique, elle apporterait donc la conscience de la nécessité à la fois mentale et morale de l'autocritique, et favoriserait l'auto-éthique en chacun et en tous.

Enfin, elle relierait l'éthique de la compréhension à l'éthique de l'ère planétaire ; la sortie de l'âge de fer planétaire demande la compréhension entre personnes, entre cultures, entre nations. La compréhension porte en elle une potentialité de fraternisation qui nous invite à nous reconnaître comme enfants de la *Terre-Patrie*.

V. Magnanimité et pardon[1]

> Pardonnons, mais n'oublions pas.
> Nelson Mandela
>
> Amnistie, non amnésie.
> Adam Michnik

Du talion au pardon

L'idée archaïque de justice s'exprime par le talion. Œil pour œil, dent pour dent, meurtre pour meurtre. Le talion est à la fois vengeance et châtiment. Quand une justice d'État

---

1. *Note introspective :* Quelle culpabilité pesait sur moi : celle que ressent l'enfant à la mort de la mère et que j'ai ressentie à la mort de la mienne, survenue quand j'avais 9 ans ? Nourrie par l'angoisse qui me vint d'une naissance étouffée à mort, étranglée par le cordon ombilical ? De toutes façons, dans la première adolescence, vers 15 ans, j'ai connu trois révélations fulgurantes qui m'ont annoncé la possibilité de rédemption. J'ai vu à «La Bellevilloise» *Le Chemin de la vie*, film soviétique, et comme je le dis dans *Autocritique* (Seuil, coll. «Points», p. 18-19), je fus bouleversé par la rédemption du jeune Mustapha devenu frère de Kolka dont il avait tué la mère. J'ai lu *Résurrection* de Tolstoï puis *Crime et châtiment* de Dostoïevski, deux récits de régénération, de renaissance, de métamorphose. Tout cela est resté, a fermenté en moi, et m'a éveillé à ce qui suit.

s'est substituée à la justice tribale du talion, le châtiment prévu par la loi, décidé par un juge, a en fait institutionnalisé la vengeance, en punissant le mal commis par le mal qu'est l'emprisonnement ou la mort.

L'idée archaïque de la justice par le talion/vengeance est profondément ancrée en notre esprit, et nous en ressentons l'exigence quand nous lisons *Le Comte de Monte-Cristo*, ou quand nous voyons un western. Je la ressens comme tout autre, mais je ressens aussi l'inanité de la vengeance et je sais que le mal commis est irréparable : c'est justement pour cela qu'il faut tout faire non seulement pour empêcher l'injustice et le mal, mais aussi pour tenter d'empêcher la contagion du mal en nous-mêmes. « Que l'homme soit délivré de la vengeance » (Nietzsche). La résistance au talion nécessite une éthique de la compréhension et une éthique de la magnanimité.

Au XVIIe siècle, Hobbes dépassait l'idée de vengeance pour fonder le châtiment sur la frayeur qu'il doit susciter : « Le but du châtiment n'est pas la vengeance, mais la terreur » (*Léviathan*, II, 28). C'est plus tard que, sous le règne éclairé d'un grand duc de Toscane, Beccaria justifia l'emprisonnement, non plus par la punition, mais pour la protection des populations.

Une première vraie conquête de civilisation est d'arrêter le cycle de la vengeance et de renoncer au talion. La vengeance entraîne la vengeance dans un cercle vicieux permanent. Les inimitiés ne s'apaisent jamais par l'inimitié. Elles sont apaisées par le temps, par la réconciliation, par la clémence, par la mansuétude, par le pardon.

Au-dessus de la punition et de la vengeance, la magnanimité, la mansuétude, la clémence sont les précurseurs du pardon. La clémence : en 403 av. J.-C., les démocrates d'Athènes, mettant fin à la dictature instaurée par les Trente, ont rompu avec la pratique en vigueur dans les autres cités grecques; ils ont renoncé à la vengeance et proclamé l'amnistie.

L'exemple classique de la clémence d'Auguste pour Cneius Cornelius Cinna, l'exemple littéraire de la clémence de don Carlos, devenu Charles Quint, pour Hernani, l'exemple récent du pape pour le meurtrier qui a attenté à sa vie indiquent que la clémence peut déterminer la transformation morale de celui qui en bénéficie.

Le pardon

Bien qu'existent dans toutes les civilisations la faute, le sacrilège, la honte de soi-même, la culpabilité, et que dans beaucoup il soit recommandé de pratiquer clémence et magnanimité, le pardon en tant que tel surgit de l'intérieur de la religion de Moïse comme acte divin annuel absolvant le peuple élu de ses péchés. Ce pardon est à la fois humanisé et transformé par le totalement humain (bien qu'en même temps totalement divin par décision conciliaire) Jésus, et le pardon a pu par la suite s'émanciper de la religion.

Le pardon de Jésus se fonde sur un double argument. Le premier est énoncé aux hommes qui lapident la femme adultère : « Que celui qui n'a jamais péché lui jette la première pierre. » Il demande au lapidateur de faire un retour sur lui-même et, prenant conscience qu'il serait lui-même condamnable pour d'autres péchés, de renoncer au châtiment. En la soustrayant au supplice, Jésus offre le pardon à la femme adultère.

Le second argument se fonde sur la compréhension de l'aveuglement humain : le « Ils ne savent pas ce qu'ils font » de Jésus sur la croix justifie le « Pardonnez-leur, mon Père » qu'il adresse à son Dieu. Le « Ils ne savent pas ce qu'ils font » rejoint une idée des philosophes grecs pour qui le méchant est un ignorant, un imbécile, et il se trouve rejoint par le constat de Karl Marx au début de *L'Idéologie allemande* : « Les hommes ne savent pas ce qu'ils sont ni ce qu'ils font. »

Le « Ils ne savent pas ce qu'ils font » de Marx est un constat d'anthropo-sociologue. C'est l'expression de la connaissance des engrenages, des possessions qui font que l'être humain est déterminé, agi, possédé. C'est cette connaissance qui sous-tend le message, supérieur à la justice, du pardon sur la croix. Alors que le « Ils ne savent pas ce qu'ils font » de Jésus sur la croix légitima le pardon, cette même conscience ne suscita aucune conséquence morale chez Marx. Un ami me rappelle une phrase de moi, dont il a oublié la provenance (moi aussi), où je dis que la petite prostituée Sonia de *Crime et châtiment*, qui pardonne à Raskolnikov, est à des millions d'années-lumière en avance sur Marx.

Pardonner est un acte limite, très difficile, qui n'est pas seulement le renoncement à la punition ; il comporte une dissymétrie essentielle : au lieu du mal pour le mal, il rend le bien pour le mal. C'est un acte individuel, alors que la clémence est souvent un acte politique. C'est un acte de charité au sens originel du terme *caritas*, acte de bonté et générosité.

Le pardon suppose à la fois la compréhension et le rejet de la vengeance. Victor Hugo dit : « Je tâche de comprendre afin de pardonner. » Le pardon se base sur une compréhension. Comprendre un être humain signifie ne pas réduire sa personne au forfait ou au crime qu'elle a commis et savoir qu'elle a des possibilités de rédemption.

Le pari du pardon

J'en arrive à ce point capital : le pardon est un pari éthique ; c'est un pari sur la régénération de celui qui a failli ou défailli ; c'est un pari sur la possibilité de transformation et de conversion au bien de celui qui a commis le mal. Car l'être humain, répétons-le, n'est pas immuable : il peut évoluer vers le meilleur ou vers le pire. Le docteur Tomkiewicz évoque « un enfant qui avait tout autour de lui pour devenir une canaille mais qui, à 6 ans, a eu un instituteur formidable qui l'a sorti de l'ornière ». Nous avons d'innombrables exemples des transformations intérieures d'« enfants perdus ».

Certains, adolescents ou adultes, ont puisé justement dans leurs expériences aux limites de la délinquance et du crime leur maturité et leur rédemption. Les Mémoires de Hans-Joachim Klein[1], ex- terroriste de la bande à Baader, nous montrent le cheminement d'une prise de conscience de l'horreur de ce qu'il avait longtemps cru être des actes révolutionnaires pour le salut de l'humanité.

Jean-Marie Lustiger est allé jusqu'à proposer la béatification de Jacques Fesch, assassin d'un policier, repenti en prison et guillotiné en 1957 : « L'assassin qu'il a été, le criminel repenti est devenu un saint. » Réaction indignée du responsable d'un syndicat de police, et sans doute de bien d'autres. Il y a là une frontière, entre ceux qui enferment le criminel dans son crime, quoi qu'il ait fait avant et surtout quel qu'il soit devenu après, et ceux qui font la part de l'évolution, pensent que tout criminel peut se transformer par le repentir, croient en la rédemption par ce repentir même. J'ai l'expérience de ce dont je parle. Je suis devenu l'ami d'un emprisonné condamné pour le meurtre de sa femme. Cet homme s'est voué dans sa prison à ses codétenus, éduquant les analphabètes, enseignant son savoir, poussant à passer des examens scolaires ou universitaires, créant un centre culturel, aidant de toutes les façons les autres à s'en sortir avant même de retrouver le monde libre où il

---

1. Hans-Joachim Klein, *La Mort mercenaire*, Seuil, 1980.

est si difficile à l'ex-emprisonné de se réinsérer. L'épreuve, le remords l'avaient transformé, ou plutôt lui avaient permis de développer les meilleures potentialités de son être. Il y a ceux qui comprennent qu'un «criminel puisse devenir un saint», et ceux pour qui il ne peut y avoir que le châtiment. Peut-on enfermer le criminel dans son crime, quoi qu'il ait fait avant et surtout quoi qu'il soit devenu après ? Ne peut-on pas faire plutôt le pari qu'un criminel puisse être transformé par une prise de conscience et le repentir ? Ne savons-nous pas que des êtres qui ont commis les pires forfaits ont pu se transformer avec le temps ?

Nous savons aussi le rôle important d'une présence bénéfique qui va permettre la rédemption. Ce fut le cas de «l'instituteur formidable» comme de tant de ceux et celles dont la compréhension et le pardon furent salutaires.

Faut-il subordonner le pardon au repentir ? Le repentir ouvre la voie au pardon, mais je crois aussi que le pardon peut ouvrir la voie au repentir, et qu'il offre ainsi une chance de transformation. Il y a de très beaux exemples littéraires. Raskolnikov est amené au repentir par la petite prostituée Sonia *(Crime et châtiment).* Dans *Les Misérables*, monseigneur Myriel, à qui Jean Valjean a volé des chandeliers, fait un pur acte de pardon. C'est un pari éthique incertain ; il n'était pas dit que Jean Valjean allait se transformer à la suite de cet acte généreux. Certes, nos actes éthiques peuvent se retourner contre nous, pardon compris, c'est le risque de toute initiative humaine au sein de l'écologie de l'action. Toujours chez Hugo, dans *Quatre-vingt-treize*, un pauvre paysan sauve le marquis de Lantenac, le chef chouan, qui par la suite fait fusiller trois femmes. Le paysan regrette alors sa bonne action et il a cette phrase merveilleuse : «Une bonne action peut donc être une mauvaise action ?»

On connaît l'argument : que messieurs les assassins commencent, qu'ils se repentent d'abord. Mais la magnanimité ou le pardon peuvent susciter le repentir. Conditionner le pardon au repentir, c'est perdre le sens profond du pardon qui est un pari sur l'humain. Le pardon véritable, comme celui de la fille d'Aldo Moro, qui est allée voir en prison l'assassin de son père, est antérieur au repentir ; c'est un acte capable de déclencher le repentir, ou du moins la prise de conscience de l'horreur du crime. Et ce sont les victimes ou leurs proches qui peuvent susciter le repentir.

Le pardon est un acte de confiance. Les relations humaines ne sont possibles que dans une dialogique de confiance et de méfiance, qui comporte la méfiance de la méfiance. On peut certes tromper la confiance. Mais la confiance elle-même peut vaincre la méfiance. La confiance est incertaine mais nécessaire. C'est pourquoi le pardon, acte de confiance en la nature humaine, est un pari.

Le pardon politique

L'octroi du pardon, en politique, ne peut se réduire à du calcul, encore qu'il le comporte. Ainsi Nelson Mandela s'est fixé pour but non de dissocier l'Afrique du Sud, mais d'y intégrer les Noirs et, après sa victoire politique, d'y intégrer les Blancs. Il a compris que la punition ou la vengeance aurait conduit au désastre. Il y a de plus, dans la noblesse personnelle exemplaire de Mandela, l'héritage universaliste du marxisme.

Entre Israël et la Palestine, le pardon mutuel de crimes effrayants commis de part et d'autre est une nécessité de paix. Rabin à un moment de son histoire, Arafat à un moment de la sienne ont su opérer une conjonction morale qui intègre et dépasse le calcul politique. Mais leur effort fut brisé par la haine et la vengeance.

La mansuétude accordée aux tenants du régime dictatorial

déchu comme en Espagne ou au Chili a été le prix payé pour acheter la paix et la démocratie. On peut arriver, dans certains cas, à une contradiction éthique : faut-il laisser impunis des crimes accompagnés de torture? Les négociateurs démocrates chiliens ont pu penser que l'achat des avantages de la démocratie pouvait se payer par l'impunité des crimes de la dictature. Il demeura, une fois la démocratie acquise, une pestilence éthique car il n'y eut pas vraiment pardon et il ne pouvait y avoir oubli.

Mémoire et pardon

Le non-châtiment signifie-t-il l'oubli, comme le pensent ceux pour qui punir servirait à maintenir la mémoire des crimes subis ? Les deux notions sont en fait disjointes. Mandela a dit : «Pardonnons, mais n'oublions pas.» L'opposant polonais Adam Michnik lui a fait écho avec sa formule : «Amnistie, non amnésie.» Tous deux ont d'ailleurs tendu la main à ceux qui les avaient emprisonnés. Les Indiens d'Amérique n'ont pas oublié les spoliations et les massacres qu'ils ont subis, bien que ceux qui les ont martyrisés n'aient jamais été châtiés. Les Noirs victimes de l'esclavage n'ont jamais vu leurs bourreaux punis, et pourtant ils n'ont pas oublié. Quand des anciens du Goulag et autres victimes de la répression ont créé l'association Mémorial en Union soviétique, ils réclamèrent la mémoire et non le châtiment. Ce n'est pas parce que Papon passera éventuellement dix ans en prison que la mémoire d'Auschwitz sera renforcée.

C'est pourquoi je m'inscris dans la lignée de Beccaria : je n'ai pas l'éthique du châtiment. Et je suis comme ceux de Mémorial, l'association des victimes de la répression stalinienne, pour qui la mémorisation des crimes du totalitarisme n'est pas synonyme de procès et de condamnations. Mémorial n'a pas demandé le châtiment, mais le rassemblement des données et des preuves. Quand, à propos du débat français sur Vichy, Jean-Marie Cavada a voulu faire un parallèle avec la Pologne de Jaruzelski et a invité le résistant Michnik, très longtemps emprisonné, j'ai trouvé noble et juste l'attitude de ce dernier qui, quand tout est accompli, s'efforce de comprendre le «collaborateur», le «traître» Jaruzelski.

Ce qui me terrifie est plutôt la dégradation et la déperdition de l'expérience. En Israël, sauf pour une minorité, les descendants des juifs séculairement humiliés et persécutés ont humilié et méprisé les Palestiniens. Le risque n'est pas seulement d'oubli des crimes commis, il est aussi celui d'oubli pour autrui de la leçon des souffrances vécues.

Impossibilité du pardon et de la punition

Vladimir Jankélévitch a bien posé le paradoxe du pardon et de l'impardonnable. Le pardon, comme l'impardonnable, ne connaît pas de limite. Jankélévitch, bien qu'il ait toujours insisté sur le caractère impardonnable du crime nazi contre les juifs, arrive, au terme de son livre sur le pardon, sur deux infinis qui ne peuvent se rejoindre, celui de l'impardonnable et celui du pardon, sans donner finalement le dessus à l'un ou à l'autre. «La force infinie du pardon est plus forte que la force infinie du fait-d'avoir-fait; et réciproquement.»[1]

Sans doute, à une limite, comme le meurtre accompagné de supplice sur un enfant, le pardon défaille. La punition est dérisoire, le pardon est impensable.

Il y a de nombreux cas d'impossibilité, et du pardon, et de la punition, quand le mal est issu d'une des énormes machines techno-bureaucratiques contemporaines, comme

---

1. Vladimir Jankélévitch, *Le Pardon*, Aubier-Montaigne, 1967.

dans l'affaire du sang contaminé. J'avais à l'époque écrit un article, «Cherchez l'irresponsable»[1], parce que le mal résultait de la somme d'aveuglements issus de la bureaucratisation, de la compartimentation, de l'hyper-spécialisation, de la routine. Les rapports alarmants issus de quelques médecins d'hôpitaux n'étaient même pas lus, et les grands mandarins de la science et de la médecine ne croyaient pas qu'un virus pouvait provoquer le sida. La responsabilité est morcelée, la culpabilité est dissoute. N'est-ce pas le système qu'il faudrait juger et réformer, plutôt que de chercher le coupable singulier?

Venons-en aux énormes hécatombes provoquées par l'État nazi et par l'État soviétique. Il y a des responsabilités en chaîne depuis le sommet, Hitler, Staline, jusqu'aux exécutants des camps de la mort. Mais ces responsabilités sont morcelées au sein d'une énorme machine bureaucratique de mort. Quand Hannah Arendt écrit sur Eichmann, elle le voit comme un rouage de la machine criminelle et c'est la médiocrité de ce parfait fonctionnaire qui la frappe. Elle voyait aussi que l'énormité d'Auschwitz ne pouvait être compensée par une peine de mort. Ici encore la punition est dérisoire, le pardon impensable.

Et quand, au bout de cinquante ans et plus, il ne reste que quelques survivants parmi les fonctionnaires obéissants de Berlin ou de Vichy, doivent-ils assumer la responsabilité de tout le système? Faut-il qu'ils expient les crimes de la machine à déporter?

Plus il est difficile de localiser l'auteur du mal, plus se développe un besoin de trouver le coupable. On comprend la souffrance renouvelée des parties civiles au procès Papon, qui y revivent le départ pour la mort de leur proche. On comprend la souffrance des familles des victimes du sang contaminé. Elles retrouvent inévitablement le talion en

---

1. Repris in *Sociologie*, Seuil, coll. «Points», 1994, p. 426.

réclamant le châtiment. Ne leur offre-t-on pas alors un bouc émissaire ?

Les valeurs de compréhension sont universelles et les victimes n'en sont pas exemptes. Marx disait que ce sont les victimes de l'exploitation qui pourraient accéder à une éthique universelle et supprimer l'exploitation de l'homme par l'homme. Cela ne s'est pas réalisé, mais demeure souhaitable. Cela dit, il serait malséant de demander à une victime de commencer à pardonner, mais je souhaiterais la convaincre que la punition ne lui est pas nécessaire.

Les humiliés, les haïs, les victimes, ne doivent pas se transformer en humiliants, haïssants, oppresseurs : voilà l'impératif éthique. Il reste le caractère atroce du mal qui est au-delà de tout pardon et de tout châtiment, le mal irréparable qui n'a cessé de ravager l'histoire de l'humanité. C'est cela le désastre de la condition humaine.

Quand les mots « magnanimité », « miséricorde », « pardon » sont oubliés, ignorés, quand on réclame un châtiment qui est vengeance et talion, alors il y a progrès de notre barbarie intérieure.

L'auto-examen

Le pardon n'est pas isolable. Il suppose compréhension d'autrui et compréhension de soi, qui conduisent à concevoir la possibilité de régénération.

Favoriser la possibilité de régénération est plus que jamais nécessaire dans ce monde impitoyable. Il y a, dans l'éthique du pardon, une éthique de la rédemption.

Si chacun d'entre nous sait qu'il y a en lui de terrifiantes potentialités meurtrières, il cesserait de considérer celui qui a tué comme un étranger radical ou un monstre ; il lui donnerait la chance de changer.

Ce qui unit la compréhension à la magnanimité et au pardon, c'est la résistance à notre cruauté et à notre barbarie intérieures.

VI. L'art de vivre : poésie ou/et sagesse ?

> Ce n'est pas sage que d'être seulement sage.
>
> G. Santayana
>
> L'homme le plus sage serait le plus riche de contradictions [et aurait] de temps en temps des moments de grandiose harmonie.
>
> F. Nietzsche
>
> Il faut une raison supérieure pour accueillir la passion.
>
> M. G. Musso
>
> Seul le sage ne cesse d'avoir le tout constamment à l'esprit.
>
> B. Groethuysen

Il commence à nous apparaître que gagner sa vie peut aussi signifier la perdre, que les satisfactions matérielles s'accompagnent d'insatisfactions spirituelles, que la réalisation du bien-être extérieur suscite un mal-être intérieur, que les accroissements en quantité déterminent des diminutions en qualité. Que les activités relèvent plutôt de l'activisme, que l'action tend à l'agitation, que par certains aspects les divertissements de loisir nous détournent de nos vrais besoins et relèvent du divertissement pascalien. Un vide se creuse en chacun. Ici et là on cherche à retrouver son âme, à la guérir d'un mal profond, à mettre en harmonie l'esprit et le corps, d'où le recours au psychanalyste, au psychothérapeute, au gourou, au yogi, au bouddhiste zen ou tibétain.

Comment vivre sa vie ? Ce problème se pose de façon de plus en plus insistante. Notre manque profond ne serait-il pas un manque de sagesse ? Ne faut-il pas revisiter l'idée de sagesse, héritée de la pensée antique, oubliée dans les Temps modernes ?

Dialogique raison-passion

Une éthique de vie peut-elle s'identifier à une sagesse de vie ? Mais que serait la sagesse ?

Tant que nous définissons l'être humain seulement par la notion d'*homo sapiens*, l'affectivité apparaît comme superflue, parasite, perturbatrice. La folie, le délire apparaissent comme des carences pathologiques, qui altèrent le fonds rationnel sain de la nature humaine. La sagesse s'identifie alors à un art de vie par lequel la raison gouverne en dominant ou en éliminant les passions sources d'illusions et de délires. Cette sagesse est liée à l'idée longtemps très répandue que le plein exercice de la raison élimine de par lui-même l'affectivité.

Nous savons désormais que toutes les activités rationnelles de l'esprit sont accompagnées d'affectivité[1]. L'affectivité, qui peut certes immobiliser la raison, est seule capable de la mobiliser.

Dès lors, l'idée de sagesse se complexifie : elle n'est plus d'éliminer l'affectivité, mais plutôt de l'intégrer. Nous

1. Cf. Antonio Damasio, *Spinoza avait raison. Le cerveau des émotions*, Odile Jacob, 2003. Jean-Didier Vincent, *Biologie des passions*, Odile Jacob, 2002.

L'art de vivre : poésie ou/et sagesse ? 171

savons que la passion peut aveugler, mais aussi qu'elle peut éclairer la raison si celle-ci réciproquement l'éclaire. On a besoin d'intelligence rationnelle, mais on a besoin aussi d'affectivité, de sympathie, de compassion.

De fait, l'idée de sagesse, quand elle se réduit à l'idée de raison, comporte une contradiction. Une vie purement rationnelle serait à la limite une absence de vie ; la qualité de la vie comporte émotion, passion, jouissance. Est-ce sagesse que se détourner de la qualité du vivre ? Est-ce folie que d'aspirer à la plénitude de l'amour ? L'élimination du non-raisonnable serait démence. Il serait fou de vivre trop sagement. Si l'excès de sagesse devient folie, la sagesse n'évite la folie qu'en se liant à la folie de la poésie et de l'amour.

Homo est *sapiens-demens*. Il n'est pas seulement raisonnant, raisonnable, calculateur, il est aussi porté à la démesure et au délire. Il n'y a pas de frontière claire entre rationalité et délire car l'affectivité les recouvre tous deux. Il n'y a pas non plus de frontière à l'intérieur de l'affectivité qui puisse indiquer à quel moment celle-ci devient immodérée et délirante. Kostas Axelos écrit : « L'énorme besoin d'affection et de tendresse qui habite l'homme depuis son enfance et jusqu'à sa mort se mélange quasi inexorablement avec des manifestations de violence, de cruauté et de sauvagerie. »[1] Aussi, sagesse et folie, rationalité et démence ne voisinent pas « sagement » en nous. Il n'y a donc pas de frontière claire entre *sapiens* et *demens* parce qu'il n'y a pas de frontière claire entre l'affectivité, la passion, la démesure, le délire.

Il nous faut donc assumer la dialogique

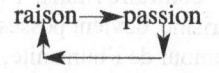

$$\text{raison} \longleftrightarrow \text{passion}$$

---

1. Kostas Axelos, *Pour une éthique problématique*, Minuit, 1972.

Assumer la dialogique raison-passion signifie garder toujours la raison comme veilleuse, c'est-à-dire entretenir toujours la petite flamme de la conscience rationnelle jusque dans l'exaltation de la passion. C'est vivre, sans jamais le laisser se dégrader, un jeu en *yin yang* entre raison et passion, qui non seulement les maintient l'une en l'autre, mais où l'excroissance de l'une stimule la croissance de l'autre.

La rationalité est nécessaire pour pouvoir détecter l'erreur et l'illusion dans la passion, lui donner la lucidité qui lui évite de chavirer dans le délire, mais seule peut le faire une raison qui réfléchit et agit sur elle-même. La passion est nécessaire à l'humanisation de la raison, qui l'empêche de sombrer elle-même dans une abstraction devenant délirante. Raison et passion peuvent et doivent se corriger l'une l'autre. Nous pouvons à la fois raisonner nos passions et passionner notre raison.

La dialogique raison-passion est un art existentiel périlleux ; il faut savoir prendre le risque de la passion mais éviter de s'y anéantir, il faut savoir se perdre et se retrouver dans l'amour, se perdre pour se retrouver, se retrouver pour se perdre.

Il s'agit de civiliser les passions, les émotions, pour qu'elles ne deviennent barbares et ne nous détruisent, mais non les détruire ni même les rendre «raisonnables»...

La sagesse n'est pas ce qui doit inhiber amour, fraternité, compassion, pardon, rédemption ; elle doit les éclairer, éviter qu'ils tombent dans les pièges de l'illusion. Ou qu'ils se renversent en leur contraire : ainsi l'amour pour autrui, piégé par l'égocentrisme, devient possessif et jaloux, intolérant et méchant ; l'amour de l'humanité, piégé par l'illusion, se met au service de l'asservissement de l'humanité.

L'art de vivre

La conception rationalisatrice de la nature humaine considérait *homo sapiens* comme un *homo faber*, défini par l'outillage et la technique, et un *homo economicus*, défini par l'intérêt et le profit.

Or *homo faber* est aussi *homo mythologicus*, c'est-à-dire nourrissant des mythes et nourri par ses mythes. *Homo economicus* est aussi *homo ludens*, jouissant du jeu, des jeux, des divertissements, vivant d'esthétique et de poésie.

Homo sapiens, *faber*, *economicus* est un être uniquement prosaïque, dont la vie est tout entière consacrée au travail, à l'utilité et à l'intérêt. *Homo prosaicus* est pourtant aussi *homo poeticus*, aspirant à la poésie de la vie, qui est intensité dans la participation, la communion, l'amour et qui tend vers l'extase.

Jeu, mythe, amour, poésie peuvent contenir de la raison, mais ne peuvent être contenus dans la raison. Ils portent en eux une affectivité intense, dont l'embrasement incendiaire peut verser dans la folie.

Comment être *seulement* prudent, mesuré, tempérant, comme le conseillent les sagesses raisonnables ? L'homme est autant affectif que rationnel, autant désintéressé que calculateur, autant poétique que prosaïque. Il vit de tempérance et d'excès, d'économie et de dépense, de prudence et d'audace.

Assumer l'identité humaine, c'est intégrer le jeu dans sa vie et assumer la vie comme jeu aléatoire.

Assumer l'identité humaine, c'est assumer la dialogique prose-poésie.

Assumer la condition humaine, c'est chercher une sagesse qui assume notre nature d'*homo complexus (sapiens-demens-ludens-mythologicus-poeticus)*. La sagesse de la vie doit assumer la folie de la vie, laquelle doit intégrer la rationalité en une folle sagesse.

Il y a finalement un problème dialogique d'art de vivre follement/sagement, qui doit être constamment à la fois stimulé et régulé.

La dialogique d'art de vie doit sans cesse veiller à ne pas laisser s'éteindre la veilleuse de la raison, de ne pas se laisser entraîner dans l'aveuglement et la furie des passions, de ne pas se perdre dans les jeux, de ne pas se laisser prendre par le dérisoire (se passionner pour une collection de timbres-poste, consacrer tout son enthousiasme seulement aux courses de chevaux ou aux matchs de football). La dialogique est un art difficile : le divertissement devient dérisoire quand il nous fait oublier la tragédie de la condition humaine, il devient vital quand il nous fait vivre poétiquement. Il faut prendre certes au sérieux l'avertissement de Pascal qui nous dit que nos jeux, nos fêtes, nos plaisirs, nos occupations ne sont que divers modes pour nous détourner de notre destin mortel. Mais il y a double divertissement dans le divertissement. Ce n'est pas seulement nous divertir de la mort que de nous divertir dans la vie, c'est aussi jouir de la vie. Le divertissement de la vie est jouissance et réjouissance, qui nous épanouissent et nous exaltent.

L'art de vivre est un art de navigation difficile entre raison et passion, sagesse et folie, prose et poésie, avec toujours le risque de se pétrifier dans la raison ou de chavirer dans la folie.

Vivre de prose n'est que survivre. Vivre, c'est vivre poétiquement.

L'état poétique est un état de participation, communion, ferveur, fête, amitié, amour qui embrase et transfigure la vie. Il fait vivre à grand feu dans la consumation (Bataille), et non à petit feu dans la consommation.

L'art de vivre : poésie ou/et sagesse ?

L'état poétique porte en lui la qualité de la vie, dont la qualité esthétique qu'il peut ressentir jusqu'à l'émerveillement devant le spectacle de la nature, un coucher de soleil, le vol d'une libellule, devant un regard, un visage, devant une œuvre d'art...

Il porte en lui l'expérience du sacré et de l'adoration, non dans le culte d'un dieu, mais dans l'amour de l'éphémère beauté.

Il porte en lui la participation au mystère du monde.

Et l'extase, moment suprême de la poésie, de l'amour, moment de la non-séparation dans la séparation, expérience inouïe, advient comme expérience anthropo-cosmique sublime où l'être humain se perd en se trouvant.

L'art de vie ne peut obéir à une règle établie une fois pour toutes. Il est affronté à la loi suprême de la vie : tout ce qui ne se régénère pas dégénère. Il nécessite une poly-régénération permanente.

Régénérer la rationalité qui se dégrade dans l'auto-suffisance et la rationalisation, régénérer l'amour. L'italien marque la différence entre *innamoramento* et *amore*[1]. L'*innamoramento* correspond à l'amour naissant, tout chargé de poésie et d'émerveillement. *Amore* ne demeure amour que si en lui se régénère sans cesse la poésie de l'*innamoramento* ; sinon, il peut se muer en affection, ou bien il dépérit, se dégrade, s'aigrit...

La régénération réanime les sources vives, retrouve la vertu des états naissants, dans l'amour comme dans toutes les autres passions, y compris la passion de connaître.

---

[1]. Cf. Francesco Alberoni, *Innamoramento e amore*, traduit en français sous le titre *Le Choc amoureux*, Ramsay, 1981.

Le savoir-aimer

L'amour est certes capable de nous inspirer jalousies, mesquineries, bassesses, c'est pourquoi la folle sagesse devrait comporter un savoir-aimer qui, tout en désirant la fusion avec l'être aimé, respecte son autonomie. Un savoir-aimer où la passion devient éclairante sur la vérité de l'amour et non aveuglante sur la personne d'autrui. Rien ne peut autant nous amener à exprimer le meilleur de nous-mêmes, à vivre des moments plus intenses et plus poétiques. Le véritable amour nourrit une dialogique toujours vivante où sagesse et folie s'entre-génèrent. Si mon amour est seulement raisonnable, il n'est plus amour, et s'il est totalement fou, il se dégrade en addiction. Il doit être fou/sage.

L'amour concentre en lui toutes les vertus de la poésie : communion, émerveillement, ferveur, extase ; il nous fait vivre la non-séparation dans la séparation, il nous fait vivre le sacré, l'adoration pour un être mortel, flétrissable, fragile.

C'est pourquoi Amour est le comble de la sagesse et de la folie.

L'incorporation du savoir : le savoir-vivre

La sagesse de vie comporte l'incorporation en soi de son savoir et de son expérience. T. S. Eliot disait : « Quelle est la connaissance que nous perdons dans l'information, quelle est la sagesse que nous perdons dans la connaissance ? » La connaissance fragmentée et compartimentée ne peut nullement être incorporée dans notre existence et nourrir notre art de vivre. Toutefois, les premières élaborations de connaissance complexe fournissent un savoir qui éclaire notre existence et permet éventuellement de la réformer. Ainsi, la cosmologie contemporaine nous fait connaître notre identité cosmique puisque nous sommes constitués par des particules formées dès les premières secondes de l'univers, atomes forgés dans un soleil antérieur au nôtre, molécules qui se sont assemblées sur la Terre ; en même temps, elle nous fait découvrir la situation excentrique, périphérique, minuscule non seulement de notre planète et de son système solaire, mais de notre galaxie elle-même dans l'univers, ce qui nous amène à reconnaître à la fois notre filiation, notre petitesse et notre solitude cosmique ; en même temps, l'écologie nous montre que le développement techno-économique conduit à la dégradation de la biosphère et à la dégradation de nos propres sociétés, de nos propres vies. Tout cela nous amène vers une écosophie, pour reprendre l'expression de Félix Guattari, une sagesse collective et individuelle qui nous demande de sauvegarder notre relation avec la nature vivante. Ce changement philosophique nous conduit à une sagesse anthropologique : renoncer à la maîtrise et à la domination du monde, établir une «nouvelle alliance» avec la nature, selon les termes de Prigogine et Stengers, tout en sachant que nous sommes à la fois les enfants du cosmos et ses orphelins, puisque nous nous en sommes distancés par la culture et la conscience. Cette double attitude fondamentalement complexe devrait demeurer présente dans notre conscience et nous inciter à cet esprit de fraternisation que j'ai formulé dans «l'évangile de la perdition»[1]. De même, comme nous l'avons vu ci-dessus, la connaissance de la complexité humaine a des répercussions directes sur notre conception de la sagesse et sur la définition de la «folle sagesse».

Il y a aussi une autre leçon qui est une leçon éthique clé : incorporer nos idées dans notre vie. Tant d'humanitaires et de révolutionnaires en idées vivent de façon égocentrique et mesquine. Tant d'émancipateurs en paroles sont incapables de laisser un peu de liberté à leurs proches. Tant de

1. Cf. *Terre-Patrie*, Seuil, 1993, p. 194-208.

professeurs de philosophie oublient de s'enseigner à eux-mêmes un peu de sagesse. Il faudrait essayer de ressembler un peu à ses idées.

Il y a enfin le problème de l'intégration de l'expérience vécue dans nos esprits. Il faut constater une énorme déperdition de l'expérience dans tous les domaines. L'expérience d'une génération n'est pratiquement pas transmise à la nouvelle génération. L'oubli est de plus en plus ravageur dans une civilisation braquée sur le présent.

Au niveau individuel, la carence auto-éthique fait négliger les leçons de l'expérience vécue. Celui qui oublie la cause de ses échecs est condamné à les répéter. Celui qui oublie la leçon de l'humiliation qu'il a subie n'hésitera pas à humilier.

La sagesse de l'esprit

Il est une sagesse propre à l'esprit : elle produit la compréhension – de soi et d'autrui – et elle est produite par cette compréhension.

La compréhension de soi comporte l'auto-examen, l'autocritique, et tend à lutter sans relâche contre les illusions intérieures et le mensonge à soi-même ; elle comporte le «travailler à bien penser» qui évite les idées unilatérales, les conceptions mutilées, et qui cherche à concevoir la complexité humaine.

Corrélativement, la sagesse de l'esprit cultive, entretient, développe la compréhension d'autrui. Si nous pratiquons la double compréhension (de soi et d'autrui), alors nous pouvons commencer à vivre sans mépris, sans haine, sans besoin obsessionnel d'auto-justification.

Plus profondément, en ce qui concerne notre vie individuelle, la sagesse se doit d'intégrer l'auto-éthique, l'auto-examen et l'autocritique, l'éthique de l'honneur, la lutte

L'art de vivre : poésie ou/et sagesse ?

contre la *self-deception*, le refus de la vengeance et du talion, l'éthique de reliance.

Conclusion

La sagesse ne peut être conçue que comme produit d'une dialogique en *yin yang* entre raison et folie. Elle nous demande de lier l'éthique de compréhension à l'éthique de poésie, l'éthique de poésie à l'auto-éthique.

C'est non plus le « juste milieu » d'Aristote, mais le dialogue en boucle des contraires.

Elle doit susciter un art de vie. Celui-ci, dans les conditions contemporaines, demande une réforme de vie. C'est cette réforme de vie que nous examinons dans notre chapitre III de la 5ᵉ partie : « Les voies régénératrices » (p. 213).

VII. Conclusion auto-éthique.
Re- et *com-*

La barbarie de nos âmes, de nos esprits, de nos vies soumis à l'incompréhension et à la possessivité, à l'égocentrisme et aux mensonges à soi, au dénuement moral et aux carences psychiques, nous rend évidente la nécessité auto-éthique. Que d'enfers quotidiens, domestiques, professionnels, sociaux, microcosmes d'enfers plus vastes des relations humaines au sein de notre planète.

On pourrait résumer l'auto-éthique par les deux commandements :
– discipliner l'égocentrisme,
– développer l'altruisme.
Ce qui nous ramène au précepte moral le plus banal. Mais, ce qui est moins banal dans notre propos, c'est qu'il situe le problème à sa racine, au double principe définissant le sujet humain, le principe d'exclusion et le principe d'inclusion (cf. p. 16), et qu'il permet de considérer, traiter et développer l'auto-éthique à la source.

L'acte auto-éthique est le plus individuel qui soit, engageant la responsabilité personnelle ; c'est en même temps un acte transcendant qui nous raccorde aux forces vives de solidarité, antérieures à nos individualités, issues de notre condition sociale, vivante, physique et cosmique.

Il nous relie à autrui et à notre communauté, plus large-

Conclusion auto-éthique. Re- et com-

ment à notre univers, et, en tant que tel, il est acte de reliance.

Le préfixe d'embrassement *com-* se trouve à la fois dans :
– la complexité,
– la compréhension,
– la communauté.

Le verbe *complectere*, dont vient *complexus*, signifie « embrasser ». La pensée complexe est la pensée qui embrasse le divers et réunit le séparé.

Elle établit la reliance cognitive ; elle ouvre une voie allant et revenant de la reliance cognitive à la reliance éthique.

Le mot « compréhension » indique que la préhension y est embrassante, et dans le sens cognitif du terme, et dans le sens affectueux de l'étreinte.

Le mot « communauté » lui-même nous embrasse.

Le préfixe *re-* est commun à « reliance » et à « régénération ».

Les deux préfixes *re-* et *com-* sont les préfixes maîtres de l'auto-éthique.

L'auto-éthique nous relie à notre humanité : elle nous demande d'assumer l'identité humaine à son niveau complexe en nous invitant à la dialogique raison/passion, sagesse/folie. Elle nous demande de comprendre la condition humaine, ses dérives, ses illusions, ses délires.

Elle nous invite à nous réformer, à réformer nos vies.

Elle se confie à l'amour, à la compassion, à la fraternité, au pardon et à la rédemption.

Comment la générer ? la régénérer ?

QUATRIÈME PARTIE

Socio-éthique

I. L'éthique de la communauté

L'auto-éthique retrouve l'éthique de la communauté qui la précède et la transcende.

Les racines de la communauté plongent profondément dans le monde vivant. Les fourmis, termites, abeilles ressentent automatiquement le dévouement à la communauté. Les mammifères, bien que s'entre-opposant dans les rivalités pour la nourriture ou le sexe, sont solidaires pour l'intérêt commun de la défense ou de la chasse.

L'éthique de communauté émerge au langage et à la conscience dans les sociétés archaïques ; elle est cimentée, justifiée par le mythe de l'ancêtre commun, et le culte aux esprits ou dieux de la communauté unit de façon fraternelle ses membres[1]. Ses normes de solidarité, comportant obéissance aux prescriptions et aux tabous, s'inscrivent dans les esprits.

Bien que, dans les sociétés historiques, des rivalités et des conflits divers se développent, l'éthique de communauté va s'y déployer à plus vaste échelle et s'y complexifier. Elle s'impose à la fois par la force physique et la force sacrée. La première, de nature policière et militaire, dispose de la

1. L'hominisation a sans doute renforcé la communauté en réduisant les conflits entre mâles. Cf. *Le Paradigme perdu*, Seuil, coll. «Points», 1979, p. 76 *sq*.

coercition armée. La seconde dispose de l'assujettissement à un souverain-dieu et à un dieu-souverain. La sacralité du pouvoir et de l'ordre social, la sacralité religieuse de Commandements divins impriment dans les esprits les normes du bien, du mal, du juste, de l'injuste. L'intériorisation mentale de l'obéissance à la Loi y inscrit l'impératif du devoir. Envisager d'y désobéir suscite culpabilité et angoisse.

Si l'on définit la société *(Gesellschaft)* comme une entité au sein de laquelle il y a des interactions qui peuvent être rivalitaires ou conflictuelles, où l'ordre est maintenu par la loi et la force, et si l'on définit la communauté *(Gemeinschaft)* comme un ensemble d'individus liés affectivement par un sentiment d'appartenance à un Nous, les sociétés historiques et contemporaines sont des mixtes divers de société/communauté. Au sein des sociétés historiques, la foi religieuse anime ou ranime les sentiments communautaires. La famille est une micro-communauté instaurée à partir de la relation mère-père-enfants et elle se nourrit de l'amour, du respect voués à la mère et au père, et du culte des parents morts.

La nation moderne, née en Europe occidentale, a institué un nouveau modèle de société/communauté. Celui-ci a permis le développement des concurrences, rivalités, antagonismes tant individuels que collectifs, tant économiques qu'idéologiques. Mais, en même temps, il a créé un sentiment d'appartenance communautaire dans l'amplification de la notion de patrie (jusqu'alors strictement locale) à l'entité nationale.

La patrie est le mythe qui a élargi à l'ensemble d'une nation les caractères inhérents à la communauté familiale. Le mot « patrie » contient en lui substance maternelle et paternelle. Il suscite amour et obéissance de la part des « enfants de la patrie » qui sont ainsi mythiquement fraternisés. La réalité affective et effective de la patrie est nourrie

L'éthique de la communauté

par le mythe de la communauté d'origine et par la conscience de la communauté de destin. Les États-nations modernes ont pu se passer de Dieu et la sacralisation du pouvoir a diminué, mais l'introduction dans l'être national de la notion de patrie y enracine la composante communautaire.

L'éthique de la communauté «possède» les individus qui la possèdent, elle s'impose d'elle-même dans les sociétés archaïques ou traditionnelles et, de façon irrégulière et inégale, dans les sociétés nationales.

Comme il a été vu précédemment, les développements contemporains des égocentrismes individuels et des relations d'intérêt/profit ont désintégré bien des solidarités traditionnelles et posent de façon aiguë le problème de solidarité/responsabilité, c'est-à-dire le problème éthique. Les communautés familiales se sont rétrécies (dépérissement de la grande famille) et ont été perturbées (séparations, divorces, incompréhensions entre générations). Les communautarismes actuels, au sein des grandes nations, s'emploient à sauvegarder des identités collectives mais ne ressuscitent pas l'emprise de la communauté sur l'individu. L'auto-éthique demeure nécessaire pour retrouver solidarité et responsabilité par la voie individuelle et consciente. Mais un grand problème contemporain tient justement dans le sous-développement de l'auto-éthique.

Plus une société est complexe, moins sont rigides ou pesantes les contraintes qui pèsent sur les individus et les groupes, en sorte que l'ensemble social peut bénéficier des stratégies, initiatives, inventions ou créations individuelles. Mais l'excès de complexité détruit les contraintes, distend le lien social, et la complexité, à son extrême, se dissout dans le désordre. Dans ces conditions, la seule sauvegarde d'une très haute complexité se trouve dans la solidarité vécue, intériorisée en chacun des membres de la société. Une société de haute complexité devrait assurer sa cohésion non seulement par de «justes lois», mais aussi par responsabilité/solidarité, intelligence, initiative, conscience de ses citoyens. Plus la société se complexifiera, plus la nécessité de l'auto-éthique s'imposera.

Il y a un lien solidarité-complexité-liberté. La pensée complexe éclaire les vertus de la solidarité. Comme l'éthique politique nous incite à œuvrer pour une société de haute complexité, c'est-à-dire de solidarité et de liberté, elle nous incite à éveiller et générer l'auto-éthique, qui apparaît ici non seulement comme vertu individuelle, mais aussi comme vertu sociale.

La boucle démocratique

La démocratie est une conquête de complexité sociale. Comme nous l'avons indiqué, elle institue à la fois des droits et des libertés pour les individus, des élections qui assurent le contrôle des contrôleurs par les contrôlés, le respect de la pluralité des idées et opinions, l'expression des antagonismes et leur régulation qui empêche leur expression violente. La complexité démocratique, quand elle est bien enracinée dans l'histoire d'une société, est un système métastable, qui a la qualité de se maintenir à travers les conflits intérieurs, les innovations et les évènements imprévus.

La démocratie fait de l'individu un citoyen qui non seulement reconnaît des devoirs, mais exerce des droits. Le civisme constitue alors la vertu socio-politique de l'éthique. Il requiert solidarité et responsabilité. Si le civisme s'étiole, la démocratie s'étiole. La non-participation à la vie de la cité, en dépit du caractère démocratique des institutions, détermine un dépérissement démocratique. Il y a donc corrélativement dépérissement de démocratie et dépérissement de civisme.

L'éthique de la communauté

Les démocraties contemporaines sont en dépérissement. Ce dépérissement tient à de multiples causes que nous avons examinées ailleurs[1]. Parmi celles-ci, les développements corrélés de la désolidarisation et de l'égocentrisme individuel; les excessives compartimentations qui font écran entre les citoyens et la société globale; les multiples dysfonctions, scléroses et corruptions, dont la corruption économique, dans une société qui n'arrive pas à se réformer; l'accroissement, dans ces conditions, d'une conscience d'inégalité et d'inéquité. Enfin l'élargissement d'un non-savoir citoyen: comme les développements de la technoscience ont envahi la sphère politique, le caractère de plus en plus technique des problèmes et décisions politiques les rend ésotériques pour les citoyens. Les experts compétents sont incompétents pour tout ce qui excède leur spécialité et rendent les citoyens incompétents sur les domaines scientifiques, techniques, économiques couverts par leurs expertises. Le caractère hyper-spécialisé des sciences les rend inaccessibles au profane. Cette situation rend nécessaire une démocratie cognitive, mais celle-ci ne sera possible que lorsque les sciences auront accompli leur révolution qui les rendra compréhensibles et accessibles[2].

La démocratie est nourrie par deux boucles récursives: 1° les gouvernants dépendent des citoyens qui dépendent des gouvernants; 2° la démocratie produit des citoyens qui produisent la démocratie. Si les citoyens deviennent sous-productifs, la démocratie devient sous-productive; si la démocratie devient sous- productive, les citoyens deviennent sous-productifs.

---

1. Edgar Morin, *Pour une politique de civilisation*, Arléa, 1997, p. 124-133.
2. Edgar Morin, *Science avec conscience*, Seuil, coll. «Points», 1990, p. 255-318.

Aussi, les dépérissements-affaiblissements de civisme sont des affaiblissements-dépérissements de démocratie, donc de complexité politique-sociale.

Des demandes d'éthique, voire d'une «nouvelle éthique», viennent de plus en plus de diverses sphères de nos sociétés. Elles traduisent un sentiment ambiant d'asphyxie éthique. La société se sent privée d'éthique parce qu'elle est malade de civisme.

La régénération de l'éthique est donc inséparable d'une régénération du civisme, elle-même inséparable d'une régénération démocratique.

Les deux universalités

Les éthiques communautaires sont universelles dans le sens où toutes les sociétés, des clans aux nations, prescrivent la solidarité et la responsabilité à l'intérieur de la communauté. Mais elles sont particulières dans le sens où leurs prescriptions perdent toute validité hors de leur communauté. Ainsi le commandement «Tu ne tueras pas» vaut pour les Hébreux entre eux, mais non pour les Cananéens que le Dieu du Sinaï demande de massacrer. Le meurtre, criminel au sein d'une nation, est acte d'héroïsme contre l'ennemi.

Enfin, si toutes les éthiques communautaires sont identiques dans leurs impératifs principaux, elles sont extrêmement diverses et même incompatibles dans leurs prescriptions particulières, leurs obligations rituelles, leurs tabous, leurs codes d'honneur. Leurs différences nous indiquent qu'il y a mille morales. Mais si l'on considère leur similitude, il y a une seule morale, celle de la communauté.

Comme nous avons tenté de l'expliquer dans *Terre-Patrie*, l'unification technique-économique actuelle de l'ère planétaire produit non seulement une unification de civilisa-

L'éthique de la communauté

tion, mais aussi, par réaction, de multiples refermetures communautaires, du sein desquelles il est impossible de percevoir le destin devenu commun de l'humanité.

Pour concevoir une éthique universaliste qui dépasse les éthiques communautaires particulières, on ne peut ni ne doit vouloir la disparition de ces communautés; on peut/doit souhaiter leur ouverture et leur intégration dans une communauté plus ample, celle de la Terre-Patrie qui est la communauté de fraternité non encore réalisée, mais devenue nécessaire dans et par la communauté de destin de l'humanité planétaire. Le triomphe de l'éthique de communauté serait dans son amplification universelle.

ANNEXE
Le problème d'une démocratie cognitive

Nos sociétés sont confrontées au problème, né du développement de cette énorme machine où science et technique sont intimement associées dans ce qu'on appelle désormais la techno-science. Cette énorme machine ne produit pas que de la connaissance et de l'élucidation, elle produit aussi de l'ignorance et de l'aveuglement. Les développements disciplinaires des sciences n'ont pas apporté que les avantages de la division du travail, ils ont aussi apporté les inconvénients de la sur-spécialisation, du cloisonnement et du morcellement du savoir. Ce dernier est devenu de plus en plus ésotérique (accessible aux seuls spécialistes) et anonyme (concentré dans des banques de données), puis utilisé par des instances anonymes, au premier chef l'État. De même, la connaissance technique est réservée aux experts, dont la compétence dans un domaine clos s'accompagne d'une incompétence lorsque ce domaine est parasité par des influences extérieures ou modifié par un évènement nouveau. Dans de telles conditions, le citoyen perd le droit à la connaissance. Il a le droit d'acquérir un savoir spécialisé en faisant les études *ad hoc*, mais il est dépossédé en tant que citoyen de tout point de vue englobant et pertinent. S'il est encore possible de discuter au Café du Commerce de la conduite du char de l'État, il n'est plus possible de comprendre ce qui déclenche le krach de Wall Street comme ce qui empêche ce krach de provoquer une crise économique majeure, et du reste les experts eux-mêmes sont profondément divisés sur le diagnostic et la politique économique à suivre. S'il était possible de suivre la Seconde Guerre mondiale avec des petits drapeaux sur la carte, il n'est pas possible de concevoir les calculs et les simulations des ordinateurs qui effectuent les scénarios de la guerre mondiale future. L'arme atomique a totalement dépossédé le citoyen de la possibilité de la penser et de la contrôler. Son utilisation est livrée à la décision personnelle du seul chef de l'État, sans consultation d'aucune instance démocratique régulière. Plus la politique devient technique, plus la compétence démocratique régresse.

Le problème ne se pose pas seulement pour la crise ou la guerre. Il est de vie quotidienne. Tout esprit cultivé pouvait, jusqu'au XVIIIe siècle, réfléchir sur Dieu, le monde, la nature, la vie, la société, et informer ainsi l'interrogation philosophique qui est, contrairement à ce que croient les philosophes professionnels, un besoin de tout individu, du moins jusqu'à ce que les contraintes de la société adulte l'adultèrent. Aujourd'hui, on demande à chacun de croire que son ignorance est bonne, nécessaire, et on lui livre tout au plus des émissions de télévision où les spécialistes éminents lui font quelques leçons distrayantes.

La dépossession du savoir, très mal compensée par la vulgarisation médiatique, pose le problème historique clé de la démocratie cognitive. La continuation du processus techno-scientifique actuel, processus du reste aveugle qui échappe à la conscience et à la volonté des scientifiques eux-mêmes, conduit à une régression forte de démocratie. Il n'y a pas pour cela de politique immédiate à mettre en œuvre. Il y a la nécessité d'une prise de conscience politique de l'urgence à œuvrer pour une démocratie cognitive.

Il est effectivement impossible de démocratiser un savoir cloisonné et ésotérisé par nature. Mais il est de plus en plus possible d'envisager une réforme de pensée qui permettrait d'affronter le formidable défi qui nous enferme dans l'alter-

Le problème d'une démocratie cognitive

native suivante : ou bien subir le bombardement d'innombrables informations qui nous arrivent en pluie quotidiennement par les journaux, radios, télévisions, ou bien nous confier à des systèmes de pensée qui ne retiennent des informations que ce qui les confirme ou leur est intelligible, rejetant comme erreur ou illusion tout ce qui les dément ou leur est incompréhensible. Ce problème se pose non seulement pour la connaissance du monde au jour le jour, mais aussi pour la connaissance de toutes choses sociales et pour la connaissance scientifique elle-même.

Une tradition de pensée bien enracinée dans notre culture, et qui forme les esprits dès l'école élémentaire, nous enseigne à connaître le monde par « idées claires et distinctes » ; elle nous enjoint de réduire le complexe au simple, c'est-à-dire de séparer ce qui est lié, d'unifier ce qui est multiple, d'éliminer tout ce qui apporte désordre ou contradiction dans notre entendement. Or le problème crucial de notre temps est celui de la nécessité d'une pensée apte à relever le défi de la complexité du réel, c'est-à-dire de saisir les liaisons, interactions et implications mutuelles, les phénomènes multidimensionnels, les réalités qui sont à la fois solidaires et conflictuelles (comme la démocratie elle-même, qui est le système qui se nourrit d'antagonismes tout en les régulant). Pascal avait déjà formulé l'impératif de pensée qu'il s'agit aujourd'hui d'introduire dans tout notre enseignement, à commencer par la maternelle : « Toutes choses étant causées et causantes, aidées et aidantes, médiates et immédiates, et toutes s'entretenant par un lien naturel et insensible qui lie les plus éloignées et les plus différentes, je tiens impossible de connaître les parties sans connaître le tout, non plus que de connaître le tout sans connaître particulièrement les parties. »

De fait, toutes les sciences avancées, comme les sciences de la terre, l'écologie, la cosmologie, sont des sciences qui brisent avec le vieux dogme réductionniste d'explication par l'élémentaire : elles considèrent des systèmes complexes où les parties et le tout s'entre-produisent et s'entre-organisent, et, dans le cas de la cosmologie, une complexité qui est au-delà de tout système.

Plus encore : des principes d'intelligibilité se sont déjà formés, aptes à concevoir l'autonomie, la notion de sujet, voire la liberté, ce qui était impossible selon les paradigmes de la science classique. L'examen de la pertinence de nos principes traditionnels d'intelligibilité a en même temps commencé : la rationalité et la scientificité demandent à être redéfinies et complexifiées. Cela ne concerne pas que les intellectuels. Cela concerne notre civilisation : tout ce qui a été effectué au nom de la rationalisation et qui a conduit à l'aliénation au travail, aux cités-dortoirs, au métro-boulot-dodo, aux loisirs de série, aux pollutions industrielles, à la dégradation de la biosphère, à l'omnipotence des États-nations dotés d'armes d'anéantissement, tout cela est-il vraiment rationnel ? N'est-il pas urgent de réinterroger une raison qui a produit en son sein son pire ennemi, qui est la rationalisation ?

La nécessité d'une Réforme de pensée est d'autant plus importante à indiquer qu'aujourd'hui le problème de l'éducation et celui de la recherche sont réduits en termes quantitatifs : « davantage de crédits », « davantage d'enseignants », « davantage d'informatique », etc. On se masque par là la difficulté clé que révèle l'échec de toutes les réformes successives de l'enseignement : on ne peut pas réformer l'institution sans avoir au préalable réformé les esprits, mais on ne peut pas réformer les esprits si l'on n'a pas au préalable réformé les institutions. On retrouve le vieux problème posé par Marx dans la troisième thèse sur Feuerbach : qui éduquera les éducateurs ?

Il n'y a pas de réponse proprement logique à cette contradiction, mais la vie est toujours capable d'apporter des solutions à des problèmes logiquement insolubles. Ici encore, on ne peut programmer ni même prévoir, mais on peut voir et promouvoir. L'idée même de la Réforme rassemblera des

Le problème d'une démocratie cognitive 197

esprits dispersés, réanimera des esprits résignés, suscitera des propositions. Enfin, de même qu'il y a des bonnes volontés latentes pour la solidarité, il y a une vocation missionnaire latente dans le corps enseignant ; beaucoup aspirent à trouver l'équivalent actuel de la vocation missionnaire de la laïcité aux débuts de la Troisième République. Certes, nous ne devons plus opposer des Lumières apparemment rationnelles à un obscurantisme jugé fondamentalement religieux. Nous devons nous opposer à l'intelligence aveugle qui a pris presque partout les commandes, et nous devons réapprendre à penser : tâche de salut public qui commence par soi-même.

Certes, il faudra bien du temps, des débats, des combats, des efforts pour que prenne figure la révolution de pensée qui s'amorce ici et là dans le désordre. On pourrait donc croire qu'il n'y a aucune relation entre ce problème et la politique d'un gouvernement. Mais le défi de la complexité du monde contemporain est un problème clé de la pensée, de l'éthique et de l'action politique.

CINQUIÈME PARTIE

Anthropo-éthique

I. Assumer la condition humaine

L'anthropo-éthique est médiatisée par la décision individuelle consciente, c'est-à-dire l'auto-éthique.

Elle ne peut être déduite de l'anthropologie, car, répétons-le, nul devoir ne peut être déduit d'un savoir. Mais elle peut être éclairée par l'anthropologie complexe, et peut être ainsi définie comme le mode éthique d'assumer le destin humain.

C'est-à-dire :
– assumer la dialogique égocentrique/altruiste de l'individu-sujet en fortifiant la part sous-développée d'altruisme et en s'ouvrant à la compréhension,
– assumer l'indissolubilité et le dépassement mutuel de *sapiens/demens*, c'est-à-dire sauvegarder toujours la rationalité dans l'ardeur de la passion, la passion au cœur de la rationalité, la sagesse dans la folie,
– assumer une relation dialogique entre notre raison et nos mythes, notre raison et nos passions,
– civiliser notre relation avec nos Idées Maîtresses, qui demeurent des monstres de possessivité, d'autoritarisme, de violence,
– vivre autant que possible d'amour et de poésie dans un monde prosaïque,
– reconnaître en l'autre à la fois la différence d'avec soi et l'identité avec soi,
– maintenir contre vents et marées la conscience qui nous

permet à la fois de nous autocritiquer, de nous entre-critiquer et de nous entre-comprendre,
– opérer en soi la dialogique des deux sexes de l'esprit *(animus/anima)*,
– lier en notre esprit les secrets de l'enfance (curiosité, étonnement), les secrets de l'adolescence (aspiration à une autre vie), les secrets de la maturité (responsabilité), les secrets de la vieillesse (expérience, sérénité),
– vivre, penser, agir selon la maxime « Ce qui ne se régénère pas dégénère »,
– savoir qu'il n'est pas de pilotage automatique en éthique, qu'elle affrontera toujours choix et pari, qu'elle nécessitera toujours une stratégie.

Vers l'humanisme planétaire

L'anthropo-éthique porte en elle le caractère trinitaire de la boucle individu/espèce/société et nous fait assumer ainsi le destin humain dans ses antinomies et sa plénitude...

Elle hisse au niveau éthique la conscience anthropologique qui reconnaît l'unité de tout ce qui est humain dans sa diversité et la diversité dans tout ce qui est unité ; d'où la mission de sauvegarder partout l'unité et la diversité humaines.

Elle lie l'éthique de l'universel et celle du singulier.

Elle débouche sur l'éthique universaliste qui reconnaît en tout humain l'identité avec soi et la différence d'avec soi, le respectant autant dans sa différence que dans sa semblance.

L'éthique universaliste a été étouffée et recouverte par les éthiques communautaires closes (ouvertes seulement, parfois, en ce qui concerne l'éthique d'hospitalité) ; elle a pu émerger de façon religieuse dans les grandes religions universalistes (christianisme, islam, bouddhisme), mais elle a

Assumer la condition humaine

été parasitée par la prétention monopoliste de chacune des religions et leur intolérance pour les autres religions, croyances et surtout incroyances. Elle s'est manifestée dans les éthiques universalistes laïques, dans l'impératif kantien comme dans l'idée des droits de l'homme, sous forme encore abstraite.

L'idée d'une éthique pour l'espèce humaine était en effet abstraite tant que cette espèce ne s'était pas trouvée concrètement réunie, en connexion et en interdépendance par le développement de l'ère planétaire.

Ce ne sont pas seulement les nations et les communautés, ce sont aussi les individus singuliers et particuliers qui sont désormais liés au tout planétaire et à l'universel humain, ce qu'indique la belle «Déclaration d'interdépendance» du Collegium international éthique, scientifique et politique.

L'aventure historique et anthropologique de la morale est l'aventure aléatoire, incertaine, inachevée de l'universalisation du respect d'autrui et de la solidarité humaine.

Aussi l'éthique universaliste, devenue concrète, est l'anthropo-éthique: elle s'impose de plus en plus dans les développements actuels de l'ère planétaire, qui non seulement a mis les êtres humains en communication et en interdépendance mais, plus encore, a fait émerger une communauté de destin pour l'espèce humaine.

Si l'éthique universaliste laïque a perdu la croyance quasi providentielle dans un Progrès conçu comme loi de l'histoire humaine, elle peut, elle doit garder l'idée de Lessing que l'humanité est améliorable, sans pour autant croire qu'elle va nécessairement s'améliorer.

II. Éthique planétaire

> Seul le sage ne cesse d'avoir le tout constamment à l'esprit, n'oublie jamais le monde, pense et agit par rapport au cosmos.
>
> Bernard Groethuysen

> Pour la première fois, l'homme a réellement compris qu'il est un habitant de la planète et peut-être doit-il penser ou agir sous un nouvel aspect, non seulement sous l'aspect d'individu, de famille ou de genre, d'État ou de groupe d'États, mais aussi sous l'aspect planétaire.
>
> V. Verdnadski

> Ignorer le monde, ignorer l'humanité, est une carence mentale fréquente chez nos intellectuels les plus raffinés.
>
> Hadj Garm'Orin

L'humanisme planétaire

Pour la première fois dans l'histoire humaine, l'universel est devenu réalité concrète : c'est l'inter-solidarité objective de l'humanité, où le destin global de la planète surdétermine les destins singuliers des nations et où les destins singuliers des nations perturbent ou modifient le destin global.

Le terme de « globalisation » doit être conçu non seulement de façon techno-économique, mais aussi comme une

Éthique planétaire

relation complexe entre le global et les particularités locales qui s'y trouvent englobées: les composants de la globalité sont des éléments et des moments d'une grande boucle récursive où chacun est à la fois cause et effet, producteur et produit.

Il y eut un universalisme abstrait, celui de l'ancien internationalisme, qui ne pouvait reconnaître les communautés concrètes que sont les ethnies ou les patries. Mais les communautés concrètes deviennent abstraites dès lors qu'elles se referment en elles-mêmes, se séparent et s'isolent, et dans ce sens s'abstraient de l'ensemble de la communauté humaine. Et répétons-le, celle-ci est concrète, même si elle n'est pas encore vécue comme telle, parce que c'est une communauté de destin et une communauté d'origine.

L'universalisme concret n'oppose pas le divers à l'un, le singulier au général. Il est fondé sur la reconnaissance de l'unité de diversités humaines, des diversités de l'unité humaine. L'éthique planétaire est une éthique de l'universel concret.

Toutes les éthiques de communautés nationales ont été closes. Il nous faut désormais une éthique de la communauté humaine qui respecterait les éthiques nationales en les intégrant.

Les fragments d'humanité sont désormais en interdépendance, mais l'interdépendance ne crée pas la solidarité; ils sont en communications, mais les communications techniques ou mercantiles ne créent pas la compréhension; l'accumulation des informations ne crée pas la connaissance, et l'accumulation des connaissances ne crée pas la compréhension.

En même temps que se développent les innombrables processus d'unification (techniques, scientifiques, civilisationnels), des formidables dislocations, régressions, fermetures (nationales, ethniques, religieuses) s'opèrent.

L'anthropo-éthique et l'anthropolitique doivent affronter l'insoutenable complexité du monde livré à un chaos dont on ne sait s'il est agonique ou génésique.

Les neuf commandements

Nous avons vu tout ce qui sépare éthique et politique. Or les temps actuels nous demandent leur conjonction dans une anthropolitique qui intègre en elle les impératifs de l'éthique planétaire.

L'éthique planétaire ne peut s'affirmer qu'à partir de prises de conscience capitales:

1. La prise de conscience de l'identité humaine commune à travers les diversités d'individualité, de culture, de langue.

2. La prise de conscience de la communauté de destin qui lie désormais chaque destin humain à celui de la planète, y compris dans sa vie quotidienne.

3. La prise de conscience que les relations entre humains sont ravagées par l'incompréhension, et que nous devons nous éduquer à la compréhension non seulement des proches, mais aussi des étrangers et lointains de notre planète.

4. La prise de conscience de la finitude humaine dans le cosmos, qui nous conduit à concevoir que, pour la première fois dans son histoire, l'humanité doit définir les limites de son expansion matérielle et corrélativement entreprendre son développement psychique, moral et spirituel.

5. La prise de conscience écologique de notre condition terrienne, qui comprend notre relation vitale avec la biosphère. La Terre, ce n'est pas l'addition d'une planète physique, d'une biosphère et d'une humanité. La Terre est une totalité complexe physique-biologique-anthropologique, où la Vie est une émergence de l'histoire de la Terre et

l'homme une émergence de l'histoire de la vie. La relation de l'homme à la nature ne peut être conçue de façon réductrice ou de façon disjointe. L'humanité est une entité planétaire et biosphérique. L'être humain, à la fois naturel et surnaturel, doit se ressourcer dans la nature vivante et physique, dont il émerge et dont il se distingue par la culture, la pensée et la conscience. Notre lien consubstantiel avec la biosphère nous conduit à abandonner le rêve prométhéen de la maîtrise de la nature pour l'aspiration à la convivialité sur terre.

6. La prise de conscience de la nécessité vitale du double pilotage de la planète : la combinaison du pilotage conscient et réflexif de l'humanité avec le pilotage éco-organisateur inconscient de la nature.

7. La prise de conscience civique planétaire, c'est-à-dire de la responsabilité et de la solidarité envers les enfants de la Terre.

8. La prolongation dans le futur de l'éthique de la responsabilité et de la solidarité avec nos descendants (Hans Jonas[1]), d'où la nécessité d'une conscience à téléobjectif visant haut et loin dans l'espace et le temps.

9. La prise de conscience de la Terre-Patrie comme communauté de destin/d'origine/de perdition. L'idée de Terre-Patrie ne nie pas les solidarités nationales ou ethniques, et ne tend nullement à déraciner chacun hors de sa culture. Elle adjoint à nos enracinements un enracinement plus profond dans la communauté terrienne. L'idée de Terre-Patrie se substitue au cosmopolitisme abstrait qui ignorait les singularités culturelles et à l'internationalisme myope qui ignorait la réalité des patries. Elle apporte à la fraternité la source nécessaire de la maternité incluse dans le terme de « Patrie ». Pas de frères sans mère. À cela j'ajoute une communauté de perdition, puisque nous savons que nous

1. Hans Jonas, *Le Principe responsabilité. Une éthique pour la civilisation technicienne*, Éd. du Cerf, 1995.

sommes perdus dans le gigantesque univers, et que nous sommes tous voués à la souffrance et à la mort.

La mission anthropo-éthico-politique du millénaire est d'accomplir l'unité planétaire dans la diversité.

Elle est de surmonter l'impuissance de l'humanité à se constituer en humanité, d'où la nécessité d'une politique de l'humanité[1].

Elle est de civiliser la Terre, menacée par le déchaînement des anciennes barbaries et la généralisation de la nouvelle barbarie glacée propre à la domination du calcul techno-économique, d'où la nécessité d'une politique de civilisation.

Elle est de réguler les quatre moteurs[2] déchaînés qui propulsent le vaisseau spatial Terre vers l'abîme :

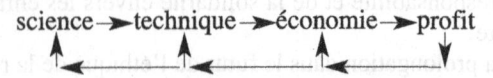

science ⟶ technique ⟶ économie ⟶ profit

Comme nous l'avons vu précédemment, chacun des moteurs comporte une carence éthique radicale : la science exclut tout jugement de valeur et tout retour sur la conscience du scientifique ; la technique est purement instrumentale ; le profit envahit tous les domaines, y compris les êtres vivants et leurs gènes.

C'est dans ces conditions que s'imposent :
– une éthique de la compréhension planétaire,
– une éthique de la solidarité planétaire.

1. La politique de l'humanité envisagerait les différents problèmes tels qu'ils se posent dans les différentes régions du globe ; elle viserait à assurer en priorité matérielle les disponibilités en eau, aliments, énergie, médicaments, et en priorité morale la réduction de la subordination et de l'humiliation dont souffre la plus grande partie de la population du globe.
2. Sur le terme de « quadrimoteur », cf. Vocabulaire, p. 261.

Kant avait tiré une première et capitale leçon éthique de l'ère planétaire en avançant que la finitude géographique de notre Terre impose à ses habitants un principe d'hospitalité universelle, comportant le devoir de ne pas traiter l'étranger en ennemi. Comme nous l'avons vu, l'éthique de l'hospitalité était une forme archaïque d'anthropo-éthique dans bien des civilisations traditionnelles. L'ère planétaire a suscité d'innombrables migrations des contrées indigentes aux nations riches, et au lieu du rejet et du mépris, l'éthique de l'hospitalité nous demande d'accueillir le migrant et de l'adopter dans notre communauté.

L'humanisme planétaire est à la fois producteur et produit de l'éthique planétaire. L'éthique planétaire et l'éthique de l'humanité sont synonymes.

Il est remarquable que les premières grandes synthèses anthropo-éthiques soient venues non d'Occidentaux, mais de penseurs indiens intégrant les apports occidentaux (Ramakrishna, Vivekananda, Aurobindo).

Il est remarquable que les véritables autorités éthiques de notre planète, qui ont accédé à la conscience du problème général et de l'intérêt général de l'humanité, ont été ou sont des personnalités non occidentales: Gandhi, Nelson Mandela, le Dalaï-Lama, Octavio Paz, Aimé Césaire, Raimondo Pannikar.

Il est remarquable que les maux qui menacent la planète (pollution, péril nucléaire, manipulations génétiques, destructions culturelles, etc.) soient tous les produits de la rationalité occidentale (Wojciechowski). Le terrorisme planétaire lui-même, dans sa volonté de détruire l'Occident, n'a pu se développer que grâce aux techniques de l'Occident.

Il est non moins remarquable que droits de l'homme, droits de la femme, démocratie, laïcité sont nés en Occident. L'éthique planétaire ne peut être que symbiotique.

L'éthique planétaire

Société-monde ?

Où en sommes-nous dans l'ère planétaire[1] ? Ma thèse est que la globalisation de la fin du XXe siècle a créé les infrastructures communicationnelles, techniques et économiques d'une société-monde ; Internet peut être considéré comme l'ébauche d'un réseau neuro-cérébral semi-artificiel d'une société-monde[2]. Mais l'économie libérale, qui en a engen-

---

1. J'ai examiné ailleurs à diverses reprises les caractères complexes de l'ère planétaire, notamment dans *Terre-Patrie* et dans *La Méthode 5*, Seuil, coll. «Points», 4e partie, «L'identité planétaire», p. 261-284. La connaissance de cette partie me semble très utile parce qu'elle sous-entend ce présent propos.
2. Une société dispose d'un territoire comportant un système de communications. La planète est un territoire doté d'une texture de communications (avions, téléphone, fax, Internet) comme jamais aucune société n'a pu en disposer dans le passé.
Une société inclut une économie ; l'économie est désormais mondiale, mais il lui manque les contraintes d'une société organisée (lois, droit, contrôle), et les institutions mondiales actuelles, FMI et autres, sont inaptes à effectuer les plus élémentaires régulations.
Une société est inséparable d'une civilisation. Il existe une civilisation mondiale, issue de la civilisation occidentale, que développe le jeu interactif de la science, de la technique, de l'industrie, du capitalisme et qui comporte un certain nombre de valeurs standard.
Une société, tout en comportant en son sein de multiples cultures, suscite aussi une culture propre. Or il existe de multiples courants transculturels qui constituent une quasi-culture planétaire.
Quand il s'agit d'art, musique, littérature, pensée, la mondialisation culturelle n'est pas homogénéisante. Il se constitue de grandes vagues transculturelles, qui favorisent l'expression des originalités nationales en leur sein. Métissages, hybridations, personnalités cosmopolites ou biculturelles (Rushdie, Arjun Appadura) enrichissent sans cesse cette vie transculturelle. Ainsi, pour le pire parfois, mais aussi souvent pour le meilleur, et cela sans se perdre, les cultures du

dré les infrastructures, rend impossible la formation d'une telle société, puisqu'elle inhibe la constitution d'un système juridique, d'une gouvernance et d'une conscience commune. Or la société-monde, pour émerger, a besoin d'un droit et d'instances planétaires qui seraient en mesure d'affronter les problèmes vitaux de l'humanité ; elle a besoin au minimum d'une réforme de l'ONU, avec pour horizon une confédération des nations et la démocratisation de la planète. Elle a besoin, répétons-le, d'une politique de la civilisation et d'une politique de l'humanité qui se substitueraient à la politique de développement[1]. Elle a besoin, à la fois comme préalable et comme effet, que s'inscrive et s'approfondisse dans la psyché de chacun une conscience, à la fois éthique et politique, d'appartenance à une même Terre-Patrie.

On ne saurait se masquer les obstacles énormes qui s'opposent à l'apparition d'une société-monde. La progression unificatrice de la globalisation suscite des résistances natio-

---

monde entier s'entre-fécondent sans pourtant encore savoir qu'elles font des enfants planétaires.

Ajoutons à cela les communautés transnationales qui se manifestent à travers la mondialisation de la culture adolescente et la mondialisation de l'action féministe.

Par ailleurs, comme dans toute société, il s'est créé un underground, mais cette fois planétaire, avec sa criminalité : dès les années 1990 se sont déployées des maffias intercontinentales (notamment de la drogue et de la prostitution).

Enfin, la mondialisation de la nation, qui s'est achevée à la fin du XXe siècle, donne un trait commun de civilisation et de culture à la planète ; mais, en même temps, elle la morcelle plus encore, et la souveraineté absolue des nations fait obstacle, justement, à l'émergence d'une société-monde. Émancipatrice et oppressive, la nation rend extrêmement difficile la création de confédérations qui répondraient aux besoins vitaux des continents, et plus encore la naissance d'une confédération planétaire.

1. Pour la critique des notions de développement et de sous-développement, cf. mon texte paru dans *Libération* du 26 août 2002.

nales, ethniques, religieuses qui produisent une balkanisation accrue de la planète, et l'élimination de ces résistances supposerait, dans les conditions actuelles, une domination implacable.

Il y a surtout l'immaturité des États-nations, des esprits, des consciences, c'est-à-dire fondamentalement l'immaturité de l'humanité à s'accomplir elle-même.

C'est dire, du même coup, que si elle réussissait à se forger, c'est une société-monde barbare qui se forgerait. Elle n'abolirait pas d'elle-même les exploitations, les dominations, les dénis, les inégalités. Toutefois, elle surmonterait la souveraineté absolue des États nationaux et permettrait le contrôle du quadrimoteur science/technique/économie/profit dont la course incontrôlée nous conduit à l'abîme.

Nous sommes en face d'une contradiction : la société-monde est un préalable pour sortir de la crise de l'humanité, mais la réforme de l'humanité est un préalable pour arriver à une société-monde qui puisse sortir de l'âge de fer planétaire.

III. Les voies régénératrices

> Il y a ceux qui voudraient améliorer les hommes et il y a ceux qui estiment que cela ne se peut qu'en améliorant d'abord les conditions de leur vie. Mais il apparaît vite que l'un ne va pas sans l'autre, et l'on ne sait par quoi commencer.
>
> André Gide

> Ce n'est pas tant (quoi qu'il paraisse) de la quantité de nos réserves économiques, mais bien plutôt de l'intensité accrue de nos puissances réflexives et affectives que dépendent, en fin de compte, le succès ou l'échec ultime de l'humanité.
>
> Pierre Teilhard de Chardin

Reprenons les questions déjà posées :

Comment civiliser en profondeur ? Comment sortir de la préhistoire de l'esprit humain ? Comment sortir de notre barbarie civilisée ?

Le problème profond et inéluctable est désormais celui d'une réforme de l'humanité qui régénérerait chacun des termes, donc l'ensemble de la relation individu/ société/ espèce, et qui par là même refoulerait les aspects les plus pervers, barbares et vicieux de l'être humain.

Comment envisager une telle réforme ?

Les voies réformatrices suivies dans le passé ont toutes failli, mais elles ont été suivies séparément, en s'excluant les unes les autres. Ne pourrait-on les suivre ensemble et les faire confluer ? Il faudrait nous efforcer de conjuguer, dans une même visée transformatrice, la réforme de société (qui comporte la réforme de civilisation), la réforme de l'esprit (qui comporte la réforme de l'éducation), la réforme de vie, la réforme éthique. L'ensemble de ces réformes embrasse la triple identité humaine individu/société/espèce. Chacune de ces réformes nécessite les autres et les trois premières comportent ou favorisent la réforme éthique. La réforme éthique et les autres réformes sont mutuellement nécessaires les unes aux autres. Ce à quoi pourrait s'ajouter le concours d'une science réformée.

Réforme/transformation de société

La transformation des structures de société fondées sur (et fondant) la domination et l'exploitation a semblé être la voie essentielle, depuis le XIXe siècle, pour créer un monde meilleur. Mais l'exemple de l'Union soviétique et de la Chine maoïste a montré qu'un nouveau système d'exploitation et de domination avait remplacé l'ancien, généralement en pire. L'« homme nouveau » du communisme est apparu sous les traits du sectaire obtus, du chef mégalomane. La noble idéologie du communisme a, comme l'a bien dit Soljenitsyne, « justifié la scélératesse ». Le tsarisme fut moins oppresseur, le capitalisme moins exploiteur que le « socialisme réel ». Aujourd'hui, s'il faut conserver l'idée que la réforme doit comporter des aspects structurels, sociaux, institutionnels, politiques, il faut accepter l'idée que cette seule voie ne suffit pas.

Toutefois elle est nécessaire : il importe de viser à substituer aux modes d'organisation fondés sur la centralisation

Les voies régénératrices 215

et la hiérarchie, des modes combinant le polycentrisme et le centrisme, l'anarchie et la hiérarchie, de viser à débureaucratiser[1] et déscléroser l'organisation sociale, à desserrer la « cage de fer » de la rationalisation et de la mécanisation, à desserrer la main de fer du profit, et de favoriser ainsi le plein emploi des aptitudes stratégiques, inventives, créatrices.

Le problème des structures de société se pose de manière tout à fait inédite au niveau planétaire. Il s'agit non de les réformer, puisque *à part quelques exceptions* elles sont inexistantes, mais de les instituer. Nous devons viser à créer les instances planétaires qui seraient en mesure d'affronter les problèmes vitaux, envisager la confédération et la démocratisation planétaires. Évidemment, il est nécessaire que se développe une conscience du destin terrestre commun, ce qui nous indique que la transformation matérielle a besoin d'une transformation spirituelle.

La réforme de civilisation, devenue urgente dans l'aire occidentale, intéresse déjà en fait tous les espaces occidentalisés du globe, et finalement concerne toute la planète emportée par les quatre moteurs qui propulsent l'occidentalisation.

Il n'est pas question d'ignorer les vertus ou qualités de la civilisation occidentale et de la réduire aux effets négatifs qu'elle produit. Il s'agit de développer ses vertus et qualités dans la réforme même.

Ainsi il s'agit de promouvoir une politique de civilisation qui militerait contre l'atomisation et la compartimentation des individus, restaurerait responsabilités et solidarités,

---

[1]. Les appareils bureaucratiques, publics et privés, sont de plus en plus gigantesques et lourds et produisent une inhumanité spécifique de civilisation.

réduirait l'hégémonie du calcul et du quantitatif au profit de la qualité de la vie (et ici nous rejoignons la réforme de vie que nous examinons un peu plus loin). Une telle politique réduirait l'hégémonie du profit en incitant à l'économie plurielle, à l'économie solidaire, au commerce équitable, à l'éthique de la qualité. La finalité globale de la politique de civilisation serait de civiliser la Terre et elle se conjuguerait nécessairement avec la politique de l'humanité.

Réforme de l'esprit/réforme de l'éducation

Une autre réforme s'impose, celle des esprits qui permettrait aux hommes d'affronter les problèmes fondamentaux et globaux de leur vie privée et de leur vie sociale. Cette réforme peut être conduite par l'éducation, mais malheureusement notre système d'éducation devrait être au préalable réformé car il est fondé sur la séparation: séparation des savoirs, des disciplines, des sciences, et il produit des esprits incapables de relier les connaissances, de reconnaître les problèmes globaux et fondamentaux, de relever les défis de la complexité[1]. Un nouveau système d'éducation, fondé sur l'esprit de reliance, radicalement différent donc de celui qui existe actuellement, devrait s'y substituer[2]. Ce système permettrait de favoriser les capacités de l'esprit à penser les problèmes globaux et fondamentaux de la personne et de la société dans leur complexité. Il mettrait à sa racine l'éducation à la compréhension entre personnes, entre peuples,

---

1. Cf. *Les Sept Savoirs nécessaires à l'éducation du futur*, Seuil, 2000, et *La Tête bien faite*, Seuil, 1999.
2. Cf. mes propositions dans ce sens in *La Tête bien faite*, *Relier les connaissances*, *Les Sept Savoirs*. Comme la réforme ne peut commencer que de façon déviante et marginale, il me semble qu'elle pourra commencer à Hermosillo, État de Sonora, Mexique, où va s'instituer une université de type nouveau selon mes indications: Universidad del mundo real Edgar Morin.

entre ethnies. Un tel système d'éducation pourrait et devrait jouer un très grand rôle civilisateur. Réforme de l'éducation et réforme de la pensée se stimuleraient l'une l'autre en un cercle vertueux. La réforme de l'esprit est une composante absolument nécessaire pour toutes les autres réformes. Elle conduit à un mode de pensée qui permet de comprendre les problèmes planétaires et de prendre conscience des besoins politiques, sociaux et éthiques ; cela est d'autant plus important que le rôle de la conscience humaine est désormais primordial pour le salut de la planète.

Car, répétons-le, l'esprit humain est capable de pratiquer la connaissance de sa propre connaissance, d'intégrer en lui les moyens autocritiques et critiques qui lui permettent de lutter contre erreur et illusion, de ne pas subir passivement l'*imprinting* de sa culture, mais au contraire de se nourrir d'une culture régénérée née de l'union de la culture humaniste et de la culture scientifique ; il est capable de ne pas se laisser séquestrer par des Idées Maîtresses possessives et autoritaires, de développer et affirmer une conscience encore vacillante et trop fragile, bref de développer ses potentialités encore inexprimées. Sortir de la préhistoire de l'esprit humain est nécessaire pour sortir de l'âge de fer planétaire, et sortir de l'âge de fer planétaire est nécessaire pour sortir de la préhistoire de l'esprit humain.

Réforme de vie

La troisième voie est celle de la réforme de vie. Il s'agit là d'un problème très ancien, abordé par les traditions de sagesse des différentes civilisations, dont la philosophie grecque. Mais le cadre contemporain est original : le problème de la réforme de vie se pose par rapport à une civilisation caractérisée par l'industrialisation, l'urbanisation, l'omniprésence du profit, la suprématie du quantitatif. Il s'impose là où notre civilisation a produit le mal-être intérieur au sein du bien-être matériel, là où les insatisfactions psychologiques ont été orientées dans la recherche éperdue des satisfactions matérielles.

À la fin du XIXe siècle en Allemagne, où la modernisation fut massive et brutale, le mouvement de la réforme de vie *(Lebensreform)* est apparu en réaction à la civilisation industrielle, à l'État absolu, au capitalisme, à la «cage d'acier» de la rationalisation et de la mécanisation (Max Weber), au désenchantement du monde (Max Weber encore). Un groupe de pionniers a migré en Suisse italienne, au *Monte Verita*, au bord du lac de Locarno, et y a expérimenté une vie de communauté et de liberté, avec recherche d'art de vivre et de qualité de la vie («union de l'art et de la vie»), comportant la réforme de l'habitat, la réforme du vêtement, la relation esthétique avec le corps, la pratique de la danse, la relation voulue d'harmonie avec la nature, la consommation d'aliments sains et le recours à une médecine naturelle[1]. Notons l'importance de l'esthétique dans la réforme de vie: non seulement l'esthétique du vêtement, de la danse, de la nature, mais l'importance de la musique, de la littérature, des arts.

Les «mamelles de la réforme de vie», indiquées dans une affiche du *Monte Verita*, vont en fait allaiter les mouvements dispersés qui se manifesteront plus tard:

– réforme de l'âme,
– réforme de la vie,
– réforme de l'esprit,
– réforme du corps.

L'idéologie syncrétiste du *Monte Verita* énonce pêle-mêle certains leitmotive qui constituent comme une constellation

---

1. Lire René Guénon, *Le Règne de la quantité et le signe des temps*, Gallimard, 1945, coll. «Idées», 1970.

pour la réforme de vie : mise en cause de la propriété privée, idéal communautaire, réforme des rapports familiaux, réforme des rapports sociaux, réforme sexuelle, émancipation de la femme, retour à l'artisanat, règles hygiéniques de vie, d'alimentation, de vêtement, refus de l'autorité dogmatique, communion avec la nature.

Monte Verita a constitué comme un laboratoire sauvage de réforme de vie, dans la recherche d'un style d'existence alternatif et dans l'aspiration à une alter-civilisation, laquelle aujourd'hui, d'une certaine façon, se cherche dans l'« alter-mondialisme ».

La communauté du *Monte Verita* s'est dissoute à l'approche de la guerre de 1914. Plus tard, dans les années 1960, se sont multipliées les communautés juvéniles animées par les mêmes aspirations essentielles, mais trop fragiles pour survivre. Ivan Illich prôna à la fois la réforme de civilisation et la réforme de vie pour l'avènement de la convivialité. Dans les mêmes années, les alternances de vie pendant les vacances et week-ends, au sein du monde occidental, entre la vie bureaucratisée, chronométrisée, urbanisée et les ressourcements néo-naturistes, néo-rustiques, néo-archaïques ont constitué autant d'expériences intermittentes de vie partiellement réformée. Une fraction des citadins partage le temps entre, d'un côté, une vie urbaine à laquelle ils sont soumis avec sa surdose de contraintes et d'obligations, et, d'un autre côté, une vie de week-ends ou de vacances durant laquelle ils vivent en liberté et communauté. Le contraste est aussi fort que chez les Eskimos entre une religion d'été et une religion d'hiver, avec des dieux différents en fonction des saisons, comme nous l'a enseigné Marcel Mauss. Tout se passe comme si les urbains devenant vacanciers changeaient de dieux en fonction des périodes de la semaine ou de l'année.

L'absence de qualités gustatives des nourritures industrialisées a suscité, en réaction, la recherche des produits dits « naturels » ou « bio », où sont rétablies les valeurs gastronomiques et œnologiques. La *fast food* provoque, en réaction, la *slow food*. La macdonaldisation incite, en réponse, la recherche de la «bonne bouffe». Les conséquences négatives, voire pathologiques, de l'élevage industrialisé encouragent, en réaction, les recherches d'alimentation saine et goûteuse dont les qualités concourent à la qualité de la vie, ce qui fraie également les voies d'une réforme de vie.

L'aspiration à la réforme de vie apparaît à travers ceux et celles qui réalisent d'autres choix de vie que ceux mercantiles ou bureaucratiques, et quittent les mégapoles pour s'installer dans villages ou campagne.

Les germes de réforme de vie sont disséminés un peu partout. Il y a un peu partout également le besoin de mieux vivre avec soi-même, de surmonter le divorce entre l'esprit et le corps, ce qu'exprime l'attrait actuel pour le yoga, le bouddhisme zen, les sagesses orientales. Le mal-être du bien-être favorise un appétit d'être.

C'est surtout l'adolescence qui manifeste le besoin fort de la «vraie vie»: l'union de la liberté et de la communauté; c'est dans l'adolescence que fermentent les aspirations à vivre poétiquement, à dépasser la consommation dans la consumation, avec expériences d'extase *via* fêtes, raves, danses, ivresses, voire défonces.

Le besoin, inconscient ou conscient, de réforme de vie conduit à privilégier les qualités, à retrouver ou à créer un sens esthétique, à travers l'art bien sûr, mais également dans la relation à la nature, dans la relation au corps, et à revoir nos relations les uns aux autres, à nous inscrire dans des communautés sans perdre notre autonomie.

La qualité de la vie est essentielle, si l'on considère que les besoins poétiques de l'être humain sont essentiels[1].

Les diverses formes de l'aspiration à vivre «autrement» qui se sont manifestées d'abord dans le monde occidental déferlent à présent dans le monde entier. Il y a mille

---

1. Edgar Morin, *La Méthode 5*, Seuil, coll. «Points», p. 157.

ébauches de réforme de vie, d'aspiration à bien vivre, à échapper au mal-être qu'a produit la civilisation du bien-être matériel, à pratiquer la convivialité, mais ces esquisses ne sont pas encore reliées. Si on réunit ces éléments qui, séparément, semblent insignifiants, on peut alors diagnostiquer des potentialités régénératrices en voie d'actualisation et des préludes d'une réforme de vie.

La régénération morale

La réforme de vie comporte en elle-même une réforme morale. Il ne s'agit pas de trouver de nouveaux principes moraux, d'élaborer «une éthique adaptée à notre temps». Il s'agit de régénérer l'éthique non pas pour s'adapter à notre temps, mais, vu la carence éthique de notre temps, pour adapter notre temps à l'éthique.

Les résultats historiques des morales d'amour et de fraternité ont été extrêmement maigres, et beaucoup plus importants ont été les immoraux déchaînements de haine et de persécution issus des religions d'amour et des idéologies de fraternité. Il y a donc un vice éthique dans ces morales, et ce vice ne vient pas seulement du dogmatisme et du fanatisme, mais plus profondément de l'incompréhension de soi et d'autrui, de la carence auto-éthique.

Le problème éthique contemporain, du moins actuellement, vient du fait que tout, dans notre civilisation occidentale, tend à favoriser notre «logiciel» égocentrique, alors que notre «logiciel» altruiste ou communautaire est sous-développé.

La régénération morale nécessite l'intégration, dans notre propre conscience et notre personnalité, des préceptes de l'auto-éthique, afin de réactiver nos potentialités altruistes et communautaires.

Mais les exhortations éthiques, à être énoncées de façon isolée, ont l'inutilité des leçons de morale; la régénération éthique ne peut se faire que dans un complexe de transformation et de régénération humaines, sociales et historiques. C'est dans ce complexe que la régénération éthique peut contribuer aux autres réformes et que les autres réformes peuvent contribuer à la régénération éthique.

Le concours d'une science réformée

Une cinquième voie peut être envisagée: une science réformée deviendrait d'elle-même co-réformatrice.

Nous avons examiné (2ᵉ partie, chap. I) le processus actuel de transformation dans les sciences qui les amène à complexifier la connaissance, et qui devrait comporter la reliance entre science et éthique.

De même que l'éducation, la science doit opérer sa réforme pour être capable de réformer. Cette réforme a commencé en quelques domaines encore separés. Deux révolutions scientifiques, la première ayant dépassé le déterminisme et le réductionnisme du monde physique pour affronter les complexités, la seconde, inachevée, opérant les reliances entre disciplines, ressuscitant ainsi la cosmologie, suscitant les sciences de la terre, l'écologie, la préhistoire humaine, ouvrent la possibilité d'un savoir scientifique retrouvant les grands problèmes de notre culture (le monde, la nature). Ce savoir réorganisé, accessible aux profanes, permettrait une démocratie cognitive, où les citoyens ne seraient plus condamnés à l'ignorance face aux problèmes vitaux. Une science régénérée pourrait faire communiquer la culture scientifique et la culture des humanités et contribuerait à une régénération culturelle. Démocratie cognitive et régénération culturelle pourraient alors contribuer à nous sortir progressivement de la «préhistoire de l'esprit humain».

Les voies régénératrices

Une science réformée, capable de réfléchir sur elle-même, dotée d'une culture épistémologique, pourrait contribuer à la grande réforme de l'esprit apportant à chacun et à tous une connaissance complexe du monde, de l'humain, de soi-même.

L'apport des sciences neuro-cérébrales serait en mesure d'inhiber les pires aspects d'*homo demens*. Il comporterait les possibilités bénéfiques d'éviter les fureurs, de contrôler l'agressivité, de stimuler l'altruisme, de favoriser ainsi la compréhension[1].

Le bon usage des sciences, la suppression de ses usages pervers, tout cela dépend des consciences des scientifiques, des politiques, des citoyens, qui elles-mêmes dépendent des processus économiques, politiques, sociaux, culturels, lesquels dépendent des progrès des quatre réformes salutaires, lesquelles seraient en mesure de développer les consciences.

Au-delà, nous savons que les sciences biologiques seront bientôt en mesure de modifier la nature humaine, voire de produire le métanthrope dépassant l'humain en améliorant tous ses caractères. Si nous pensons que pourraient être écartés tous les périls actuels que comportent les manipulations génétiques et cérébrales, serait-il quand même fondamentalement éthique de considérer comme intangiblement sacrée la nature humaine, ou faut-il au contraire considérer comme éthique un dépassement améliorant l'humain[2]?

«L'homme modifiant l'homme est contenu dans l'homme», dit Jean-Marie Lehn, prix Nobel de chimie. Répétons-le, une telle éventualité nécessiterait la conjonction simultanée

---

1. Au-delà des *smart drugs*, psychostimulants, actuellement en préparation, qui pourraient provoquer un surcroît d'intelligence (concentration d'esprit, efficacité, créativité), on peut en envisager de nouvelles qui iraient dans le sens ci-dessus indiqué.
2. Cf. 2ᵉ partie, chap. I, p. 83.

des autres réformes, dont au premier chef la réforme éthique.

Complémentarité en boucle des réformes

Il s'agit donc de cesser de considérer les quatre, voire les cinq voies de réforme comme antagonistes et séparées ; il s'agit au contraire de les relier.

La prise de conscience que « la réforme de vie » est une des aspirations fondamentales dans nos sociétés peut puissamment aider les autres réformes, dont celle qui régénérerait l'éthique. La réforme de vie conduit à la réforme de civilisation et à la réforme éthique, lesquelles conduisent à la réforme de vie. La réforme de l'esprit par l'éducation est d'une nécessité absolue pour la réforme éthique (le « travailler à bien penser » de Pascal) et elle permettrait de comprendre le besoin de réforme de société et de civilisation. La réforme de société devrait comporter l'instauration de nouvelles solidarités, la régulation du profit, le primat de la qualité de la vie, donc de la convivialité. La politique de civilisation devrait concourir à la réforme de vie, laquelle devrait concourir à la politique de civilisation. La réforme éthique doit bien évidemment être conjuguée avec la réforme éducative et avec la réforme de vie.

Réforme éthique, réforme de vie, réforme éducative, réforme sociale sont interdépendantes et se nourrissent les unes les autres. Plus encore : la réforme éthique est présente, à la fois impliquée et impliquante, dans chacune des trois autres. Comme tout ce qui est vivant, l'éthique est à la fois autonome et dépendante. Cette autonomie ne saurait être dissoute, mais, pour la régénérer, il faut réformer les contextes qui peuvent susciter sa régénération : la réforme des esprits (éducation), la réforme de vie, la réforme sociale.

La réforme éthique ne peut être solitaire. Des siècles de

Les voies régénératrices

prédication pour la bonté et l'amour du prochain ont été inféconds. La réforme éthique ne peut se produire que dans une poly-réforme de l'humanité.

Les réformes doivent être conçues en boucle récursive, chacune étant produite productrice de l'autre. La régénération éthique dépend d'une régénération générale, laquelle dépend de la régénération éthique.

La régénération générale refoulerait la barbarie des relations humaines de mépris, de haine, d'indifférence et leur cortège d'aigreurs, de ragots, de calomnies, de méchancetés qui rongent et ravagent les vies quotidiennes. Elle pourrait contribuer à faire de nous des êtres civils, civiques, civilisés. Elle susciterait une nouvelle mentalité, un grand courant de compréhension et de compassion dans le monde, un nouvel élan, non pour un progrès promis, mais vers un progrès possible. Elle viserait fondamentalement à nous faire sortir de la préhistoire de l'esprit humain et de l'âge de fer planétaire.

Les situations de crise sont favorables à la fois aux prises de conscience et aux réformes, mais en même temps aux solutions illusoires et aux régressions de conscience. C'est exactement ce qui se passe dans la gigantesque ère crisique et critique qui secoue la planète. Celle-ci peut favoriser la propagation rapide des idées réformatrices et ouvrir de formidables possibilités transformatrices.

Mais la gigantesque crise est aussi porteuse de gigantesques périls. Les réformes peuvent être interrompues, brisées, annihilées, au profit des régressions qui s'implantent dans le présent et menacent l'avenir. De toute façon la route sera dure, aléatoire et probablement longue, couvrant des décennies et peut-être le siècle.

La grande réforme est à la fois complètement réaliste et complètement utopique. Elle est complètement utopique parce que des forces gigantesques d'illusion et d'erreur s'y opposent. Elle est complètement réaliste parce qu'elle est dans les possibilités concrètes de l'humanité au stade actuel de l'ère planétaire.

Sachons que, dans l'histoire, tout commence par des mouvements marginaux, déviants, incompris, souvent ridiculisés et parfois excommuniés. Or ces mouvements, quand ils parviennent à s'enraciner, à se propager, à se relier, deviennent une véritable force morale, sociale et politique.

Aussi, il nous faut espérer que la grande régénération pourrait se développer et conduire à ce qui serait plus et mieux qu'une révolution, une métamorphose.

IV. L'espérance éthique : la métamorphose

> La finale agonie de la naissance de l'homme –
> ou de sa mort – a commencé.
>
> Thomas E. Bearden
>
> L'aventure extraordinaire dans laquelle le
> genre humain, s'éloignant peut-être des condi-
> tions premières de l'espèce, s'est engagé,
> allant je ne sais où.
>
> Paul Valéry

Raimondo Pannikar nous demande de reconsidérer les 6 000 ans d'Histoire, qui sont l'histoire des États souverains absolus, des guerres ininterrompues entre ces États avec toutes les destructions, les massacres, les ruines qu'elles ont entraînés. Il faudrait, dit-il, « voir d'une part si le projet humain réalisé durant ces six millénaires par l'*homo historicus* est le seul projet humain possible, et d'autre part voir s'il ne faudrait pas faire aujourd'hui quelque chose d'autre ».

Effectivement, l'Histoire arrive à son épuisement, non pas parce qu'il n'y aurait plus rien à inventer, comme le croit Fukuyama, mais parce que tout est à réinventer pour sauver l'humanité du risque d'anéantissement et parce que les conditions sont désormais créées pour envisager non l'abolition, mais le dépassement des pouvoirs absolus des États dans une formule confédérative où émergerait une société-monde.

Car l'Histoire, née très récemment dans l'évolution humaine[1], peut disparaître sans que cesse l'évolution.

Sortir du pouvoir absolu des États et des guerres en accédant à une ère post-historique qui serait celle de la société-monde, ce serait sortir de l'Histoire par le haut. Il est malheureusement possible de sortir de l'Histoire par le bas, la régression généralisée après catastrophes nucléaires et déchaînement d'une barbarie à la Mad Max.

Sortir de l'Histoire par le haut serait en sortir par une métamorphose qui ferait surgir un monde humain d'un type nouveau. La métamorphose peut sembler irrationnelle. Mais la véritable rationalité connaît les limites de la logique, du déterminisme, du mécanisme. Le « méta » est l'impossible possible.

Une métamorphose est inconcevable à l'avance. Les grandes mutations sont invisibles et logiquement impossibles avant qu'elles apparaissent. Comme il a été dit plus haut, l'aile aurait semblé impossible au reptile dont pourtant une partie de la progéniture est devenue oiseau. La bipédie aurait semblé impossible au quadrumane, notre ancêtre. Toute métamorphose paraît impossible avant qu'elle survienne. Cette constatation comporte un principe d'espérance.

Que signifie le terme de « métamorphose » ? Pour le concevoir, il faut considérer ce qui se passe dans la chrysalide où s'enferme la rampante chenille. Il s'effectue un processus d'auto-destruction de la chenille qui est en même temps d'auto-construction du papillon : le papillon a la même identité que la chenille, mais dispose d'une complexité qui a fait émerger de nouvelles qualités, de nouvelles propriétés, dont celle de voler. La métamorphose est commune à de nombreuses espèces d'insectes. Chacun

1. Cf. *La Méthode 5*, Seuil, coll. « Points », p. 233-260.

L'espérance éthique : la métamorphose

d'entre nous a vécu une métamorphose personnelle à partir d'un œuf, est passé par un stade fœtal, à l'intérieur de sa mère comme un quasi-poisson, dans une ambiance aquatique, pour devenir un humain terrestre. Toutes ces métamorphoses sont répétitives, quasi programmées. Or l'Histoire humaine est née d'une métamorphose non programmée qui aurait paru impossible à tout observateur extra-terrestre, s'il s'en était trouvé, il y a dix mille ans.

Il y a dix mille ans, l'humanité préhistorique était constituée uniquement de petites sociétés de chasseurs-ramasseurs sans État, sans agriculture, sans villes. Il s'est trouvé qu'en cinq lieux du globe, au Moyen-Orient, dans le bassin de l'Indus, en Chine, au Mexique, au Pérou, sans doute dans des conditions de concentration et d'expansion démographiques, des sociétés se sont interconnectées, et il s'est créé dans ces cinq lieux une méta-société, la société historique avec agriculture, avec État, avec villes, qui a pu développer des empires et des civilisations. Tout n'a pas été un progrès dans ces métamorphoses : beaucoup de qualités humaines ont été perdues, et beaucoup de violence et de destruction sont arrivées avec les sociétés historiques. Mais il y a eu métamorphose.

Si l'on remonte plus haut, on peut considérer que l'apparition de la vie, c'est-à-dire d'une nouvelle organisation plus complexe de la matière physico-chimique, dotée de qualités nouvelles d'auto-organisation, constitue une métamorphose. Effectivement, l'organisation vivante dispose de propriétés qui n'existaient pas au niveau des organisations physico-chimiques antérieures. Elle peut se reproduire, se réparer, se mouvoir, connaître. Il s'est passé sans doute qu'à un certain moment l'organisation de tourbillons ou systèmes physico-chimiques de plus en plus riches en éléments constitutifs, de plus en plus divers, de plus en plus complexes, n'a plus été capable de s'enrichir ni de répondre aux défis de son environnement, et que l'incapacité de traiter ses propres problèmes a débouché sur la métamorphose en une organisation de type nouveau, plus riche et plus complexe : l'auto-organisation vivante.

Quand un système se montre incapable de traiter ses problèmes vitaux, alors soit il se désintègre, soit il se transforme en un méta-système capable, lui, de traiter ses problèmes.

Actuellement, la planète est incapable de traiter ses problèmes vitaux et d'éviter ses périls mortels. La crise gigantesque qu'elle subit porte en elle tous les périls du désastre, mais aussi les chances de la métamorphose.

C'est dire que plus nous approchons d'une catastrophe, plus la métamorphose est possible. Alors, l'espoir peut venir du désespoir. Hölderlin disait : « Là où croît le péril, croît aussi ce qui sauve » *(Patmos)*.

La métamorphose peut apparaître quand la solution est invisible, impossible au sein du système existant et excède les moyens de sa logique, quand il y a à la fois manque et excès ; c'est alors que l'impossible est possible : « Comment cela s'appelle-t-il, dit l'Électre de Giraudoux, quand le jour se lève comme aujourd'hui, et que tout est gâché, que tout est saccagé, et que l'air pourtant se respire, et qu'on a tout perdu, que la ville brûle, que les innocents s'entre-tuent, mais que les coupables agonisent dans un coin du jour qui se lève ? Demande au mendiant, il le sait. – Cela a un très beau nom, femme Narses, cela s'appelle l'Aurore. »

Nous percevons aujourd'hui tout ce qui est auto-destruction. Pourquoi ne voyons-nous pas les processus créateurs ? C'est que ceux-ci sont sous-développés, marginalisés, dispersés, déviants ; réforme d'organisation sociale, réforme de l'économie[1], réforme de civilisation, réforme de l'esprit,

1. Nous voyons se propager les idées de contrôle et de régulation de l'économie mondialisée, du profit, les idées d'économie plurielle

L'espérance éthique : la métamorphose 231

réforme de l'éducation, réforme de la science, réforme de vie, réforme éthique. Nous ne pouvons savoir si toutes ces tendances pourront se développer, se rejoindre, et faire apparaître les conditions de la métamorphose salvatrice.

Il faut considérer que nous sommes entrés dans une phase de mutations historiques où l'ère planétaire essaie d'accoucher d'une société-monde, et où les forces de régénération s'emploient à une métamorphose anthropo-sociologique. Nous allons, sauf régression ou catastrophe, vers une possible méta-humanité, c'est-à-dire vers une transformation des relations individus/société/espèce, qui comporterait une transformation en chacun de ces trois termes.

Ce qui arrive dans la métamorphose, c'est l'éveil et l'action de puissances génératrices et régénératrices qui deviennent des puissances créatrices.

Le jeune Marx parlait de «l'homme générique». «Générique» veut dire qui détient des capacités de génération et de régénération. Les capacités de génération et de régénération tendent à s'endormir, à se scléroser dans l'ordre social et elles ont besoin souvent d'une irruption, d'une éruption, d'une crise pour se manifester. En temps «normal», seuls des individus déviants, artistes, philosophes, écrivains, poètes, inventeurs et créateurs dans tous les domaines, témoignent des aptitudes génératrices et régénératrices de l'humanité. Ceci rejoint une idée profonde de Jean-Jacques Rousseau pour qui ce qu'il appelait «bonté naturelle de

---

comportant les associations et coopératives, le commerce équitable et solidaire, la moralisation des affaires, la renaissance de divers artisanats et d'économies locales, le développement de l'agriculture biologique. Ajoutons la réforme de la technique, puisqu'il y a désormais la perspective d'un nouvel âge de la technique, et l'apparition de machines dépassant le stade de leur logique mécanique et déterministe pour acquérir certaines qualités du vivant.

l'homme» se trouvait inhibé, corrompu ou perverti dans les civilisations. Ce qui inhibe cette «bonté», dans notre société, ce sont ses rigidités, ses scléroses, ses compartimentations, ses hyper-spécialisations.

Mais la crise actuelle, partout présente, peut réveiller les forces de métamorphose.

Les métamorphoses, dans le monde animal, sont les produits de processus inconscients. Les métamorphoses de sociétés archaïques en sociétés historiques sont les produits de processus inconscients. Sans doute la métamorphose possible qui se prépare sera en grande partie le produit de processus inconscients. Mais elle ne pourra s'accomplir véritablement qu'avec le concours et le secours de la conscience humaine et de la régénération éthique. C'est pourquoi la réforme de l'esprit aura un rôle capital à jouer.

La survie, le progrès, le développement de l'humanité sont liés à la métamorphose.

L'espérance éthique, l'espérance politique sont dans la métamorphose.

Conclusions éthiques

CONCLUSION I

Du mal

> Toi Lucifer
> Tu es aussi dans mon vaste univers
> Un maillon nécessaire. Agis, agis,
> Ton froid savoir, ta négation folle
> Sont les ferments qui stimuleront l'homme
>
> Imre Madach

L'éthique complexe reconnaît la complexité du bien et la complexité du mal.

J'ai rencontré la complexité du bien dans ses contradictions et ses incertitudes (l'insuffisance des bonnes intentions, l'écologie de l'action, les dérives, les illusions[1]). Mais j'ai contourné tout au long de ce livre l'énigme du mal, parce que je m'enlisais dans une incertitude et me heurtais à une contradiction, ce que je vais envisager plus bas.

Comme il a été indiqué dans le chapitre sur «Le ressourcement cosmique» (1re partie, chap. II), un monde ne peut advenir que par la séparation et ne peut exister que dans la séparation: *diabolus* est ce qui sépare[2]. Il est intéressant de

1. Cf. 1re partie, chap. III, p. 44.
2. Dans la kabbale, le monde, né d'un retrait ou exil de l'infini, est issu de la rupture des «vases de perfection», ce qui a entraîné

noter que, dans le mazdéisme comme dans la religion de Manès, l'origine du monde est diabolique. Sans *diabolus*, pas de monde, puisqu'il ne saurait y avoir de monde sans les séparations du temps et de l'espace, les séparations entre les choses, entre les êtres. Mais sans unité dans le séparé, pas de monde non plus. Disons plus : l'unité du monde englobe les séparations, les limite et les relativise. Autrement dit, ce qui unit et ce qui sépare naissent en même temps (Mazda et Ahriman sont les deux figures antinomiques du même, comme Dieu et le Diable).

La séparation s'accentue et s'amplifie avec la dispersion des particules, puis des atomes, puis des étoiles, puis des galaxies.

Toutefois, comme nous l'avons également vu, les forces cosmiques de reliance se sont développées à partir de la séparation, par rencontres, affinités, associations, intégrations des atomes aux étoiles.

L'« *Arkhè*-Mal » de l'univers, la déliance séparatrice, est inséparable de l'existence de notre univers, et l'« *Arkhè*-Bien », qui est la reliance, est inséparable de la séparation. Si le mal est séparation et le bien reliance, le mal permet le bien. Le principe de reliance ne saurait être indépendant de son antagoniste. Il faut donc les mettre en relation complexe (non seulement antagoniste, mais aussi concurrente et complémentaire).

Notre univers est « imparfait », mais l'imperfection est la condition de son existence : la perfection aurait fait de l'univers une machine déterministe absolue, à la Laplace, où aucun évènement, aucune existence singulière, aucune innovation, aucune création n'y auraient été possibles.

L'imperfection, nécessaire à l'existence du monde, com-

---

chute et dégradation généralisée, d'où la prolifération du mal et la dispersion du bien.

Du mal

porte à la fois le mal et le bien cosmiques. Certes, les forces de reliance sont des forces «faibles» et, bien que capables de se renouveler, de se développer, de se régénérer, elles sont soumises à l'hégémonie de la séparation et de la dispersion. Les forces de séparation, dispersion, annihilation qui se sont déchaînées depuis l'origine du monde continuent à se déchaîner. Les étoiles explosent ou implosent, se tamponnent, se cannibalisent, s'effondrent en trous noirs.

Le cosmos est à la fois ordre et fureur, et son ordre s'établit au sein de sa fureur. Le deuxième principe de la thermodynamique n'est pas principe du mal, il est la conséquence de l'évènement thermique originaire. Il produit la désorganisation pour tout ce qui est organisé, la désintégration pour tout ce qui est intégré, la mort pour tout ce qui est vie. D'où la cruauté du monde pour tout être vivant et pour tout être humain.

Tout ce qui advient au monde doit être situé dans un complexe cosmique déterminé par le jeu dialogique (antagoniste, concurrent complémentaire) au sein du tétragramme :

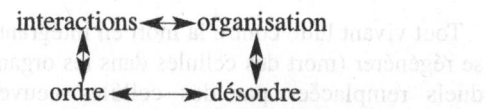

$$\text{interactions} \longleftrightarrow \text{organisation}$$
$$\updownarrow \qquad \updownarrow$$
$$\text{ordre} \longleftrightarrow \text{désordre}$$

Les deux processus antagonistes et liés, celui de la formation et du développement des organisations et celui de leur désorganisation, inscrivent le deuxième principe de la thermodynamique dans le principe cosmique du tétragramme. Il faut comprendre que c'est en se désintégrant que le monde s'organise et que c'est en s'organisant que le monde se désintègre ; cela détermine corrélativement la cruauté du monde et la possibilité de résistance à cette cruauté.

Le mal de vie

Les forces faibles de la vie ont lutté contre les forces d'écrasement du monde physique par mille modes de reproduction, disséminations innombrables des germes, multiplication des œufs, et par mille modes de reliance : inter-communications bactériennes, associations de cellules en polycellulaires, protections de progéniture, associations d'animaux en société, inter-solidarité des écosystèmes, tout cela a permis à la vie de se répandre dans les océans, de s'étendre sur les continents et s'élancer dans les airs.

La vie lutte cruellement contre la cruauté du monde et résiste avec cruauté à sa propre cruauté. Tout vivant tue et mange du vivant. Le cycle nourricier des écosystèmes (cycle trophique) est en même temps un cycle de mort pour les animaux et végétaux dévorés. La régulation écologique se paie par des hécatombes[1]. La cruauté est le prix à payer pour la grande solidarité de la biosphère. La Nature est à la fois mère et marâtre.

Tout vivant lutte contre la mort en intégrant la mort pour se régénérer (mort des cellules dans les organismes individuels remplacées par des cellules neuves, mort des vieillards dans les sociétés remplacés par les nouvelles générations). La mort, le mal suprême pour le vivant, provient du processus de dégradation physique que symbolise le second principe de la thermodynamique, mais cette dégradation, pendant la durée de vie, est utilisée pour le rajeunissement et la régénération de l'organisme qui remplace ses molécules et cellules dégradées par de nouvelles. Héraclite disait justement : « Vivre de mort, mourir de vie », indiquant que la vie collabore avec son ennemie mortelle pour pouvoir se régénérer. *Le mal de la mort est*

---

1. Cf. *La Méthode 2*, Seuil, 1980, p. 47-59.

utilisé pour le bien de la vie, sans cesser d'être le mal de la mort.

Ainsi, pour la nature vivante comme pour la nature physique, on ne saurait isoler ni substantialiser un principe du Mal.

Mais on ne saurait ignorer que la nature physique impose sa cruauté à la nature vivante et que celle-ci produit sa propre cruauté dans ce qu'il faut appeler darwiniennement la lutte pour la vie, encore que les reliances coopératives sous forme de symbioses et de sociétés soient omniprésentes au sein de cette lutte[1].

Enfin, c'est à partir de l'esprit humain que la cruauté du monde apparaît telle, parce qu'elle produit la souffrance en même temps que la conscience de la souffrance.

L'humanité du mal

Aussi, quand nous considérons la cruauté du monde, nous ne pouvons y trouver ou isoler un principe du mal, une entité satanique. Mais nous voyons que bien des maux qui nous frappent et que nous engendrons, les séparations, les dégradations, les désintégrations, les violences, les fureurs, les destructions de civilisations, les génocides, sont comme les continuateurs ou les héritiers des violences et fureurs cosmiques. Les conflits, les antagonismes entre individus ou groupes sont continuateurs et héritiers des conflits et antagonismes du monde de la vie.

Nos nouveau-nés naissent en hurlant de douleur. Nous sommes nés dans la cruauté du monde et dans la cruauté de la vie, ce à quoi nous avons ajouté nos propres cruautés, mais aussi nos propres bontés.

Notre destin est inscrit dans la cruauté du monde.

---

1. Cf. *La Méthode 2*, Seuil, 1980, sur symbiose et parasitisme, p. 43-44.

En fait, la notion de mal est inséparable de la subjectivité humaine : seul un sujet individuel peut souffrir du mal et seul un sujet individuel peut vouloir faire le mal. Comme le dit Jean-Claude Guillebaud, « le mal est irréductiblement en moi »[1].

Nous sommes nés dans la cruauté du monde et de la vie, mais ce sont notre sensibilité, notre affectivité, notre chair, notre âme, notre esprit d'individus qui ont acquis une aptitude inouïe à souffrir. Les êtres humains, êtres de chair, d'âme et d'esprit, peuvent souffrir à la fois de la souffrance charnelle, de la souffrance de l'âme, de la souffrance de l'esprit. C'est le tragique privilège de la subjectivité humaine que de ressentir, sous forme de souffrance et douleur, la cruauté du monde, la cruauté de la vie, la cruauté humaine. Si les animaux et peut-être les végétaux souffrent, ce sont les humains qui ont acquis les plus grandes aptitudes à la souffrance tout en acquérant les plus grandes aptitudes à la jouissance, mais la plupart d'entre eux ont souffert et souffrent bien plus qu'ils n'ont joui et ne jouissent.

Il y a une prolongation proprement humaine des forces cruelles de la nature. Mais il y a aussi une cruauté humaine nouvelle et originale par rapport à la cruauté de la nature et à la cruauté de la vie. Il y a un mal proprement humain qui est le mal fait volontairement par un humain sur un autre humain.

Il y a chez l'humain une formidable prolifération de malveillance, volonté de faire mal, jouissance à faire mal.

Ce mal de l'humain sur l'humain vient de la haine, de l'incompréhension, du mensonge, et il est nourri par la barbarie de l'esprit, il vient non pas de la cruauté objective de la nature, mais de la cruauté subjective de l'être humain, qui elle-même a pour racine la refermeture égocentrique, mais ne saurait s'y réduire.

---

1. Jean-Claude Guillebaud, *Le Goût de l'avenir*, Seuil, 2003.

Du mal

L'être humain contient en lui un grouillement de monstres qui se libèrent à toutes occasions favorables. La haine déferle pour un rien, un oubli, un frôlement de voiture, une distraction d'autrui, un regard, une faveur dont on se croit privé, l'impression que la réputation d'un confrère vous fait de l'ombre, elle se déchaîne pour un minime incident. L'égoïsme, le mépris, l'indifférence aggravent partout et sans trêve la cruauté du monde humain ; l'excès de cruauté nourrit de lui-même par saturation l'indifférence et l'inattention.

Les cruautés dans les relations entre individus, groupes, ethnies, religions, races ont été et demeurent terrifiantes. Les anciennes barbaries qui se sont déchaînées dès les débuts de l'histoire humaine se déchaînent à nouveau et elles sont alliées à la barbarie civilisée où la technique et la bureaucratie, la spécialisation et la compartimentation accroissent la cruauté par indifférence et cécité ; la dépendance à l'argent, l'indépendance par l'argent et le pouvoir de l'argent généralisent et amplifient les avidités impitoyables.

Le mal subi comme perte, séparation, souffrance est antérieur à l'humanité, mais il va culminer en l'humanité.

Le mal commis pour faire mal n'émerge que dans, par et pour l'humanité. Nous ne pouvons échapper au problème du mal humain.

Qu'est-ce que le mal fait par l'humain ? Révélerait-il enfin l'existence de ce principe du mal, que nous n'avons pu isoler dans la nature, mais qui s'imposerait de façon satanique dans le monde humain ?

Faut-il voir dans la subjectivité humaine une source spécifique du mal, certes issue de l'égocentrisme, mais qui ne saurait s'y ramener purement et simplement ?

N'est-ce pas cela qui pourrait expliquer les cruautés

inouïes des massacres, tueries, génocides, esclavages, exploitations, et également les cruautés quotidiennes, aigreurs, offenses, dénis, méchancetés ?

Ici je trouve l'incertitude et la contradiction évoquées plus haut.

Quand je considère la volonté de faire du mal à autrui, tantôt le mal se décompose dans mon esprit en éléments divers dont il est le résultat ; tantôt, au contraire, je penche pour le reconnaître comme une réalité propre.

Dans la première éventualité, le mal m'apparaît comme le résultat soit d'un manque, soit d'un excès.

Le manque peut être insensibilité, indifférence, ignorance, inconscience, déficience mentale, manque de raison, manque de sagesse, manque d'amour, manque de compassion : d'où la pertinence de la maxime attribuée à Solon et reprise par Socrate : « Nul n'est méchant volontairement. »

L'excès qui produit le mal, c'est la démesure – l'*hubris* – accompagnée de déraison, autrement dit le côté *demens* d'*homo sapiens-demens*. Si la démence fait le mal, ce n'est pas le mal qui fait la démence, et le mal est subordonné, non principal.

Et je considère qu'une des plus grandes causes du mal est dans la conviction de posséder le bien ou d'être possédé par le bien, ce qui a produit les innombrables massacres, persécutions et guerres religieuses, nationales et civiles. C'est la croyance de faire le bien qui est une cause puissante du mal, alors qu'elle résulte non d'une volonté mauvaise, mais d'une carence de rationalité et/ou d'un excès de foi qui est fanatisme[1].

---

1. Nous sommes même en un moment de l'Histoire où le mal va se déchaîner sur la planète sous forme du combat à mort entre deux Bien ennemis, le Bien de l'ennemi étant évidemment le mal.

Du mal

Dans la double perspective où le mal est dû soit à un manque, soit à un excès, il n'y aurait pas un principe du mal dans l'être humain. Le méchant est ignare ou dément.

Dans la deuxième éventualité, la notion de mal s'impose à moi de façon irréductible quand je songe à la haine, à la méchanceté, au sadisme, à la volonté de nuire ; alors je ne peux dissoudre ce mal dans l'inconscience ou dans le délire, encore qu'il les comporte.

Pourquoi je ne saurais le réduire ? Finalement parce que le mal existe comme émergence, c'est-à-dire un type de réalité qui est produit par un ensemble de conditions (psychologiques, sociologiques, historiques) mais qui, une fois formé, acquiert son existence propre et est irréductible aux composants dont il est issu.

Et voici la contradiction : quand je considère le mal commis par la cruauté subjective, quand je considère ce mal de méchanceté en face, je le vois comme réalité propre (émergence) et je ne saurais réduire ce mal à ses antécédents, ses causes, ses déficiences. Mais si je considère ses antécédents, ses causes, je trouve soit des déficiences et des manques profonds, soit l'*hubris* et le délire. Et je tends alors à le dissoudre dans ses causes et conditions.

J'en arrive donc à reconnaître la réalité du mal commis par la cruauté subjective, mais ne peux le ramener à un principe du Mal, encore moins à un prince du Mal. Son existence est seconde, puisque, bien qu'émergent, il dépend de ses composants.

J'ai pu à un moment croire que le mal et le bien ne sont que des réifications. Ce sont des émergences.

Ce mal est le désastre, l'horreur de la condition humaine. Ce mal, chacun le porte potentiellement en lui, mais il faut un certain nombre de conditions pour qu'il émerge. Ainsi la guerre est une des conditions les plus fréquentes et les plus radicales pour qu'émergent cette haine et ce sadisme qui font violer, torturer, humilier, massacrer. Les concitoyens de Sarajevo vivaient en cohabitation pacifique depuis des siècles, mais, dans les conditions de l'horrible conflit ethno-religieux de la fin du XXe siècle, le mal a surgi chez certains d'entre eux sous sa forme la plus monstrueuse. Toute guerre, toute répression transforment certains de leurs protagonistes en bourreaux. La charmante petite Lynndie England, transportée de son Minnesota dans la prison irakienne d'Abu Ghraib, y est devenue un petit monstre sadique.

J'en arrive à finalement assumer la contradiction. Le mal existe et il n'existe pas. Il n'existe pas lorsqu'on peut le ramener aux manques (inconscience, ignorance, etc.) et aux excès (*hubris*, délire), bien que ces manques et excès déterminent partout et sans discontinuer du mal. Il existe irréductiblement comme émergence, et il prend alors une terrible réalité, mais ce n'est pas une réalité première. Le mal existe mais il n'y a pas de principe du Mal.

Ce qui est horrible en l'humain, c'est la conjonction de la cruauté issue du manque, de la cruauté issue de l'excès, de la cruauté issue de la scélératesse. C'est la conjonction du mal subi par maladies, famines, inondations et du mal commis pour nuire et pour détruire. C'est la conjonction de la cruauté du monde et de la cruauté humaine. Et tout cela, qui déferle depuis l'Antiquité, n'a cessé de ravager l'humanité, dans toutes les civilisations, au cours des guerres, conquêtes et asservissements, dans les ignobles procès de Moscou et les terrifiantes répressions staliniennes, dans les déchaînements meurtriers de la Seconde Guerre mondiale, dans la monstruosité raciste du nazisme et la tentative de génocide sur juifs et tsiganes, dans et par les machineries bureaucratiques des prisons et camps de concentration (où la bureaucratie, loin d'exclure les sévices, supplices, atrocités commises par les gardes, au contraire les favorise), dans le délire idéologique du communisme polpotien, dans les mas-

Du mal

sacres à tendance génocidaire du Rwanda, dans le malheur du peuple palestinien supportant le fardeau des souffrances passées et à venir de son oppresseur, dans les tortures à nouveau pratiquées et multipliées, révélatrices suprêmes de l'ignominie humaine.

On ne peut éradiquer la potentialité malfaisante de *demens*, mais le mal est aussi au-delà de *demens*.

Diabolus est l'esprit qui sépare, mais si la séparation produit le mal, elle est le produit de la naissance d'un monde qui ne peut exister que dans la séparation.

Méphisto se définit dans le *Faust* de Goethe comme « l'esprit qui nie toujours », mais la négation n'est pas produite par le mal et ne produit pas nécessairement le mal. La vie, en tant que néguentropie, est négation de l'entropie en utilisant celle-ci pour se régénérer. La négation de ce qui la nie fait partie de l'affirmation de la vie.

Satan veut le mal, la perdition, la souffrance. Ce prince des Ténèbres n'existe pas, mais il symbolise effectivement le mal qui est cruauté subjective. Il n'existe pas, mais l'aptitude satanique existe dans l'esprit humain.

Le mal est complexe : c'est un être d'émergence ; il est réel mais il ne peut être unifié ni réduit à un principe. Il comporte incertitude et contradiction. Il ne peut être inscrit dans un manichéisme qui pose en absolus disjonction et antagonisme, Bien et Mal, empire du Bien contre empire du Mal. On ne saurait non plus rêver en un univers purgé de tout mal, la vidange risquant d'emporter l'univers lui-même.

À la limite même, le Bien se retourne en Mal et le Mal se retourne en Bien. *L'Évangile selon Jésus-Christ*, de Saramago, illustre cette idée en faisant de Dieu et de Satan les deux figures du même.

Dieu et Satan ne sont pas hors de nous, ils ne sont pas au-dessus de nous, ils sont en nous. La pire cruauté du monde et le meilleur de la bonté du monde sont en l'être humain.

Le bien est condamné à être faible, cela veut dire qu'il faut abandonner tout rêve de perfection, de paradis, d'harmonie[1]. Il est toujours menacé, persécuté. Cela veut dire aussi qu'il induit à une éthique de résistance.

Et nous pouvons résister à la cruauté du monde et à la cruauté humaine par solidarité, amour, reliance, et par commisération pour ceux et celles qui en sont les plus malheureuses victimes. Le combat essentiel de l'éthique, c'est la double résistance à la cruauté du monde et à la cruauté humaine.

« Il est impossible que le mal disparaisse », disait Socrate dans le *Théétète*. Oui mais il faut essayer d'empêcher son triomphe.

---

1. Je partage les critiques portées à l'angélisme rêvant d'éliminer le mal faites par Michel Maffesoli, *La Part du diable. Précis de subversion post-moderne*, Flammarion, 2004, et Jean Baudrillard, *Le Pacte de lucidité ou l'Intelligence du Mal*, Galilée, 2004. Je partagerai d'une certaine façon les propos du Dieu d'Imre Madach dans *La Tragédie de l'homme* cités en exergue de ce chapitre.

CONCLUSION II
Du bien

> Me vouer à ce qui me donne passion et compassion.
>
> Mauro Ceruti

> *Quando el jilguero no puede cantar*
> *Quando el hombre es un peregrino*
> *Quando de nada nos sirve rezar*
> *Caminante, no hay camino*
> *El camino se hace al andar.*
>
> Antonio Machado

Pensée complexe et éthique : reliance

Bien qu'on ne puisse l'en déduire, l'éthique complexe contient en elle, comme ingrédients indispensables, la pensée et l'anthropologie complexes. Ainsi elle nous dit d'assumer éthiquement
– la trinité humaine individu/société/espèce,
– la tri-unicité psychique pulsion/affectivité/raison,
– les antinomies *sapiens/demens*, *faber/mythologicus*, *economicus/ludens*, *prosaicus/poeticus*.

Bien qu'on puisse la ressourcer dans la reliance cosmique, l'éthique complexe a besoin de ce qui est le plus individualisé dans l'être humain, l'autonomie de la conscience et le sens de la responsabilité. Elle nécessite, nous l'avons vu, le développement des potentialités réflexives de l'esprit, notamment dans l'auto-examen et dans l'attention à l'écologie de l'action. L'éthique complexe nous branche à la fois sur la reliance qui vient du fond des temps et la reliance à notre temps actuel, à notre civilisation, à notre ère planétaire.

L'éthique complexe s'inscrit dans une boucle de reliance où chaque instance est nécessaire aux autres :

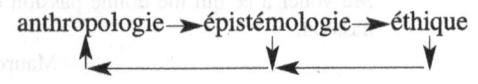

$$\text{anthropologie} \rightarrow \text{épistémologie} \rightarrow \text{éthique}$$

Elle permet de relier :

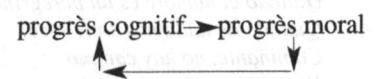

$$\text{progrès cognitif} \rightarrow \text{progrès moral}$$

Le progrès éthique ne peut s'effectuer que dans l'enracinement, le développement, la synergie des deux consciences : la conscience intellectuelle, la conscience morale.

La pensée complexe est la pensée qui relie. L'éthique complexe est l'éthique de reliance.
La mission éthique peut se concentrer en un terme : « relier ».
Il faut, pour tous et pour chacun, pour la survie de l'humanité, reconnaître la nécessité de relier :
– se relier aux nôtres,
– se relier aux autres,
– se relier à la Terre-Patrie.

La reliance, répétons-le, inclut la séparation. Seul le séparé peut être relié. L'éthique au niveau humain doit opérer, dans la fraternité et l'amour, l'union dans la séparation, ou autrement dit l'union de l'union et de la séparation.

Du bien

La complexité éthique

J'ai longtemps hésité sur le titre de ce livre. Tantôt *Éthique* tout court me semblait suffire et avoir plus de force qu'avec l'adjectif *complexe*. Tantôt il semblait que c'était cette complexité qui distinguait l'éthique, telle que je l'entendais, de toute autre.

Le lecteur le sait maintenant : l'éthique est complexe parce qu'elle est à la fois une et multiple. Elle unifie en son tronc commun et diversifie dans ses rameaux distincts l'auto-éthique, la socio-éthique, l'anthropo-éthique. Dans cette unité/pluralité, l'éthique complexe nous demande d'assumer éthiquement la condition humaine.

L'éthique est complexe parce qu'elle est de nature dialogique et doit affronter souvent l'ambiguïté et la contradiction. Elle est complexe parce qu'elle est exposée à l'incertitude du résultat, et comporte le pari et la stratégie. Elle est complexe parce qu'elle est sans fondement tout en ayant un ressourcement. Elle est complexe parce qu'elle n'impose pas une vision manichéenne du monde et renonce à la vengeance punitive.

Elle est complexe parce que c'est une éthique de la compréhension, et la compréhension comporte en elle la reconnaissance de la complexité humaine.

La fragilité éthique

L'éthique complexe est fragile. Elle demeure incertaine et inachevée : c'est une éthique qui rencontre sans cesse l'incertitude de la contradiction en son sein, l'incertitude de l'aléa dans l'environnement (écologie de l'action). C'est une éthique du pari.

Elle est vulnérable à la peur, à la colère, au mépris, à l'incompréhension et doit sans cesse leur résister.

Elle est désarmée face à la science, à la technique, à la politique.

Elle doit en permanence s'auto-régénérer contre les durcissements, scléroses, dégradations. L'esprit doit demeurer vigilant dans la lutte permanente contre les simplifications. Les risques de simplification s'amplifient dans les périodes d'hystérie collective, de crise, de guerre. Nous sommes dans une telle période, ce qui accroît le besoin de pensée et d'éthique complexes.

Comme nous l'avons indiqué, l'éthique complexe nécessite une réforme de l'esprit et une réforme de vie pour s'affermir et se développer, la réforme de l'esprit et la réforme de vie nécessitent l'éthique complexe pour s'affermir et se développer.

La modestie éthique

L'éthique complexe est inévitablement modeste. C'est une éthique qui nous demande de l'exigence pour nous-mêmes et de l'indulgence, mieux, de la compréhension pour autrui. Elle n'a pas l'arrogance d'une morale au fondement assuré, dictée par Dieu, l'Église ou le Parti. Elle s'auto-produit à partir de la conscience individuelle. Elle n'a pas de souveraineté, elle n'a que des sources, et celles-ci peuvent se tarir.

L'éthique complexe propose non la souveraineté de la raison, qui est folie, mais la dialogique où rationalité, amour, poésie sont toujours présents et actifs. Elle vise une sagesse qui n'est pas dans l'impossible vie rationnelle, mais dans l'auto-élucidation et la compréhension.

Elle ne commande pas, elle pilote la passion. L'éthique complexe ne peut, ne doit étouffer nos démons, mais comme le pilote de jet, elle guide leur déchaînement énergétique.

Du bien 251

Elle prône l'abandon de tout rêve de maîtrise (y compris de sa propre maîtrise). Elle sait qu'il est impossible de concevoir et assurer un Souverain Bien. Ce n'est pas une norme arrogante ni un évangile mélodieux : c'est l'affrontement avec la difficulté de penser et de vivre.

L'éthique complexe est une éthique sans salut, sans promesse. Elle intègre en elle l'inconnu, dont l'inconnu du monde et l'inconnu de l'avenir humain. Elle n'est pas triomphante, mais résistante. Elle résiste à la haine, à l'incompréhension, au mensonge, à la barbarie, à la cruauté.

Régénérer

L'éthique n'est jamais acquise, elle n'est pas un bien dont on est propriétaire, *elle doit sans cesse se régénérer* et elle se régénère dans la boucle

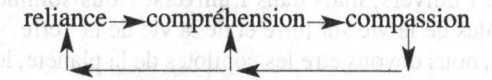

reliance ⟶ compréhension ⟶ compassion

« Régénérer » est le maître mot commun à la vie, à la connaissance, à l'éthique : tout ce qui ne se régénère pas dégénère. L'éthique elle aussi doit se régénérer sans cesse. Si elle ne se régénère pas constamment à partir de ses sources vivantes, elle se dégrade en moraline, qui est sclérose et pétrification de la morale.

Chose admirable : l'éthique peut se régénérer là où elle avait dégénéré. C'est à partir de la dégénérescence de l'éthique révolutionnaire que Gide, Koestler, Kolakovski et tant d'autres ont ressenti l'exigence morale qui leur a fait vomir le mensonge stalinien. C'est parce qu'on leur demandait des actes trop ignobles que Hans-Joachim Klein de la bande à Baader et certains brigadistes rouges ont ressenti le sursaut moral qui leur a fait abandonner le terrorisme. L'éthique se relève là même où on la croyait disparue. « Crucifiée par le marxisme et la psychanalyse, l'éthique connaît une résurrection et réapparaît quasiment identique à elle-même, presque prête à enterrer à son tour ses fossoyeurs »[1], note Kostas Axelos.

L'éthique complexe régénère l'humanisme. Il y avait deux humanismes dans l'humanisme : l'un est l'humanisme éthique du respect mutuel universel reconnaissant en tout humain un semblable et reconnaissant à tous les humains les mêmes droits ; l'autre est l'humanisme anthropo-centrique, destinant l'homme, seul sujet dans un monde d'objets, à conquérir ce monde.

L'humanisme régénéré rompt avec la conquête du monde et la maîtrise de la nature. Il s'inscrit dans l'aventure cosmique. Il dépasse l'opposition à la nature mais aussi l'intégration pure et simple dans la nature. L'être humain est sujet non de l'univers, mais dans l'univers. Nous sommes responsables de la vie sur terre et de la vie de la Terre, sa biosphère, nous devons être les copilotes de la planète, les bergers des nucléo-protéinés que sont les êtres vivants.

L'humanisme régénéré se fonde non sur la souveraineté, mais sur la fragilité et la mortalité de l'individu sujet ; non sur son accomplissement, mais sur son inachèvement ; il rejette l'illusion du progrès garanti, mais croit possible la métamorphose des sociétés en une société-monde devenant Terre-Patrie.

1. Kostas Axelos, *Pour une éthique problématique*, Minuit, 1972.

Espérance/désespérance

L'éthique complexe est une éthique d'espérance liée à la désespérance.

Elle garde l'espérance quand tout semble perdu. Elle n'est pas prisonnière du réalisme qui ignore la sape souterraine minant les sous-sols du présent, qui ignore la fragilité de l'immédiat, qui ignore l'incertitude tapie dans la réalité apparente; elle rejette le réalisme trivial qui s'adapte à l'immédiat, comme l'utopisme trivial qui ignore les contraintes de la réalité. Elle sait qu'il y a du possible encore invisible dans le réel.

L'espérance sait que l'inattendu peut arriver, elle sait que, dans l'histoire, l'improbable est plus souvent advenu que le probable. Elle parie sur les potentialités génériques (créatrices, régénératrices) de l'humain. C'est pourquoi elle espère en la métamorphose qui produirait une nouvelle naissance de l'humanité.

Comme dit Ernst Bloch, l'espérance est «liée au pas-encore, à l'aurore à venir, à ce dont le monde est plein et qui risque de ne jamais voir le jour, mais à quoi on demeure fidèle»[1].

L'espérance s'accroche à l'inespéré. «Si tu ne cherches pas l'inespéré, tu ne le trouveras pas», disait Héraclite. Xavier Sallantin nous dit que seule l'énergie du désespoir le plus extrême peut être assez puissante pour donner le courage d'une espérance contre toute espérance.

L'espérance n'est pas certitude. Dire qu'on a de l'espoir, c'est dire qu'on a beaucoup de raisons de désespérer. Nous ignorons les limites du possible, d'où la justification de l'espérance, mais nous savons qu'il a des limites, d'où la confirmation de la désespérance. L'espérance du possible s'enfante sur fond d'impossible.

---

1. Ernst Bloch, *Le Principe espérance*, Gallimard, 1982-1991.

De toute façon, c'est un horizon de désespérance qui apparaît à la pensée. Comme nous l'avons vu, tout mourra et tout se dispersera. Ici je peux éclairer le malentendu sur mon évangile de la perdition[1]. Ce n'est pas un évangile de désespérance, c'est un évangile de fraternité. « Soyons frères parce que nous sommes perdus » remplace le « soyons frères POUR QUE nous soyons sauvés ». Il nous dit de chercher la consolation non dans la croyance qu'il y a un au-delà pour nous après la mort, non dans l'espoir que l'univers échappera à la mort, mais dans les êtres aimants bons et doux capables de nous comprendre avec nos faiblesses et infirmités.

Je ne nie pas par masochisme ou dolorisme l'idée de salut; c'est un minimum psychique de rationalité qui m'empêche d'y croire. Mais le renoncement au Salut, à la Promesse, me fait d'autant plus adhérer à la poésie de la vie. Là où il y a désespérance, la poésie de la vie, participation, communion, amour, apporte joie et plénitude.

« Muss es sein ? Es muss sein ! »

Le sens que je donne, finalement, à l'éthique, s'il faut un terme qui puisse englober tous ses aspects, c'est la résistance à la cruauté du monde et à la barbarie humaine. La résistance à la cruauté du monde comprend la résistance à ce qu'il y a de destructeur et d'impitoyable dans la nature; la résistance à la barbarie humaine est la résistance à l'ignoble cruauté de *sapiens*, et au côté noir de *demens*. C'est *sapiens* qui a exterminé les Néandertaliens qui vivaient en Europe. C'est le même *sapiens* qui a exterminé les Indiens d'Amérique, les Aborigènes d'Australie, qui a créé l'esclavage et les bagnes, Auschwitz et le Goulag. La barbarie humaine n'a pas cessé de déferler et elle n'a pas

---

1. In *Terre-Patrie*, Seuil, 1993, p. 198-211.

Du bien 255

diminué ; elle a trouvé dans les techniques modernes les moyens d'accroître démesurément ses ravages, tant dans les guerres ethniques que dans les guerres de religions et les guerres de nations, qui se mêlent et se combinent les unes aux autres. Les civilisés continuent les génocides et ethnocides des peuples archaïques (Indiens d'Amazonie, Tarahumaras de la Sierra Madre du Mexique et tant d'autres que signale sans cesse *Survival International*).

La barbarie humaine est incluse au cœur même de nos civilisations, dans les relations de domination et d'exploitation, d'humiliation et de mépris. La barbarie fermente en chacun de nous : notre propre barbarie intérieure nous autojustifie sans cesse et nous fait mentir à nous-mêmes, elle nous pousse toujours au talion et à la vengeance. C'est la barbarie entre amants où la démence de jalousie devient mortelle (Bertrand Cantat et Marie Trintignant), et c'est la barbarie de vengeance qui veut ignorer le caractère accidentel du meurtre (Nadine Trintignant) ; c'est la barbarie conjugale[1] ; c'est la barbarie d'incompréhension entre parents et enfants, frères, collègues. Ce sont les meurtres psychiques que nous commettons sans cesse et les plus barbares sont chez ceux qui devraient donner l'exemple de l'intelligence : les intellectuels où l'égocentrisme s'est hypertrophié en vanité et désir de gloire. La guerre à l'intelligence sévit au sein même de l'intelligentsia.

La résistance à la barbarie humaine est la résistance à la méchanceté triomphante, à l'indifférence, à la fatigue : « Plus nous sommes attaqués par le néant qui, tel un abîme, de toutes parts menace de nous engloutir, ou bien aussi par ce multiple quelque chose qu'est la société des hommes et son activité, qui, sans forme, sans âme et sans amour, nous persécute et nous distrait, et plus la résistance doit

1. Cf. Irène Pennacchioni, *De la guerre conjugale*, Mazarine, 1986.

être passionnée, véhémente et farouche de notre part... »
(Hölderlin).

La barbarie est en nous. Nos esprits sont en profondeur demeurés barbares (et c'est là le grand enseignement de Freud, bien qu'énoncé en d'autres termes). Notre civilisation repose sur un socle de barbarie (comme l'a bien perçu Walter Benjamin)[1]. La résistance à la cruauté du monde et la résistance à la barbarie humaine sont les deux visages de l'éthique.

Sa demande première est de ne pas être cruel et de ne pas être barbare. Elle nous appelle à la tolérance, à la compassion, à la mansuétude, à la miséricorde.

Éthique de résistance

Ce qui unit l'éthique de la compassion à l'éthique de la compréhension, c'est la résistance à la cruauté du monde, de la vie, de la société, à la barbarie humaine.

Il y a de multiples îlots de bonté parmi nous. Tout doit partir de ces îlots de bonté...

Essayer de réduire la cruauté humaine, c'est élever l'esprit, la conscience, pour pallier l'inconscience et l'ignorance qui produisent du mal, c'est introduire la raison dans la passion pour empêcher le passage au délire et à la démesure d'*homo demens*, c'est en même temps s'en prendre aux conditions qui font émerger la cruauté subjective.

---

1. Notre civilisation, de plus en plus ouverte à l'amour et à l'amitié pour l'animal de compagnie, a accru et aussi créé une cruauté inimaginable à l'égard du monde animal, notamment dans les souffrances infligées aux animaux de boucherie. L'action des ligues contre la cruauté à l'égard des animaux se justifie pleinement.

Du bien

C'est miser sur les «forces faibles» de reliance. Forces faibles de coopération, compréhension, amitié, communauté, amour, à condition qu'elles soient accompagnées d'intelligence, dont l'absence favorise les forces de cruauté. Elles sont toujours les plus faibles mais, grâce à elles, il y a des moments de vie vivables, des familles aimantes, des amitiés chaudes, des dévouements, des charités, des compassions, des consolations, des amours, des élans du cœur. C'est ainsi que le monde va, «Caïn caha», sans être totalement ni en permanence submergé par la barbarie. Ce sont ces forces faibles qui font la vie vivable et la mort non souhaitable. Ce sont elles qui nous permettent de croire en la vie et c'est la vie qui nous permet de croire en ces forces faibles. Sans elles il n'y aurait que l'horreur, la coercition pure, la destruction de masse, la désintégration généralisée.

Résister au mal, résister à la cruauté, c'est résister à ce qui sépare, à ce qui éloigne en sachant qu'ils gagneront finalement la partie, c'est résister à toutes les barbaries issues de l'esprit humain, c'est défendre le fragile, le périssable, c'est sourire au sourire, consoler les larmes... c'est résister à nous-mêmes, à notre mesquinerie, notre indifférence, notre lassitude et notre découragement.

La résistance à la cruauté du monde nécessite une acceptation du monde. L'éthique de résistance est aussi une éthique d'acceptation, qui seule permet la résistance. Beethoven a exprimé de la façon la plus dense la nécessité complémentaire bien qu'antagoniste d'accepter et de refuser le monde: *Muss es sein? Es muss sein!*[1] Est-ce que cela peut/doit être? Cela peut/doit être!

Cela signifie accepter notre destin d'*homo sapiens/demens* dont nous ne pouvons extirper la folie, adhérer à la vie en

---

1. Inscription sur le livret du dernier mouvement de son dernier quatuor.

dépit de ses horreurs, accepter la cruauté objective qui nous fait vivre de la mort d'autrui, mais rejeter la cruauté subjective qui est de vouloir faire mal, faire souffrir, torturer.

La vie résiste à la mort en intégrant la mort. L'éthique résiste à la mort en intégrant la mort, elle résiste à la cruauté en assumant une part de cruauté. Elle ne doit pas ignorer tout ce que comporte de cruauté et de barbarie une vie humaine par rapport au monde vivant. L'éthique n'a pas les mains sales, mais elle n'a pas les mains pures.

La finalité éthique

La finalité éthique a deux faces complémentaires. La première est la résistance à la cruauté et à la barbarie. La seconde est l'accomplissement de la vie humaine. Comme il a été indiqué dans l'ouvrage précédent, « le temps d'une vie humaine peut être totalement asservi à la nécessité de vivre pour survivre, c'est-à-dire de subir contraintes et servitudes sans être en mesure de jouir de la vie, si ce n'est par flashes. Au lieu de vivre pour survivre, nous devrions survivre pour vivre ».

Vivre humainement, c'est assumer pleinement les trois dimensions de l'identité humaine: l'identité individuelle, l'identité sociale et l'identité anthropologique. C'est surtout vivre poétiquement la vie. Vivre poétiquement, nous l'avons vu[1], « nous arrive à partir d'un certain seuil d'intensité dans la participation, l'excitation, le plaisir. Cet état peut survenir dans la relation avec autrui, dans la relation communautaire, dans la relation esthétique... » Il se vit comme joie, ivresse, liesse, jouissance, volupté, délices, ravissement, ferveur, fascinations, béatitude, émerveillement, adoration, communion, enthousiasme, exaltation, extase. Il procure des béatitudes charnelles ou spirituelles. Il

---

1. Edgar Morin, *La Méthode 5*, Seuil, coll. «Points», p. 157-163.

nous fait atteindre l'état sacré : le sacré est un sentiment qui apparaît à l'apogée de l'éthique et du poétique.

« Le comble de la poésie, comme le comble dans l'union de la sagesse et de la folie, comme le comble de la reliance, c'est l'amour. »[1]

La foi éthique

La foi éthique est amour. Mais c'est un devoir éthique que de sauvegarder la rationalité au cœur de l'amour. La relation amour/rationalité doit être en *yin yang*, l'un toujours lié à l'autre et contenant toujours en lui l'autre à l'état originel. Cet amour nous enseigne à résister à la cruauté du monde, il nous enseigne à accepter/refuser ce monde. Amour est aussi courage. Il nous permet de vivre dans l'incertitude et l'inquiétude. Il est le remède à l'angoisse, il est la réponse à la mort, il est la consolation. C'est docteur Love qui peut sauver Mister Hyde. Paracelse disait : « Toute médecine est amour. » Disons aussi et surtout : « Tout amour est médecine. »

L'amour médecin nous dit : aimez pour vivre, vivez pour aimer. Aimez le fragile et le périssable, car le plus précieux, le meilleur, y compris la conscience, y compris la beauté, y compris l'âme, sont fragiles et périssables.

---

1. *Ibid.*

Vocabulaire

A

Arkhè
Ce mot grec signifie ici à la fois l'origine, le principe et le primordial.

Autonomie dépendante
En grec, l'autonomie est le fait de suivre sa propre loi. L'autonomie du vivant émerge de son activité d'auto-production et d'auto-organisation. L'être vivant, dont l'auto-organisation effectue un travail ininterrompu, doit se nourrir en énergie, matière et information extérieures pour se régénérer en permanence. Son autonomie est donc dépendante et son auto-organisation est une auto- éco-organisation.

B

Boucle récursive
Notion essentielle pour concevoir les processus d'auto-organisation et d'auto-production. Elle constitue un circuit où les effets rétroagissent sur les causes, où les produits sont eux-mêmes producteurs de ce qui les produit.

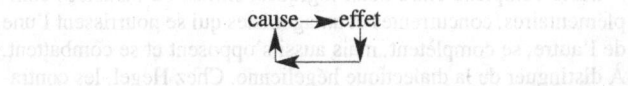

cause ⟶ effet

Cette notion dépasse la conception linéaire de la causalité : cause → effet.

C

Compréhension
Cf. p. 139.

Consumation
Terme issu de Georges Bataille : recherche d'intensité vécue, engageant l'être tout entier.

Culture
Une culture est un ensemble de savoirs, savoir-faire, règles, stratégies, habitudes, coutumes, normes, interdits, croyances, rites, valeurs, mythes, idées, acquis, qui se perpétue de génération en génération, se reproduit en chaque individu et entretient, par génération et ré-génération, la complexité individuelle et la complexité sociale.

La culture constitue ainsi un capital cognitif, technique et mythologique non inné.

D

Désordre
La notion de désordre enveloppe les agitations, les dispersions, les turbulences, les collisions, les irrégularités, les instabilités, les accidents, les aléas, les bruits, les erreurs dans tous les domaines de la nature et de la société.

La dialogique de l'ordre et du désordre produit de l'organisation. Ainsi, le désordre coopère à la génération de l'ordre organisationnel et simultanément menace sans cesse de le désorganiser.

Un monde totalement désordonné serait un monde impossible, un monde totalement ordonné rend impossibles l'innovation et la création.

Dialogique
Unité complexe entre deux logiques, entités ou instances complémentaires, concurrentes et antagonistes qui se nourrissent l'une de l'autre, se complètent, mais aussi s'opposent et se combattent. À distinguer de la dialectique hégélienne. Chez Hegel, les contra-

dictions trouvent leur solution, se dépassent et se suppriment dans une unité supérieure. Dans la dialogique, les antagonismes demeurent et sont constitutifs des entités ou phénomènes complexes.

E

Écologie de l'action

Du fait des multiples interactions et rétroactions au sein du milieu où elle se déroule, l'action, une fois déclenchée, échappe souvent au contrôle de l'acteur, provoque des effets inattendus et parfois même contraires à ceux qu'il escomptait.

1er principe : l'action dépend non seulement des intentions de l'acteur, mais aussi des conditions propres au milieu où elle se déroule.

2e principe : les effets à long terme de l'action sont imprédictibles.

Émergence

Les émergences sont des propriétés ou qualités issues de l'organisation d'éléments ou constituants divers associés en un tout, indéductibles à partir des qualités ou propriétés des constituants isolés, et irréductibles à ces constituants. Les émergences ne sont ni des épiphénomènes, ni des superstructures, mais les qualités supérieures issues de la complexité organisatrice. Elles peuvent rétroagir sur les constituants en leur conférant les qualités du tout.

Esprit

L'esprit constitue l'émergence mentale née des interactions entre le cerveau humain et la culture, il est doté d'une relative autonomie, et il rétroagit sur ce dont il est issu. Il est l'organisateur de la connaissance et de l'action humaines.

Il ne signifie pas ici ce qu'on entend par « spirituel », mais a le sens de *mens*, *mind*, *mente* (esprit connaissant et inventif).

G

Génératif, générativité

Caractère qui différencie les auto-organisations vivantes des machines artificielles. Celles-ci, générées par la civilisation humaine, ne peuvent ni s'auto-réparer, ni s'auto-régénérer, ni s'auto-reproduire. Les « machines » vivantes disposent de la possibilité de s'auto-générer, s'auto-régénérer et s'auto-réparer. Ainsi se comprend la réorganisation permanente d'un organisme qui génère des cellules nouvelles pour remplacer celles qui se dégradent.

Cf. *La Méthode 2*, p. 114-142.

Générique

Terme issu de Marx. L'homme générique est défini comme tel par l'aptitude à générer et à régénérer les qualités proprement humaines.

H

Hologramme (principe hologrammique)

Un hologramme est une image où chaque point contient la presque totalité de l'information sur l'objet représenté. Le principe hologrammique signifie que non seulement la partie est dans un tout, mais que le tout est inscrit d'une certaine façon dans la partie. Ainsi, la cellule contient en elle la totalité de l'information génétique, ce qui permet en principe le clonage ; la société en tant que tout, *via* sa culture, est présente en l'esprit de chaque individu.

Hubris

Chez les Grecs, la démesure, source de délire.

I

Imprinting

L'*imprinting* est la marque sans retour qu'impose la culture familiale d'abord, sociale ensuite, et qui se maintient dans la vie adulte. L'*imprinting* s'inscrit cérébralement dès la petite enfance par stabilisation sélective des synapses, inscriptions premières qui vont marquer irréversiblement l'esprit individuel dans son mode de connaître et d'agir. À cela s'ajoute et se combine l'apprentissage qui élimine *ipso facto* d'autres modes possibles de connaître et de penser.

Cf. *La Méthode 4*, p. 25-28.

M

Moraline

Cf. p. 65 et p. 120.

N

Noosphère

Terme introduit par Teilhard de Chardin dans *Le Phénomène humain*, et qui ici désigne le monde des idées, des esprits, des dieux, entités produites et nourries par les esprits humains au sein de leur culture. Ces entités, dieux ou idées, dotées d'autonomie dépendante (des esprits et de la culture qui les nourrissent), acquièrent une vie propre et un pouvoir dominateur sur les humains.

Cf. *La Méthode 4*, p. 113-127.

O

Ordre

Notion qui regroupe les régularités, stabilités, constances, répétitions, invariances ; elle englobe le déterminisme classique (« lois de la nature ») et les déterminations.

Dans la perspective d'une pensée complexe, il faut souligner que l'ordre n'est ni universel ni absolu, que l'univers comporte du désordre (voir ce mot) et que la dialogique de l'ordre et du désordre produit l'organisation.

Cf. *La Méthode 1*, p. 33-93 ; *Science avec conscience*, p. 99-112.

P

Paradigme

Terme emprunté à Thomas Kuhn (*La Structure des révolutions scientifiques*), développé et redéfini dans *La Méthode 4*, p. 204-238.

Un paradigme contient, pour tout discours s'effectuant sous son empire, les concepts fondamentaux ou les catégories maîtresses de l'intelligibilité, en même temps que le type de relations logiques d'attraction/répulsion (conjonction, disjonction, implication ou autres) entre ces concepts ou catégories.

Ainsi, les individus connaissent, pensent et agissent selon les paradigmes inscrits culturellement en eux.

Cette définition du paradigme est de caractère à la fois sémantique, logique et idéo-logique. Sémantiquement, le paradigme détermine l'intelligibilité et donne sens. Logiquement, il détermine les opérations logiques maîtresses. Idéo-logiquement, il est le principe premier d'association, élimination, sélection qui détermine les conditions d'organisation des idées. C'est en vertu de ce triple sens génératif et organisationnel que le paradigme oriente, gouverne, contrôle l'organisation des raisonnements individuels et des systèmes d'idées qui lui obéissent.

Prenons un exemple: il y a deux paradigmes dominants concernant la relation homme/nature. Le premier inclut l'humain dans le naturel, et tout discours obéissant à ce paradigme fait de l'homme un être naturel et reconnaît la «nature humaine». Le second paradigme prescrit la disjonction entre ces deux termes et détermine ce qu'il y a de spécifique en l'homme par exclusion de l'idée de nature. Ces deux paradigmes opposés ont en commun d'obéir l'un et l'autre à un paradigme plus profond encore, qui est le paradigme de simplification, qui, devant toute complexité conceptuelle, prescrit soit la réduction (ici de l'humain au naturel), soit la disjonction (ici entre l'humain et le naturel), ce qui empêche de concevoir l'*unidualité* (naturelle et culturelle, cérébrale et psychique) de la réalité humaine, et empêche également de concevoir la relation à la fois d'implication et de séparation entre l'homme et la nature. Seul un paradigme complexe dialogique d'implication/distinction/conjonction permettrait une telle conception.

La nature d'un paradigme peut être définie de la façon suivante:

1. *La promotion/sélection des catégories maîtresses de l'intelligibilité.* Ainsi, l'Ordre dans les conceptions déterministes, la Matière dans les conceptions matérialistes, l'Esprit dans les conceptions spiritualistes, la Structure dans les conceptions structuralistes, etc., sont les concepts maîtres sélectionnés et sélectionnants, qui excluent ou subordonnent les concepts qui leur sont antinomiques (le désordre ou hasard, l'esprit, la matière, l'évènement).

2. *La détermination des opérations logiques maîtresses.* Ainsi, le paradigme simplificateur concernant l'Ordre ou l'Homme procède par disjonction et exclusion (du désordre pour l'un, de la nature pour l'autre).

Par cet aspect, le paradigme semble relever de la logique (exclusion-inclusion, disjonction-conjonction, implication-négation). Mais en réalité il est caché sous la logique et sélectionne les opérations logiques qui deviennent à la fois prépondérantes, pertinentes et évidentes sous son empire. C'est lui qui prescrit l'utilisation cognitive de la disjonction ou de la conjonction. C'est lui qui accorde le privilège à certaines opérations logiques aux dépens d'autres, et c'est lui qui donne validité et universalité à la logique qu'il a élue. Par là même, il donne aux discours et théories qu'il contrôle les caractères de la nécessité et de la vérité.

Ainsi donc, le paradigme opère la sélection, la détermination et le contrôle de la conceptualisation, de la catégorisation, de la logique. Il désigne les catégories fondamentales de l'intelligibilité et il opère le contrôle de leur emploi. C'est à partir de lui que se déterminent les hiérarchies, classes, séries conceptuelles. C'est à partir de lui que se déterminent les règles d'inférence. Il se trouve ainsi au nucleus non seulement de tout système d'idées et de tout discours, mais aussi de toute cogitation.

Il se situe effectivement au noyau computique/cogistique (cf. *La Méthode 3*, p. 115-125) des opérations de pensée, lesquelles comportent quasi simultanément :
– des caractères prélogiques de dissociation, association, rejet, unification ;
– des caractères logiques de disjonction/conjonction, exclusion/inclusion, concernant les concepts maîtres ;
– des caractères pré-linguistiques et pré-sémantiques qui élaborent le discours commandé par le paradigme.

La science classique s'est fondée sur un paradigme de simplification qui conduit à privilégier les démarches de réduction, d'exclusion et de disjonction et à considérer toute complexité comme apparence superficielle et confusion à dissoudre.

Q

Quadrimoteur

Terme qui met en connexion les quatre instances science-technique-économie-industrie, pour désigner les forces qui propulsent le développement actuel de la planète.

R

Rationalité, rationalisation

L'activité rationnelle de l'esprit comporte : *a)* des modes d'argumentation cohérents, associant la déduction et l'induction, la prudence et l'habileté *(mètis)* ; *b)* la recherche d'un accord entre ses systèmes d'idées ou théories et les faits, données empiriques et résultats expérimentaux ; *c)* une activité critique s'exerçant sur les croyances, opinions, idées ; *d)* plus rarement, quoique de manière non moins indispensable, elle comporte l'autocritique, c'est-à-dire la capacité de reconnaître ses insuffisances, ses limites, ses risques de perversion ou de délire (rationalisation).

La rationalité complexe reconnaît les limites de la logique déductive-identitaire qui correspond à la composante mécanique de tous les phénomènes, y compris vivants, mais ne peut rendre compte de leur complexité. Elle reconnaît les limites des trois axiomes de l'identité, de la non-contradiction, du tiers exclu (lequel affirme qu'entre deux propositions contradictoires, une seule peut être retenue comme vraie : A est ou B ou non-B).

Toute logique qui exclut l'ambiguïté, chasse l'incertitude, expulse la contradiction est insuffisante. Aussi, la rationalité complexe dépasse, englobe, relativise la logique déductive-identitaire dans une méthode de pensée intégrant et utilisant, tout en les dépassant et les transgressant, les principes de la logique classique. La rationalité complexe sauve la logique comme hygiène de la pensée et la transgresse comme mutilation de la pensée.

Elle abandonne tout espoir non seulement d'achever une description logico-rationnelle du réel, mais aussi et surtout de *fonder la raison sur la seule logique déductive-identitaire*.

On ne peut maintenir la liaison rigide entre logique, cohérence, rationalité et vérité quand on sait qu'une cohérence interne peut être rationalisation qui devient irrationnelle. L'évasion hors de la logique conduit au délire extravagant. L'asservissement à la logique conduit au délire rationalisateur. La rationalisation est asservie à la logique déductive-identitaire : *a)* la cohérence formelle exclut comme faux ce qu'elle ne peut appréhender ; *b)* la binarité disjonctive exclut comme faux toute ambiguïté et contradiction.

La rationalisation enferme une théorie sur sa logique et devient insensible aux réfutations empiriques comme aux arguments contraires. Ainsi, la vision d'un seul aspect des choses (rendement, efficacité), l'explication en fonction d'un facteur unique (l'économique ou le politique), la croyance que les maux de l'humanité sont dus à une seule cause et à un seul type d'agents constituent autant de rationalisations. La rationalisation est la maladie spécifique que risque la rationalité si elle ne se régénère pas constamment par auto-examen et autocritique.

Vocabulaire

Ainsi, nous pouvons arriver à la reconnaissance de la continuité et de la rupture entre la rationalité complexe et les formes classiques de rationalité.

Cf. *La Méthode 4*, p. 173-209, plus particulièrement p. 208 ; *Science avec conscience*, p. 255-269.

Reliance

La notion de reliance, inventée par le sociologue Marcel Bolle de Bal, comble un vide conceptuel en donnant une nature substantive à ce qui n'était conçu qu'adjectivement, et en donnant un caractère actif à ce substantif. « Relié » est passif, « reliant » est participant, « reliance » est activant. On peut parler de « déliance » pour l'opposé de « reliance ».

S

Self-deception

Mensonge sincère ou inconscient à soi-même.

Société archaïque

Le mot « archaïque » vient du mot grec *arkhè* (l'origine, le commencement).

Les sociétés archaïques sont les premières sociétés d'*homo sapiens* (dont nous avons défini l'organisation dans *La Méthode 5*, coll. « Points », p. 132-133). Elles sont différenciées en bio-classes (hommes-femmes, enfants-adultes-vieillards). Elles ne disposent pas d'État, sont démographiquement restreintes. Elles vivent de chasse, ramassage, cueillette. Un « noyau archaïque » subsiste dans les sociétés ultérieures.

Société historique

Elle est liée à l'émergence de l'histoire et à l'apparition de l'État.

T

Trinité cerveau-esprit-culture

L'esprit émerge du cerveau humain, avec et par le langage, au sein d'une culture, et s'affirme dans la relation :

cerveau ⟶ langage ⟶ culture ⟶ esprit

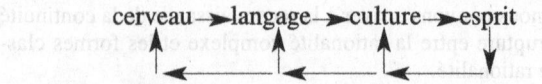

Les trois termes cerveau, culture, esprit sont inséparables. Une fois que l'esprit a émergé, il rétroagit sur le fonctionnement cérébral et sur la culture. Il se forme une boucle entre cerveau-esprit-culture, où chacun de ces termes est nécessaire à chacun des autres. L'esprit est une émergence du cerveau que suscite la culture, laquelle n'existerait pas sans cerveau (cf. *La Méthode 5*, coll. «Points», p. 33 *sq*.).

Trinité humaine

La trinité individu-société-espèce (définie dans *La Méthode 5*, coll. «Points», p. 53), dans la relation complémentaire et antagoniste entre ces trois termes.

Trinité mentale

Relation inséparable, complémentaire et antagoniste entre la pulsion, l'affectivité et la raison. Aucune de ces trois instances ne domine l'autre, et leur relation s'effectue selon une combinatoire instable et variable où, par exemple, la pulsion peut utiliser la rationalité technique à ses propres fins, où l'affectivité peut utiliser la raison, la pulsion, l'affectivité, etc. Cette trinité correspond, au niveau de l'esprit, à la conception du cerveau triunique de P. D. MacLean (cf. ce terme défini ci-dessous).

Triunique (cerveau)

Conception de Paul D. MacLean des trois cerveaux intégrés en un :

– le paléocéphale (héritage du cerveau reptilien), source de l'agressivité ;

– le mésocéphale (héritage du cerveau des anciens mammifères), source de l'affectivité, de la mémoire à long terme ;

– le cortex et le néocortex, source des aptitudes analytiques, logiques et stratégiques.

Vocabulaire

U

Unité générique

Unité qui génère la multiplicité qui régénère à nouveau l'unité. Synonyme d'unité complexe ou unité multiple *(unitas multiplex)*.

Y

Yin yang

Dans la pensée chinoise, désigne l'unidualité des deux principes premiers, le *yang* et le *yin* (la lumière/l'ombre, le mouvement/le repos, le ciel/la terre, le masculin/le féminin), qui s'opposent tout en se complétant et en se nourrissant l'un de l'autre. Un petit *yin* est inclus dans le *yang*, un petit *yang* est inclus dans le *yin*.

Table

Introduction 11

PREMIÈRE PARTIE

La pensée de l'éthique et l'éthique de pensée

I. La pensée de l'éthique 15
L'exigence subjective 15
    La reliance éthique.................... 18
    L'autonomie morale 21
    La modernité éthique : les grandes dislocations 22
    L'individualisme éthique 24
    La crise des fondements................ 26
    Ressourcer l'éthique................... 30

II. Le ressourcement cosmique 32
    Les sources de reliance 32
    L'humaine reliance.................... 37
    Au cœur du Mystère................... 41
    Éthique de la reliance................. 43

III. L'incertitude éthique 44
Principe d'incertitude dans la relation intention-action 45
    Écologie de l'action 46

Limite de la prévisibilité	47
Double et antagoniste nécessité du risque et de la précaution	48
Inconscience ou négligence des effets secondaires pervers d'une action jugée salutaire	48
Incertitude dans la relation entre la fin et les moyens	49
Permutation de finalités selon les circonstances	49
Dérives et inversions	50
Les contradictions éthiques	53
Les impératifs éthiques contraires	53
La dialogique éthico-politique	59
Incertitude et contradiction éthiques dans les sciences	59
L'illusion éthique	62
L'illusion intérieure	64
Riposte à l'incertitude et à la contradiction	66
Conclusion : la complexité éthique	67

IV. L'éthique de pensée 71

L'éthique de la connaissance et la connaissance de l'éthique 71

Le lien	71
Le « mal-penser »	72
Le « travailler à bien penser »	74
De la pensée complexe à l'éthique	76
L'éthique éclairée/éclairante	78

DEUXIÈME PARTIE

Éthique, science, politique

I. Science, éthique, société 83

Science/technique/société/politique	84

La tache aveugle.	85
Les compromis éthiques	90
Vers la réforme.	90
Vers la transformation de la nature humaine ?	92
Conclusions	95

II. Éthique et politique 97

Les grandes incertitudes.	98
Réalisme et éthique	100
Crise	104
Y a-t-il espérance ?	105

TROISIÈME PARTIE

Auto-éthique

I. L'individualisme éthique 109

II. La culture psychique 112

L'auto-examen (bien se penser)	113
Autocritique	116
La culture psychique	117
La récursion éthique.	119
Résistance à la moraline (purification éthique)	120
Éthique de l'honneur	121
Éthique de la responsabilité	122
Des vertus.	123
Conclusion : la résistance à la barbarie intérieure	124

III. Éthique de reliance 126

L'impératif de reliance	127
L'exclusion de l'exclusion : la « reconnaissance »	128
Le respect d'autrui : la courtoisie	130
L'éthique de tolérance	130

	L'éthique de liberté	132
	L'éthique de fidélité à l'amitié	132
	L'éthique de l'amour	133
IV.	**Éthique de la compréhension**..........	135
Reconnaître l'incompréhension		135
Reconnaître la compréhension		139
	La compréhension de la complexité humaine	142
	La compréhension des contextes	144
Comprendre l'incompréhension		145
	Le méta-point de vue	146
	L'erreur............................	147
	L'indifférence......................	147
	L'incompréhension de culture à culture....	148
	La possession par les dieux, les mythes, les idées	149
	L'égocentrisme et l'auto-centrisme	149
	L'abstraction......................	150
	L'aveuglement	150
	La peur de comprendre	151
	Terrible travail de compréhension. Paradoxes et contradictions..................	152
	Les commandements de la compréhension	154
V.	**Magnanimité et pardon**	157
	Du talion au pardon	157
	Le pardon	159
	La pari du pardon	160
	Le pardon politique	163
	Mémoire et pardon	164
	Impossibilité du pardon et de la punition...	165
	L'auto-examen	167

VI. L'art de vivre : poésie ou/et sagesse ? — 169
Dialogique raison-passion 170
    L'art de vivre 173
    Le savoir-aimer 176
L'incorporation du savoir : le savoir-vivre 176
    La sagesse de l'esprit 178
    Conclusion 179

VII. Conclusion auto-éthique. *Re-* et *com-* — 180

QUATRIÈME PARTIE

Socio-éthique

I. L'éthique de la communauté 185
    La boucle démocratique 188
    Les deux universalités 190

Annexe : **Le problème d'une démocratie cognitive** 193

CINQUIÈME PARTIE

Anthropo-éthique

I. Assumer la condition humaine 201
    Vers l'humanisme planétaire 202

II. Éthique planétaire 204
L'humanisme planétaire 204
    Les neuf commandements 206
L'éthique planétaire 210
    Société-monde ? 210

III. Les voies régénératrices 213
    Réforme/transformation de société 214

	Réforme de l'esprit/réforme de l'éducation	216
	Réforme de vie..................	217
	La régénération morale	221
	Le concours d'une science réformée	222
	Complémentarité en boucle des réformes ..	224
IV.	**L'espérance éthique : la métamorphose** ..	227

Conclusions éthiques

I.	**Du mal**..................................	235
	Le mal de vie....................	238
	L'humanité du mal	239
II.	**Du bien**	247
	Pensée complexe et éthique : reliance	247
	La complexité éthique	249
	La fragilité éthique.....................	249
	La modestie éthique....................	250
	Régénérer	251
	Espérance/désespérance	253
	« Muss es sein ? Es muss sein ! »	254
	Éthique de résistance	256
	La finalité éthique	258
	La foi éthique.......................	259

Vocabulaire.................................. 261

Du même auteur

LA MÉTHODE

La Nature de la nature (t. 1)
Seuil, 1977
et « Points Essais » n° 123, 1981

La Vie de la vie (t. 2)
Seuil, 1980
et « Points Essais » n° 175, 1985

La Connaissance de la connaissance (t. 3)
Seuil, 1986
et « Points Essais » n° 236, 1992

Les Idées (t. 4)
Leur habitat, leur vie,
leurs mœurs, leur organisation
Seuil, 1991
et « Points Essais » n° 303, 1995

L'Humanité de l'humanité (t. 5)
L'identité humaine
Seuil, 2001
et « Points Essais » n° 508, 2003

La Méthode
Seuil, « Opus », 2 vol., 2008

COMPLEXUS

Science avec conscience
Fayard, 1982
Seuil, « Points Sciences » n° 64, 1990

Sociologie
Fayard, 1984
Seuil, « Points Essais » n° 276, 1994

Arguments pour une Méthode
Colloque de Cerisy (Autour d'Edgar Morin)
Seuil, 1990

Introduction à la pensée complexe
ESF, 1990
Seuil, « Points Essais » n° 534, 2005

La Complexité humaine
Flammarion, « Champs-l'Essentiel » n° 189, 1994

L'Intelligence de la complexité
(en collab. avec Jean-Louis Le Moigne)
L'Harmattan, 2000

Intelligence de la complexité
Épistémologie et pratique
(codirection avec Jean-Louis Le Moigne,
actes du colloque de Cerisy, juin 2005)
Éditions de l'Aube, 2006

Destin de l'animal
Éd. de l'Herne, 2007

TRILOGIE PÉDAGOGIQUE

La Tête bien faite
Seuil, 1999

Relier les connaissances
Le défi du XXIe siècle
Journées thématiques
conçues et animées par Edgar Morin
Seuil, 1999

Les Sept Savoirs nécessaires à l'éducation du futur
Seuil, 2000

ANTHROPOLOGIE FONDAMENTALE

L'Homme et la Mort
Corréa, 1951
Seuil, nouvelle édition, 1970
et « Points Essais » n° 77, 1976

Le Cinéma ou l'Homme imaginaire
Minuit, 1956

Le Paradigme perdu : la nature humaine
Seuil, 1973
et « Points Essais » n° 109, 1979

L'Unité de l'homme
(en collab. avec Massimo Piattelli-Palmarini)
Seuil, 1974
et « Points Essais », 3 vol., n° 91-92-93, 1978

Dialogue sur la nature humaine
(en collab. avec Boris Cyrulnik)
Éditions de l'Aube, 2010
et « L'Aube poche essai », 2012

Dialogue sur la connaissance
Entretiens avec des lycéens
Éditions de l'Aube, « L'Aube poche », 2011

NOTRE TEMPS

L'An zéro de l'Allemagne
La Cité universelle, 1946

Les Stars
Seuil, 1957
et « Points Essais » n° 34, 1972

L'Esprit du temps
Grasset, 1962 (t. 1), 1976 (t. 2)
Armand Colin, nouvelle édition, 2008

Commune en France
La métamorphose de Plozévet
Fayard, 1967
LGF, « Biblio-Essais », 1984

Mai 68
La brèche
(en collab. avec Claude Lefort et Cornelius Castoriadis)
Fayard, 1968, réédition 2008
*Complexe, nouvelle édition
suivie de* Vingt ans après, *1988*

La Rumeur d'Orléans
Seuil, 1969
et « Points Essais » n° 143, édition complétée avec
La Rumeur d'Amiens, *1982*

De la nature de l'URSS
Fayard, 1983

Pour sortir du XXe siècle
Seuil, « Points Essais » n° 170, 1984
édition augmentée d'une préface sous le titre
Pour entrer dans le XXIe siècle
Seuil, « Points Essais » n° 518, 2004

Penser l'Europe
Gallimard, 1987
et Folio, 1990

Un nouveau commencement
(en collab. avec Gianluca Bocchi et Mauro Ceruti)
Seuil, 1991

Terre-Patrie
(en collab. avec Anne Brigitte Kern)
Seuil, 1993
et « Points Essais » n° 643, 2010

Les Fratricides
Yougoslavie-Bosnie 1991-1995
Arléa, 1996

L'Affaire Bellounis
(préface au témoignage de Chems Ed Din)
Éditions de l'Aube, 1998

Le Monde moderne et la Question juive
Seuil, 2006
repris sous le titre
Le Monde moderne et la Condition juive
« Points Essais » n° 695, 2012

L'An I de l'ère écologique
Tallandier, 2007

Où va le monde ?
Éd. de L'Herne, 2007

Vers l'abîme ?
Éd. de L'Herne, 2007

Pour et contre Marx
Temps présent, 2010
Flammarion, « Champ Actuel », 2012

Comment vivre en temps de crise ?
(en collab. avec Patrick Viveret)
Bayard, 2010

La France une et multiculturelle
Lettres aux citoyens de France
(en collab. avec Patrick Singaïni)
Fayard, 2012

POLITIQUE

Introduction à une politique de l'homme
Seuil, 1965
et « Points Politique » n° 29, 1969
et « Points Essais » n° 381, nouvelle édition, 1999

Le Rose et le Noir
Galilée, 1984
Politique de civilisation
(en collab. avec Sami Naïr)
Arléa, 1997

Pour une politique de civilisation
Arléa, 2002

Ma gauche
Si j'étais président…
Bourin éditeur, 2010

La Voie
Pour l'avenir de l'humanité
Fayard, 2011
Pluriel, 2012

Le Chemin de l'espérance
(en collab. avec Stéphane Hessel)
Fayard, 2011

VÉCU

Autocritique
Seuil, 1959, 2012
et *« Points Essais » n° 283,*
réédition avec nouvelle préface, 1994

Le Vif du sujet
Seuil, 1969
et *« Points Essais » n° 137, 1982*

Journal de Californie
Seuil, 1970
et *« Points Essais » n° 151, 1983*

Journal d'un livre
Inter-Éditions, 1981

Vidal et les siens
*(en collab. avec Véronique Grappe-Nahoum
et Haïm Vidal Sephiha)*
*Seuil, 1989
et « Points » n° P300, 1996*

Une année Sisyphe
(Journal de la fin du siècle)
Seuil, 1995

Pleurer, Aimer, Rire, Comprendre
1ᵉʳ janvier 1995 – 31 janvier 1996
Arléa, 1996

Amour, Poésie, Sagesse
*Seuil, 1997
et « Points » n° P587, 1999*

Mes démons
*Stock, 2008
Seuil, « Points Essais » n° 632, 2009*

Edwige, l'inséparable
Fayard, 2009

Mes philosophes
*Meaux, Germina, 2011
Pluriel, 2013*

Journal
Vol. 1 1962-1987
Vol. 2 1992-2010
Seuil, 2012

Mon Paris, ma mémoire
Fayard, 2013

Ma philosophie
*(en collab. avec Stéphane Hessel,
entretiens avec Nicolas Truong)
Éditions de l'Aube, 2013*

Mes Berlin
1945-2013
Le Cherche Midi, 2013

TRANSCRIPTIONS DE L'ORAL

Planète, l'aventure inconnue
(en collab. avec Christophe Wulf)
Mille et une nuits, 1997

À propos des sept savoirs
Pleins Feux, 2000

Reliances
Éditions de l'Aube, 2000

Itinérance
Arléa, 2000
et « Arléa poche », 2006

Nul ne connaît le jour qui naîtra
(en collab. avec Edmond Blattchen)
Alice, 2000

Culture et barbarie européennes
Bayard, 2005

Mon chemin
Entretiens avec Djénane Kareh Tager
Fayard, 2008
Seuil, « Points Essais » n° 671, 2011

RÉALISATION : PAO ÉDITIONS DU SEUIL
IMPRESSION : NORMANDIE ROTO, S.A.S. À LONRAI
DÉPÔT LÉGAL : MAI 2014. N° 118531-3 (2004041)
Imprimé en France